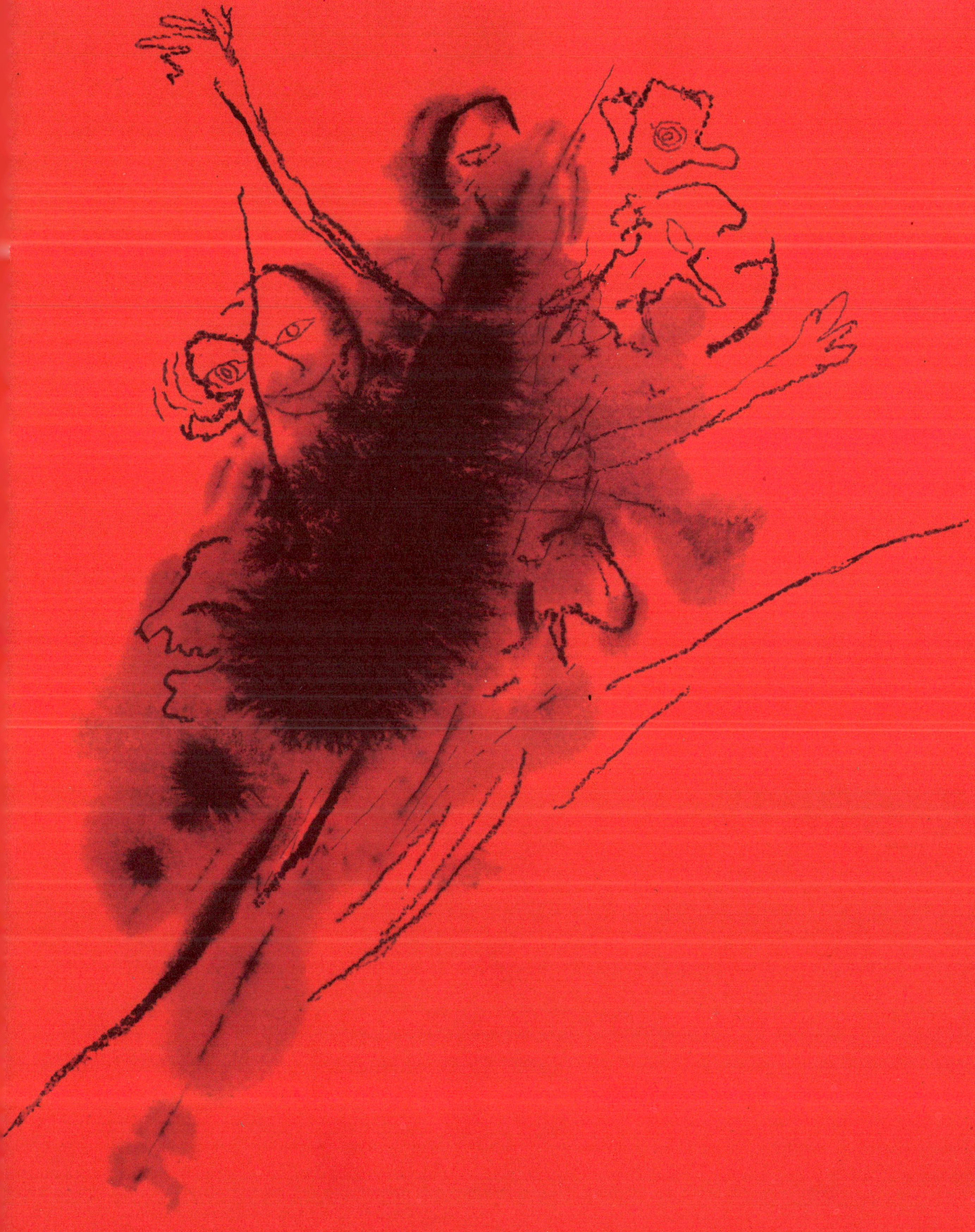

Dausien

Gespenster-
geschichten

Gespenster-geschichten

Nacherzählt von
V. Černý, Z. Černá
und Dr. V. Novák

Illustrationen
von Jaroslav Šerých

WERNER DAUSIEN

V. Černý, Z. Černá und Dr. V. Novák
GESPENSTERGESCHICHTEN
2. Auflage 1978
Ins Deutsche von M. Vaničková
Grafische Gestaltung: Aleš Krejča

VERLAG WERNER DAUSIEN · HANAU / M.
ISBN 3 7684 3630–6
1/02/03/52/2

Inhalt

Vorwort

Früher, da wimmelte es nur so von Gespenstern und übernatürlichen Wesen. Jede Großmutter kannte eine Menge Spukgeschichten, und die Zuhörer hatten richtig Angst, wie es sich gehörte. Gespenster gab es überall, in der ganzen Welt, aber nicht überall erzählte man von ihnen auf die gleiche Weise. In manchen Gegenden waren es Mythen oder Märchen, anderswo besondere Spukgeschichten, und schließlich bemächtigten sich dieses Themenkreises die Schriftsteller und gestalteten die Gespenster auf eigene Art, so daß man eigentlich von volkstümlichen und künstlerischen Gespenstern reden könnte ebenso wie von Volksliedern und Kunstliedern. Für dieses Buch haben die Verfasser echte volkstümliche Gespenstergeschichten ausgewählt, die von Generation zu Generation überliefert wurden, sei es mit Lächeln oder Gruseln. Es ging hier darum, die schrecklichen, launischen und romantischen Gespenster aus allen Teilen der Welt in ihrer charakteristischen Gestalt zu schildern, sie so zu zeigen, wie man sie dort kennt, wo sie entstanden sind, und wo man mit Vorliebe von ihnen erzählt.

Der Silberwald

Die tiefen schattigen Wälder waren von jeher verlockend und geheimnisvoll. Solange die Menschen Beeren und Pilze sammelten oder auf sonnigen Lichtungen Bäume fällten, fühlten sie sich wohl und sicher, führte sie jedoch ihr Weg tiefer in den Waldesschatten hinein, befiel sie Beklommenheit. Das geheimnisvolle Dunkel wurde undurchdringlich, moosbewachsene verwitterte Felsblöcke verstellten den Weg; die Waldseen widerspiegelten nicht mehr den blauen Himmel, denn ihre Oberfläche war mit dichtem Laub bedeckt. Nur selten kräuselte sie ein leichter Wind oder das Aufplatschen eines Frosches, und manchmal verriet der Schrei eines Vogels oder das Rascheln trockener Zweige das verborgene Leben im Walde.

Aber im grünen Dämmer verbarg sich nicht nur scheues Wild. Hier gab es auch geheimnisvolle Wesen, die dem Menschen fast niemals wohlgesinnt waren, und wenn sie ihm auch nicht gerade Schaden zufügten, so trieben sie zumindest ihr grausames Spiel mit ihm. Irrlichter im Moor lenkten des Wanderers Schritte vom trockenen Weg ab. Auf verlassenen Waldschneisen lauerten häßliche Hexen, die im tollen Reigen jeden zu Tode tanzten, dem es nicht gelang, ihnen rechtzeitig zu entkommen. Tausenderlei Gefahren drohten jedem, der sich in den finsteren Wald wagte. Und nur wenigen glückte es, bis an den Ort vorzudringen, wo unter einem mächtigen Eichbaum, dessen Blätter wie Gold gleißten, die anmutigen Waldfeen zu Spiel und Tanz zusammenkamen. Streng hüteten sie ihr Geheimnis, und jeder Eindringling wurde grausam bestraft. Und trotzdem geschah es zuweilen, daß die Feen Gefallen an einem einsamen Jäger oder verirrten Wanderer fanden, daß sie ihn brüderlich oder schwesterlich aufnahmen. Solche Menschen besang man in Liedern, auch wenn sie selbst nur ungern von ihren Abenteuern erzählten.

In einem Dorf lebte einmal ein alter Mann, der hatte einen einzigen Sohn namens Duschan. Der Vater war ein kluger und vernünftiger Mensch und wollte darum seinen Sohn nicht nur daheim behalten. Als der Junge ins Alter kam, da er sich durch eigene Arbeit erhalten konnte, schickte ihn der Vater in die Welt hinaus, damit er etwas lerne.

„Auf der Welt gibt es eine Menge Menschen und Dinge, vielerlei Handwerk und nützliche Kenntnisse. Geh und sieh selbst, was für dich das Beste ist. Wenn deine Zeit kommen wird, darfst du heimkehren!"

Und Duschan machte sich auf den Weg. Er wanderte durch Dörfer und Städte, machte Bekanntschaft mit Christen und Türken; er erlernte mehr als ein Handwerk, aber sein Herz hing am meisten an der Musik. Seitdem er gelernt hatte, auf der Geige zu spielen, wollte er sich nie wieder von ihr trennen. Wenn er verärgert war über die Habgier der Menschen oder die Ungerechtigkeit des Schicksals, griff er zu seiner Geige und spielte, bis seine Traurigkeit verflogen war. Und ebenso gern spielte er bei Sonnenschein den bunt gekleideten Mädchen zum Tanz auf.

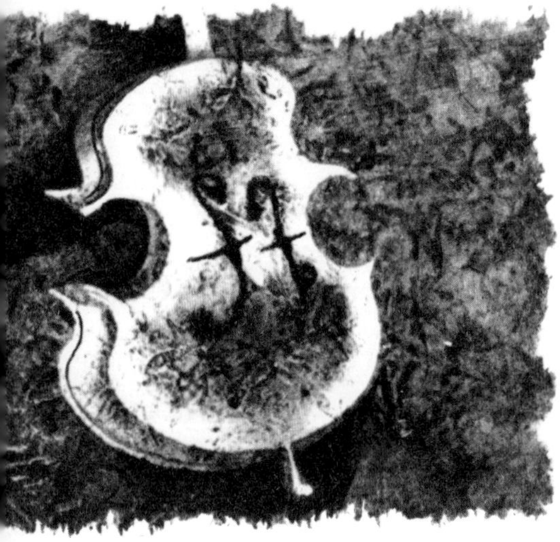

Auf seinen Wanderungen hatte Duschan vieles gelernt und vieles begriffen, aber noch immer schien die Zeit seiner Heimkehr nicht gekommen. Er hatte noch ebenso leere Hände wie früher und wußte nicht, wessen er sich hätte rühmen können.

Und so wanderte er weiter. Als er eines Tages eine lärmende Stadt hinter sich gelassen hatte, verlockte ihn ein weicher, grüner Pfad. Er bog ein, ging weiter und kam in einen Wald. Stille umgab ihn, nur von Zeit zu Zeit ertönte der Ruf eines Eichelhähers. Duschan vergaß die Zeit und den Rückweg und ließ sich von stillen Pfaden leiten, die nur das Wild kannte.

Die Sonne war längst untergegangen, im Wald herrschte tiefes Dunkel. Zwischen den Baumstämmen stiegen weißliche Nebelschwaden aus dem Sumpfboden empor. Plötzlich schwang sich der Mond hell über die Wipfel, der ganze Wald war wie verwandelt. Hoch ragten die Bäume, das Laub schimmerte golden, die Stämme gleißten silbrig. In der Nähe flackerten die Flammen eines Feuers, über den Baumkronen stieg Rauch in die Höhe. Duschan erblickte sonderbare Gestalten, die sich um das Feuer bewegten. Es waren Mädchen in langen, wallenden Gewändern, mit Flügeln auf dem Rücken.

Duschan erschrak. Er erinnerte sich plötzlich an alle

Geschichten über Hexen und schöne, aber grausame Waldfeen. Er getraute sich nicht näher an das Feuer heran, zugleich aber wollte er nicht auf den merkwürdigen Anblick verzichten. Nach einigem Zögern setzte er sich still am Fuß der buschigen Eiche nieder, unter der er gestanden hatte, und blickte hingerissen auf das Schauspiel, das sich ihm bot.

Eine Gruppe Mädchen mit Flügeln entfernte sich vom Feuer und näherte sich seinem Versteck. Die Mädchen tanzten im Mondschein, schwebten aus den dunklen Schatten der Bäume in sein helles Licht, ihre langen luftigen Gewänder verfingen sich in den Zweigen und verschwammen mit dem weißlichen Nebel. Leiser Gesang begleitete ihren Tanz. Duschan konnte nicht an sich halten ob all der Schönheit und seufzte laut auf.

Augenblicklich gerieten die Feen in große Erregung. Mit einem Schlag brach der Gesang ab, Flügel rauschten in der Luft, die Feen suchten nach dem Eindringling. Der dunkle Schatten der großen Eiche konnte Duschan nicht länger schützen. Die Feen entdeckten ihn und blickten ihn durchdringend an. Im Glanz dieser behexenden Augen wurde Duschan blind und stumm.

Vergebens streckte er bittend die Arme aus, weil er glaubte, die Feen vor sich zu haben. Die aber kümmerten sich nicht mehr um ihn und begannen von neuem zu tanzen. Duschan weinte bitterlich. Denn wer sollte ihm helfen? Er würde hier elend zugrunde gehen.

Da fiel ihm plötzlich seine Geige ein – sie wird diesen gefühllosen Wesen von seinem Leid erzählen. Er setzte sich wieder unter den Baum und begann zu spielen. Er spielte im dunklen Wald und im hellen Mondschein, ohne etwas zu sehen. Er schilderte in seinem Spiel die Schönheit, die ihn verführt hatte, sang traurig über seinen Schmerz und seine Qual. Die Feen hörten zu tanzen auf und lauschten.

Als er zu Ende gespielt hatte, liefen sie in den Wald und suchten nach Heilkräutern, um ihren Zauber wieder zu lösen. Die eine legte ihm lindernde Blätter auf die Lider, eine andere brachte ein wenig vom Wasser des Lebens und gab ihm zu trinken. Duschan gewann das Augenlicht und auch die Sprache wieder. Die Feen nahmen ihn als Bruder auf, und er blieb bei ihnen und begleitete sie auf seiner Geige zum Tanz.

Nach Jahren kehrte er zu den Menschen und in sein Heimatdorf zurück. Aber man sagt nicht umsonst, vom Wald werde der Mensch für sein Leben lang gezeichnet. Duschan blieb schweigsam, den Blick gleichsam nach innen gerichtet. Und Jahr für Jahr verschwand er auf lange Zeit im Wald

Die Hochzeit der Dews

Im Dorfe Schatili, ganz am Ende, wohnte Aluda Sasikauli. Er hatte weder Frau noch Kinder, seinen Vater und Bruder hatten ihm die Kists getötet, seine Mutter war nach einer Wallfahrt zum Kreuz von Gudani am Fieber gestorben. Nachdem er an den Mördern seines Vaters und Bruders Rache geübt und die Mutter begraben hatte, lebte er einsam. Im Dorf wurde er geachtet, denn er war ein guter Jäger und witziger Tischgenosse, der es immer verstand, etwas zum besten zu geben. „Beim Kreuz von Gudani", pflegte er zu sagen, „ihr hättet damals dabei sein sollen und dürftet mir jede Lüge, bei der ihr mich ertappt, in die Gurgel stopfen. Kann ich denn dafür, daß ihr solche Stubenhocker seid?"

Eines Tages ging Aluda Sasikauli auf Steinbockjagd. Er streifte im Gebirge umher, bis es dämmerte, schlief unter seinem Mantel an einer Quelle im Tal, kletterte über kahle Berghänge, auf denen Felsblöcke ragten wie die Zähne eines Riesen, aber er erblickte keinen einzigen Steinbock. Er überquerte den Gebirgskamm, stieg in ein weiteres Tal hinab, aber auch diesmal hatte er zum Abendessen nichts anderes als Brot, Schafkäse und Quellwasser. Vergeblich betete er zu Otschopinte, dem Hüter des Wildes – auch am dritten Tag traf er bis zum späten Nachmittag nicht einmal ein Zickel. Plötzlich entdeckte er auf einem Hang einen stattlichen Bock mit mächtigen Hörnern. Er versteckte sich zwischen Felsen, kroch näher heran und erlegte den Bock mit einem einzigen Schuß. Aber die dritte Nacht brach schon herein, und auf dem steilen Hang konnte er nicht übernachten. Er nahm den Steinbock auf den Rücken und kletterte den Steilhang hinunter. Da sah er, daß aus einer engen Schlucht Rauch in die Höhe stieg, und nach einem Weilchen stand er vor einem sonderbaren Gebäude. Es war ein Haus aus unbehauenen

Steinen, mit einem halbverfallenen Wachtturm, einem Säulengang aus grob gezimmerten Brettern, mit Schießscharten und einer Falltreppe – aber das war nicht das Merkwürdigste an dem Haus. Überraschend waren seine Ausmaße. Das Tor war so groß, daß ein Reitersmann zu Pferde mit aufgepflanztem Speer oder zwei voll gerüstete Reiter nebeneinander hätten durchkommen können. „Beim Kreuz von Gudani", sagte Aluda Sasikauli zu sich selbst, „solche Häuser werden heute nicht mehr gebaut. Unsere Ahnen waren eben aus härterem Holz geschnitzt als wir!"

Es dunkelte bereits, dem Schornstein entstieg verlockend der Rauch, aus dem Innern des Hauses drang Gesang. Aluda sehnte sich nach einem warmen Ofen, an dem er die müden Füße erwärmen könnte, und er legte den Steinbock vor sich auf den Boden, stellte sich breitbeinig vor das Tor und rief: „Hauswirt!" Er rief noch einmal, und als er zum dritten Mal rufen wollte, hörte man von drinnen das Krachen des Fußbodens, und das Tor öffnete sich. Inzwischen war es schon ziemlich dunkel geworden, und Aluda glaubte, seine Augen täuschten ihn und er sehe nicht das, was er sah. Aus dem Haus kam über die Falltreppe etwas hervor, das aussah wie ein Haufen Menschen umhüllt von einem einzigen

Mantel. Köpfe drehten und wendeten sich hin und her und schrien durcheinander und doch mit derselben Stimme: „Willkommen, lieber Gast! Tritt ein und laß dich in diesem Haus bewirten!"

Da erkannte Aluda, daß ein schrecklicher siebenköpfiger Dew vor ihm stand, gewiß der leibhaftige Baqbaq, dessen bloßer Name den Menschen solchen Schrecken einjagte, daß sie sich scheuten, ihn auszusprechen. Aluda erschrak, aber die Einladung konnte er nicht mehr ablehnen. Weißer Reiter, steh mir bei! dachte er und ging beherzt dem siebenköpfigen Ungeheuer entgegen.

„Ich sehe, du bist ein Jägersmann", rief der Dew und lachte, daß die Schlucht zitterte. „Ich will meinen Sohn rufen, er soll sich um die Beute kümmern." Er wandte zwei Köpfe zur Seite und rief etwas ins Haus hinein. Das Tor öffnete sich von neuem, und über die Falltreppe kam ein fürchterliches Geschöpf gesprungen. Es hatte drei Beine, Arme, die bis zur Erde reichten, und ein Maul, dessen Unterlippe bis zum Bauch herunterhing.

„Das ist mein jüngster Sohn Brüllimwald", sagte Baqbaq. „Mein Sohn, trag die Beute des Gastes in die Kammer. Zuerst aber zeig sie den übrigen Gästen, damit sie sehen, was für ein tüchtiger Jäger uns mit seinem Besuch beehrt."

Über diese Worte war Aluda ein wenig aufgebracht, weil er glaubte, der Riese mache sich über ihn lustig, als er aber sah, was Brüllimwald tat, schluckte er seinen Ärger herunter. Das junge Ungeheuer beugte sich über den erlegten Steinbock, faßte ihn mit dem kleinen Finger, setzte sich ihn auf den eingequetschten Nasenrücken und hopste damit die Treppe hinauf.

„Komm herein, Gast", wandte sich Baqbaq an Aluda. „Du bist nicht der einzige, der heute unter meinem Dach zu Gast ist. Ich verheirate meine Tochter, die berühmte Schönheit Dreiauge-Schönauge, von der du bestimmt gehört hast, denn ich sehe an deiner Tracht, daß du ein Chevsur, also ein Landsmann, bist. Zwar habe ich die Chevsuren nicht ins Herz geschlossen", sagte er und kicherte dabei, „sie haben zu hartes Fleisch. Aber heute tut das nichts zur Sache, weil du ja unser Gast bist."

Aluda lief es kalt über den Rücken, trotzdem zwang er sich zu einem höflichen Lächeln und folgte dem Gastgeber ins Haus. Sie gingen durch einen Vorraum und betraten dann das Gästezimmer. Im Kamin prasselten mächtige Eichenstämme, über den Kesseln wirbelten Dampfsäulen, auf den Bänken an der Wand saßen die Festgäste. Als Baqbaq Aluda hereinführte, verstummten sie und blickten ihn aufmerksam an.

„Ein neuer Gast hat unserem Haus die Ehre erwiesen", sagte Baqbaq, „er ist ein Jäger, seine Beute habt ihr vor einem Weilchen gesehn. Ich kenne deinen Namen nicht, Gast", wandte er sich an Aluda, „doch ich sehe an deinen Waffen, daß du ein Held bist und gewiß verstehst, auch mit größeren Raubtieren fertigzuwerden, als mit Ratten."

Aluda erblaßte, aber Baqbaq sprach weiter: „Du darfst deine Waffen ruhig ablegen, denn in meinem Haus droht dir keine Gefahr."

Aluda wich einen Schritt zurück, da aber streckten sich ihm von drei Seiten scheußliche Klauen entgegen. „Gib mir dein Gewehr und deinen Säbel", brüllte ihm eine kreischende Stimme ins Ohr, „ich will sie an den Ehrenplatz hängen." Der Besitzer dieser schrecklichen Pranken und furchterweckenden Stimme war der mittlere Sohn des Baqbaq, namens Räudiger. Aluda legte zögernd sein treues Gewehr in eine, seinen Gürtel und Säbel in die andere Pfote des Ungeheuers, während es ihn mit dem dritten Arm am Nacken packte und in die Mitte des Zimmers stellte.

„Ich stelle dir meine Gäste vor, Chevsur", sprach Baqbaq. „Sicherlich bist du ihnen noch niemals begegnet, sonst wärst du heute nicht da." Baqbaq lachte aus allen sieben Kehlen. Die Anwesenden stimmten in sein Lachen ein, und die Dachbalken zitterten bei dem Gebrüll. Es war eine Gesellschaft, wie man sie nicht alle Tage sah. Es waren ihrer bei weitem nicht so viele, wie viele Köpfe und Augen sie hatten, und wie viele Hände sie Aluda entgegenstreckten – sie hätten ausgereicht, die Burg von Ananur Stein um Stein zu zerlegen, ehe man bis fünf zählte.

„Du solltest uns deinen Namen verraten, Gast", sagte der Vorsitzende an der Hochzeitstafel, der schreckliche Donnerschlag, „damit die Brautleute sich später mit Stolz an dich erinnern."

Aluda Sasikauli überlegte: wenn er ihnen seinen wirklichen Namen sagte, wäre er zwar bis an sein Ende vor ihnen sicher, aber sie würden ihn besuchen kommen, und die Leute im Dorf würden vor Angst sein Haus meiden. Er wäre ein Ausgestoßener in der eigenen Heimat, und die Mütter würden ihre Kinder mit ihm schrecken. Darum entschloß er sich, seinen wahren Namen nicht zu verraten.

„Ich heiße Siebendews-Gottesfeind", sagte er.

„Ein seltsamer Name für einen Chevsur", wunderte sich Donnerschlag. „Ich habe schon viele gekannt, hörte aber

noch von keinem, der so hieß wie du. Wir wissen, daß die Chevsuren auf das Kruzifix von Gudani schwören. Tu das auch, damit wir dir glauben können."

Die übrigen stimmten zu, und es entstand ein unbeschreiblicher Lärm.

„Beim Kreuzweg zum Gudani (Gasthaus) – ich heiße wirklich Siebendews-Gottesfeind", antwortete Aluda schnell, noch ehe sie verstummt waren. Bei dem Krawall hatte niemand recht hingehört, und so glaubten ihm alle.

Dann befahl der Vorsitzende Ruhe, brachte einen Trinkspruch aus und reichte Aluda einen Becher Arrak. Der Becher war so groß wie ein Topfhelm, aber Aluda trank ihn bis zur Neige aus, ohne auch nur mit der Wimper zu zucken. Die Riesen brummten zufrieden, und Donnerschlag rief aus: „Reicht mir den Kessel her, damit ich dem Gast die beste Portion gebe!"

Sofort sprangen die Söhne Baqbaqs herzu, reichten ihm einen riesengroßen dampfenden Kessel, und Donnerschlag fischte etwas heraus und legte es auf eine Schüssel. Brüllimwald ließ sich auf seine drei Knie nieder und hielt Aluda die Schüssel unter die Nase. Dieser sah mit Grausen, daß auf der Schüssel ein gekochter Menschenkopf lag. Er erblaßte, die Hände zitterten ihm, er schluckte und spürte, daß ihm übel wurde.

Baqbaq beobachtete aufmerksam Aludas Miene und lachte mit seinen sieben Mündern. „Mir scheint, dir ist nicht wohl, Gast? Willst du vielleicht sagen, in meinem Hause schmecke es dir nicht?"

„Ich habe heute keinen richtigen Appetit", log Aluda. „Ich bin müde vom langen Weg, und diese Ehrenportion scheint mir für den vom Hunger geschwächten Magen zu fett. Wenn es Euch nichts ausmacht, möchte ich am liebsten den Käse essen, den ich in meinem Sack habe."

Die anwesenden Riesen grölten laut, aber sie schienen nicht beleidigt. Im Gegenteil, sie drückten ihre Teilnahme aus, und jeder riet etwas anderes gegen Übelkeit.

„Das beste ist Schlangengalle", brüllte aus einem Winkel ein zahnloser Kobold.

Aber Baqbaq überschrie alle mit seinen sieben Stimmen: „Gebt ihm einen Eimer Bier, das weckt den Appetit."

Dabei blieb es, und sie reichten ihm einen vollen Eimer. Den setzten sie ihm an die Lippen und gossen ihm Bier in die Kehle, daß er glaubte, er müsse ertrinken. Mit aller Kraft stieß er Brüllimwald weg, der in seiner Dummheit glaubte, er solle den Eimer in die Runde schicken und ihn dem nächsten

Nachbarn reichen. Die Riesen tranken, das Bier blubberte in Strömen in ihre Kehlen, und man brachte einen neuen vollen Eimer herbei. Das Bier schmeckte allen, sie schlugen sich auf die behaarten Bäuche und stimmten dann den Hochzeitsgesang an:

Hojho, hojho, hojho,
wir sind heut' alle froh
und feiern die schöne Braut.
Ihr Körper ist weich und behaart,
der Buckel rund, die Beine krumm.
Der Bräutigam ist von weither.
Noch heute wird er sie umfassen . . .

Als sie sich dabei an die Braut erinnerten, brüllte Donnerschlag: „Zeigt doch dem Gast unsere schöne Braut, das erlaubt die Sitte. Er ist ein Mensch und wird unter seinen Mitmenschen ihre Schönheit preisen."

Alle stimmten stürmisch zu und führten Aluda ins Brautgemach. Dort saß Dreiauge-Schönauge im Kreis ihrer Brautjungfern. Sie war nicht so häßlich, wie Aluda befürchtet hatte, nur hätte sie ihr drittes Auge mit einer Hand zudecken sollen.

„Seid gegrüßt, schöne Jungfer", sagte Aluda. „Noch niemals sah ich eine schönere Riesenbraut, ja, ich hätte nie gedacht, daß Riesenfräuleins so reizend sind!"

„Du gefällst mir auch gut, Gast", sagte Dreiauge-Schönauge, und als keine der Bautjungfern zuhörte, setzte sie hinzu: „Du bist fast ebenso hübsch wie ich und bestimmt viel hübscher als mein Bräutigam. Sicher bist du auch mutig und, wie man mir sagte, ein tüchtiger Jägersmann. Du wirst deine liebe Frau gut versorgen, ebenso wie eine Schar hübscher Riesenkinder. Entführe mich!"

„Wie könnte ich so etwas wagen?" wandte Aluda ein. „Das hieße, das Haus schmähen, in dem ich gastlich aufgenommen wurde, und aus meinen Freunden würden Erzfeinde."

„Aber du sagtest doch, ich gefalle dir – und ich will dich", sagte Dreiauge-Schönauge trotzig. „Ich will meiner Magd befehlen, insgeheim mein Pferd zu satteln, und du wirst mich entführen."

Aluda wehrte sich, widersprach, wollte sogar davonlaufen, um dieser dopplten Gefahr zu entrinnen, aber vergebens. Dreiauge-Schönauge packte ihn, steckte ihn in ihr Nähkörbchen und flüsterte der abscheulichen Hexe, die ihre Dienerin war, etwas ins Ohr. Nach einer Weile trug sie ihn im Nähkörbchen auf den Hof und von dort durch eine Hintertür hinaus auf die Weide, wo ihr gesatteltes Pferd bereitstand.

Da aber ertönten vor dem Haus Freudenrufe aus vielen Riesenkehlen, Schüsse und Pfiffe – gerade war der Bräutigam eingetroffen, um seine Braut abzuholen. Jetzt kriegte es Aluda aber wirklich mit der Angst zu tun. Was sollte er machen? Er hatte nicht die geringste Hoffnung zu entkommen. Die Hochzeitsgäste mußten doch bald entdecken, daß die Braut weg war – und er mit ihr. Sie würden sie verfolgen – und da gab es sicher kein Entrinnen. Er konnte sich auch nicht zum Kampf stellen, denn seine Waffen hatten sie ihm abgenommen. Und wenn es ihm auch gelänge zu fliehen – könnte er jemals mit einer Frau leben, wie Dreiauge-Schönauge eine war? Und ihr davonlaufen – das war völlig ausgeschlossen.

Dreiauge-Schönauge merkte seine Bestürzung, schmiegte sich zärtlich an ihn und sagte: „Du hast mich entführt, und ich kann nicht mehr zurück. Aber ich werde mich mit dir zur Wehr setzen und wenn es sein muß, auch mit dir sterben. Du sagtest doch, ich gefalle dir?"

Und schon hörte man aus dem Haus das Jammern der Brautjungfern, dann das furchtbare Gebrüll der wütenden Hochzeitsgäste, und über all dem Lärm ertönte die schreckliche Stimme des betrogenen Bräutigams: „Wer hat meine Braut entführt?"

„Siebendews-Gottesfeind", antworteten die Riesen einstimmig.

„Und wären es vierzehn oder einundzwanzig", fluchte der Bräutigam, „mir entkommt keiner, ich zerreiße sie alle in tausend Stücke!"

Aluda wollte sich hinter einem Felsen verstecken, weil er hoffte, sie würden ihn vielleicht übersehen, aber Dreiauge-Schönauge mißverstand seine Absicht – sie lehnte sich mit aller Kraft an den Felsen, weil sie glaubte, Aluda wollte ihn auf das Haus stürzen. Der ganze Felshang brach ab, und die mächtigen Steinblöcke rissen alles mit sich und wälzten sich mit ohrenbetäubendem Krachen auf das Haus. Dann packte Dreiauge-Schönauge mit einem Arm Aluda, mit dem andern das Pferd und rannte den Berg hinauf.

Als die Steinlawine gegen die Mauern des Hauses schlug und sie zerschmetterte, begannen die Riesen schrecklich zu brüllen. Nur der Bräutigam verlor keine Zeit und rannte den Flüchtlingen auf den Berg nach.

„Ha, ich hab euch schon!" schrie er mit dröhnender Stimme, „haltet ein, alle sieben!"

Dreiauge-Schönauge stellte Aluda und das Pferd auf den Boden und lehnte sich gegen einen Felsen. Im Dunkel sah sie nicht, wer wo war, und die Riesen konnten sie nicht sehen. Dem Geschrei nach konnte man aber erkennen, daß die Flinksten unter ihnen schon in der gleichen Höhe wie sie sein mußten. Dreiauge-Schönauge kippte den Felsblock um, und der Bräutigam schrie auf vor Wut und Schmerz.

„Was ist los?“ fragten die sieben Köpfe Baqbaqs.

„Nichts, ich hab mir das Kreuz verrenkt“, sagte der Bräutigam, der vor dem Schwiegervater den Schmerz nicht eingestehen wollte.

Und aus der engen Schlucht antwortete das Echo: „Kreuz . . . Kreuz . . . Kreuz . . .“

„Ha, dort ist der Chevsur“, riefen die Riesen, die höher oben waren. „Er beschwört das Kreuz von Gudani!“ Und sie wälzten Steinblöcke in die Richtung. Die unten waren, sammelten Steine und warfen sie in die Höhe. Alle brüllten, die Getroffenen stöhnten, die Steine rumpelten, und die Baumstämme krachten. In der Verwirrung wußte keiner mehr, gegen wen er kämpfte.

Aluda zögerte nicht, schwang sich in den Sattel und ritt auf dem schmalen Gebirgspfad den Berghang entlang, ungeachtet der Gefahr, daß er sich bei jedem Schritt das Genick brechen konnte. Die Riesen kämpften inzwischen erbarmungslos gegeneinander weiter. Entweder glaubten sie, ihr Gegner sei der schreckliche Siebendews-Gottesfeind, oder sie wollten sich in maßloser Wut an ihren Gefährten für die erlittenen Wunden rächen, wer weiß? Da ertönte in dem Getümmel die dröhnende Stimme Donnerschlags: „Huh, huh, ich weiß, was ich tu!“ Und er stemmte sich mit seinen mächtigen Schultern gegen den Berg, stützte sich mit den Füßen an die gegenüberliegende Felswand, so daß sie zerbarst, hinabstürzte und das ganze Tal verschüttete. Meilenweit erbebte die Erde. Berge stürzten ein, und in den Spalten enstanden neue Täler. Von der Stelle, wo die Schar der Riesen verschüttet worden war, erhob sich eine Staubwolke und beißender Rauch wie aus einem Kalkofen.

Aluda aber war bereits in Sicherheit. Gerade hatte er den Bergpaß überquert und ritt nun vorsichtig zwischen den Felsen in das wohlbekannte heimatliche Tal hinunter.

Die Bucht der Wildgänse

An einem Frühlingstag, als sich Schnee und Eis ins Binnenland zurückgezogen hatten und die ganze Küste nach frischem Grün duftete, kehrte Niarqoq auf seinem Kajak vom Fischfang heim. Er wunderte sich, auf dem Felsen über dem Ufer nicht seine Frau zu sehen, die dort immer nach ihm Ausschau hielt. Noch mehr aber staunte er, daß ihm auch seine beiden Kinder nicht entgegenliefen.

Zu Hause fand er nur seine alte Mutter vor. Er fragte sie nach Frau und Kindern, und die Mutter sagte: „Deine Frau ist morgens mit den Kindern ausgegangen, um zu sehen, wie die Wildgänse gegen Norden ziehen. Gerade flog eine große Schar vorbei, ließ sich auf den Boden nieder und umkreiste sie wie eine Wolke. Dann erhoben sich die Vögel wieder, aber deine Frau und deine Kinder waren nicht mehr da. Wahrscheinlich haben sie die Gänse nach Norden mitgenommen."

Als Niarqoq das hörte, sagte er zur Mutter: „Also will ich nach Norden gehen, meine Frau und meine Kinder suchen."

Er zog seinen besten Pelz und feste Seehundstiefel an und machte sich auf den Weg gegen Norden. Er ging und ging, und als er schon sehr lange gegangen war, gelangte er in eine finstere Schlucht. Nach einer Weile bemerkte er, daß sich in der Klamm etwas heftig bewegte, und er hörte lautes Geschrei.

Niarqoq ging weiter, denn es gab keinen andern Weg, und als er näher herangekommen war, sah er in der Schlucht zwei riesengroße nackte Gestalten stehen. Sie zerrten einander an den Haaren und stießen dabei laute Flüche aus. Niarqoq versteckte sich hinter einem Felsen und überlegte, was er tun sollte, da ihm diese Geschöpfe den Weg verstellten. Sie kümmerten sich aber nicht um ihn, rauften sich weiter die

Haare, beschimpften einander, rührten sich aber nicht vom Fleck. Niarqoq entdeckte zwischen ihnen einen engen Spalt und entschoß sich hindurchzuschlüpfen, denn er wollte doch weitergehen. Vorsichtig näherte er sich den beiden Gestalten, aber gerade als er in den Spalt zwischen ihnen schlüpfen wollte, schwirrte etwas durch die Luft, und ein Knäuel ausgerissener Haare, dick wie Riemen, fiel ihm vor die Füße.

Niarqoq erschrak, ging aber weiter, watete durch die Haare und schlüpfte durch den Spalt. Da sah er, daß sich ihm eine geöffnete Riesenhand näherte. Er warf sich auf den Boden, die Hand verfehlte ihn und wurde wieder hochgezogen, um in die Haare des Gegners zu fahren. Niarqoq sprang auf und lief davon, er rannte und rannte, solange er noch Geschrei und Beschimpfungen hinter sich hörte.

Dann ging und ging er wieder weiter, und als er sehr lange gegangen war, erblickte er ein großes gelbes Licht vor sich. Er ging noch ein Stück, bis er sah, daß er nicht weiterkonnte, weil ihm eine riesengroße Öllampe den Weg verstellte. Die Lampe brannte mit mächtiger Flamme, leuchtete und zischte, aber Niarqoq wollte weiter. Er kroch also auf die Lampe hinauf, stieg vorsichtig auf ein großes Stück Seehundstran wie auf eine nasse Eisscholle und watete auf die andere Seite hinüber. Kaum war er wieder unten, erlosch die Lampe plötzlich und verschwand.

Und wieder ging und ging er, und als er ein großes Stück Wegs gegangen war, sah er vor sich eine Dampfwolke in die Höhe steigen. Er näherte sich und hörte bald lautes Brodeln

und zwischendurch ertönte eine Stimme: „Ich koche Suppe und esse Menschen."

Da sah Niarqoq, daß ihm ein riesengroßer Kessel den Weg verstellte, und in dem Kessel kochten Fleischstücke, so groß wie Felsblöcke, und heißer Dampf stieg empor. Niarqoq aber wollte weiter, und darum kümmerte er sich nicht um den Kessel, der ihn fressen wollte, trat vorsichtig auf ein kochendes Stück Fleisch, sprang dann von einem Stück aufs andere wie von einer Eisscholle auf die andere. Das Fleisch wälzte sich im siedenden Wasser, es war fett und glatt, so daß er mehrmals ausglitt und fast gestürzt wäre, aber schließlich gelangte er doch auf die andere Seite und ging weiter. Der Kessel rief ihm nach: „Wenn du zurückkommst, entrinnst du mir nicht mehr!" und verschwand.

Niarqoq ging und ging, immer weiter gen Norden. Allmählich verschwand das Grün, und er erblickte in der Ferne vor sich die weißen und grauen Umrisse der Gletscher. Dann aber sah er, daß quer über den Weg ein Bach floß, an dessen Ufer eine seltsame Gestalt stand. Es war ein dicker Greis mit großen Ohren. Er wandte Niarqoq den Rücken zu und schwang eine Axt. Er fällte einen alten Weidenstamm, daß die Späne nach allen Seiten flogen. Und jedesmal, wenn ein Holzspan in den Bach fiel, verwandelte er sich in einen Lachs, der schnell dem Meere zuschwamm.

Niarqoq sagte sich, der Alte würde gewiß zornig werden, wenn er sich ihm von hinten näherte. Er machte also vorsichtig einen weiten Bogen um ihn, damit er nicht von ihm gesehen werde. Dann näherte er sich von vorn und erkannte, daß es der Geist Quajungajugssuaq war. Der hörte nicht auf, seine Axt zu schwingen und sprach zornig: „Du hast es gewagt, dich mir von hinten zu nähern."

Niarqoq antwortete: „Nein, du siehst doch, ich komme von vorn."

„Ich weiß recht gut, du kamst von hinten", sagte Quajungajugssuaq barsch, „und darum erschlage ich dich."

„Wenn du mich töten willst, so töte mich. Aber zuerst sag mir, ob du meine Frau und meine Kinder gesehen hast. Die Gänse haben sie mit nach Norden getragen, und jetzt suche ich sie."

Der Alte lachte: „Nach Norden, den Gänsen nach? Dorthin kommst du nie. Es sei denn, ich bringe dich selber hin. Komm her!"

Als Niarqoq nähertrat, warf der Alte die Axt weg, nahm ihn bei der Hand und sagte: „Schließ die Augen und öffne sie erst, wenn ich's dir sage, was immer auch geschehen mag."

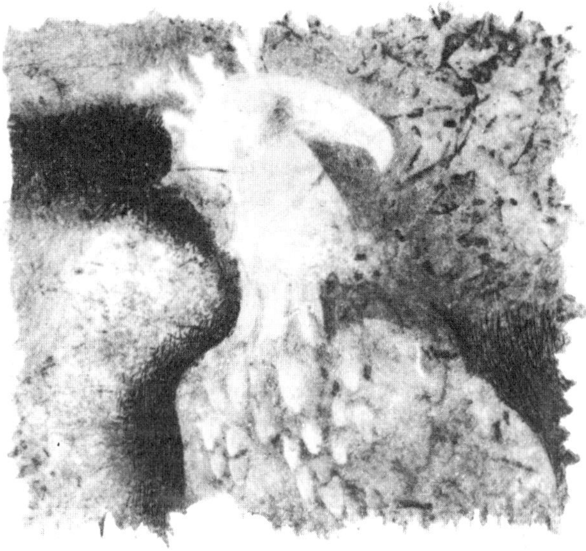

Niarqoq schloß die Augen und spürte, wie ein heftiger Windstoß ihn in die Höhe riß und davontrug. Er hörte das Rauschen des Meeres, das Brausen des Sturms, ein Schnauben und merkwürdige klatschende Laute. Er dachte, gewiß mache Quajungajugssuaq Wind mit seinen großen Ohren; schon wollte er sich das anschauen, aber er besann sich und hielt die Augen noch fester geschlossen.

Lange, lange flogen sie mit dem eisigen Wind um die Wette, bis es schließlich still wurde und Niarqoq festen Boden unter den Füßen spürte. Dann ertönte die Stimme des Alten: „Jetzt darfst du die Augen öffnen."

Er öffnete also die Augen, aber den Alten sah er nirgends. Er schaute sich um und merkte, daß er sich am Ufer einer großen Bucht befand, wo es eine Menge Steine und Felsen gab, aber nicht ein einziges grünes Blättchen. Und hinter den Felsen war außer Schnee und Eis nichts mehr.

Am Ufer entdeckte er dann viele sonderbare Menschen, die in Federn gekleidet waren. Ihre Gesichter waren ausdruckslos – runde, starr blickende Augen, dazwischen eine schmale lange Nase, die aus der Stirn hervortrat und am Ende ein wenig gekrümmt war. Sie waren niemandem ähnlich, den Niarqoq kannte. Sie gingen an ihm vorüber und kümmerten sich nicht um ihn.

Niarqoq wußte nicht, was tun, und schaute ratlos umher. Da hörte er hinter sich eine bekannte Stimme: „Vater, du bist uns nachgekommen?"

Er wandte sich schnell um und erblickte zwei Gestalten, die kleiner waren als die übrigen, aber sonst genauso aussahen. Aber nach der Stimme hatte er seine Kinder erkannt.

„Komm, gehen wir zu unserer Mutter", sagten die Kinder

und führten ihn an einen überhängenden Felsen, unter dem seine Frau saß. Sie sah ebenso fremd aus wie die Kinder, und er erkannte sie nur an der Stimme. Aber die Frau fuhr ihn bös an: „Du hättest mir nicht folgen sollen. Ich bin hier zufrieden, und dich will ich nicht mehr sehen. Geh weg, du bist häßlich!“

Niarqoq ließ sich also unter einem anderen Felsen nieder, und die Kinder waren immer eine Zeitlang bei ihm und dann wieder bei der Mutter. Aber die übrigen Menschen in der Bucht kümmerten sich ebensowenig um ihn wie früher.

Eines Morgens kamen die Kinder aufgeregt herbeigelaufen, mit der Mutter sei etwas los und er solle doch schnell schauen kommen. Sie lag merkwürdig verkrümmt unter ihrem Felsen, und Niarqoq sah, daß sie tot war. Traurig stand er da und überlegte, was ihr wohl zugestoßen war, und er merkte, daß um ihn her Aufregung herrschte.

Die Menschen, die sich bis dahin nicht um ihn gekümmert hatten, musterten ihn plötzlich aufmerksam, blieben stehen, kamen näher und umringten ihn von allen Seiten. Dann rief einer aus: „Du hast sie getötet!“

Die übrigen wiederholten es, schrien, blickten ihn aus reglosen Augen starr an und drängten sich immer näher. Aus der ganzen Bucht kamen sie herbeigelaufen. Es wurden ihrer immer mehr und mehr, und ihre Schreie widerhallten in der Ferne. Als es bereits schien, als wollten sich alle auf Niarqoq stürzen, erstarrten und verstummten sie plötzlich. Und im nächsten Augenblick verwandelten sich alle diese Menschen in Wildgänse. Die ganze große Schar erhob sich mit zornigem Geschnatter und flog davon.

Niarqoq war plötzlich ganz allein an dem stillen, öden und steinigen Strand der Bucht, über sich den grauen Himmel und vor sich das graue Meer, in der Ferne gesäumt von weißen Eisbergen. Da erschien Quajungajugssuaq vor ihm und sprach: „Glaub nur ja nicht, daß sie weg sind. Sie werden wiederkommen und dich zu Tode beißen wollen. Du wirst dich wehren müssen. Ich habe dir eine Peitsche aus Weidenruten mitgebracht. Setz dich dort auf den Hügel und warte. Aber merke dir – du darfs nicht einschlafen.“

Niarqoq befolgte seinen Rat. Lange geschah nichts. Als ihm vor Müdigkeit schon fast die Augen zufielen, tauchte plötzlich am Horizont eine große schwarze Wolke auf und näherte sich schnell. Es war eine riesige Schar Gänse, die wild schnatterten und Niarqoq von allen Seiten her angriffen. Er wehrte sich mit aller Kraft, und allmählich nahm die Zahl der Gänse ab, bis schließlich keine mehr übrig war. Niarqoq atmete auf, aber da erschien der Greis wieder und warnte ihn: „Paß auf, daß du nicht einschläfst!“ und verschwand.

Niarqoq überwand seine Schläfrigkeit, und kurz darauf erschien am Horizont tatsächlich eine große graue Wolke, und wiederum stürzte sich eine Schar Wildgänse auf ihn, aber es waren ihrer weniger als zuvor. Auch diesmal konnte er sich erwehren, aber vor Müdigkeit sank ihm der Kopf auf die Brust. Da kam Quajungajugssuaq von neuem und warnte ihn, er dürfe nicht einschlafen.

Mit größter Mühe überwand Niarqoq den Schlaf, da tauchte schließlich am Horizont eine weiße Wolke auf – eine noch kleinere Schar Wildgänse. Unter ihnen befanden sich auch zwei kleine, die setzen sich seitwärts hin, schauten zu, aber bedrängten Niarqoq nicht wie die übrigen. Niarqoq aber war schon sehr müde und schläfrig, und darum dauerte es lange, bis er auch diese letzte Schar überwunden hatte. Am Ende waren nur die beiden kleinen Wildgänse übriggeblieben; sie erhoben sich und flogen davon. Und Niarqoq sank zu Boden und schlief ein.

Als er aufwachte, war er wieder ganz allein, nur Stille und Dämmer herrschte ringsumher. Er setzte sich auf einen Stein und überdachte, was er erlebt hatte und wie alles ausgegangen war. Da erschien wieder Quajungajugssuaq und sprach: „Na siehst du, wie alles ausgegangen ist.“

Niarqoq wußte nicht, was er nun noch tun sollte, und so blieb er mit Quajungajugssuaq dort.

Unerwarteter Besuch

Herr Schirozaemon wußte immer dafür zu sorgen, daß in seinem Laden die besten Teesorten in genügender Menge zu haben waren, und darum ging es ihm gut. Im Geschäft hatte er zahlreiche Verkäufer und Gehilfen, und in seinem Hause arbeiteten so viele Diener und Mägde wie auf einem kleineren Adelssitz. Die Aufsicht über die Mägde führte die älteste Dienerin Takae, die jüngste war ihre fünfzehnjährige Nichte Okame, die Kammerzofe der Hausfrau.

Okame war ein bildhübsches, nettes und fröhliches Mädchen. Sie verstand sich gut mit allen und war gleichsam der Liebling der Familie wie auch der Dienerschaft, denn wen Okame anlächelte, der war sogleich guter Laune.

An einem Frühlingstag gab es im Hause des Herrn Schirozaemon eine Menge Arbeit, und es herrschte reges Treiben. Das Frühlingsfest der jungen Mädchen wurde vorbereitet. Überall wurde geputzt und aufgeräumt, aus den Truhen zog man die festlichen Gewänder hervor, in der Küche wurden die Reiskuchen zubereitet, die nach frischen Kräutern dufteten.

Die größte Freude an dem fröhlichen Treiben hatte die flinke Okame. Ihre helle Stimme schallte durchs ganze Haus, sie lachte und scherzte, so daß man hätte meinen können, die Vorbereitungen seien eher ein Spiel als eine Arbeit. Aber am Nachmittag war Okame plötzlich wie ausgetauscht. Sie verstummte, blieb zuweilen reglos stehen, fing wieder ziellos zu laufen an, versteckte sich und ließ alles aus den Händen fallen.

Als erste bemerkte ihre Tante, die Haushälterin Takae, die Veränderung und sie fragte, ob ihr denn etwas fehle. Aber Okame antwortete nicht, lief wiederum davon und versteckte

sich. Als sie dann noch eine Vase voll Blumen umstieß, das aufgeschichtete Holz im Hof durcheinanderwarf und sich dann sogar noch unter der Veranda verkroch, begannen die Mägde einander zuzuflüstern, Okame benehme sich nicht wie ein Mensch, sondern wie eine verwandelte Füchsin – und die verstehen sich auf Verstellung, wenn sie es wollen! Die alte Köchin, der die Verwirrung und das Geflüster mißfiel, sagte es schließlich laut heraus: „Allem Anschein nach ist unsere Okame eigentlich eine Füchsin. Sie hat sich hier eingeschlichen, um uns alle zu verzaubern. Jagen wir sie davon!"

„Wie wäre denn das möglich", entrüstete sich Takae. „Ich kenne sie doch seit der Geburt und habe sie selber aus unserem Dorf hergebracht. Die Arme ist wahrscheinlich krank."

Mit dem Mädchen wurde es aber von Stunde zu Stunde schlimmer, und als sich die übrigen vor ihr zu fürchten begannen und die Köchin unaufhörlich stichelte, schien es schließlich auch Takae sonderbar. Sie bat daher die Hausfrau, einen Beschwörer kommen zu lassen, der vielleicht feststellen konnte, was Okame eigentlich zugestoßen war.

Als der Beschwörer erschienen war, ließen sich sämtliche Frauen in einem Kreis nieder, und in die Mitte setzten sie Okame. Dreimal umschritt der Beschwörer das Mädchen, wobei er Zauberformeln vor sich hin murmelte. Dann setzte er sich Okame gegenüber und blickte ihr starr ins Gesicht. Zuerst rührte sie sich nicht, als wäre sie nicht da, aber dann senkte sie plötzlich den Kopf und begann mit völlig fremder Stimme zu sprechen: „Ich bin die Füchsin Rin, und ich habe das Mädchen besessen. Ich bin darum auf solche Art zu euch gekommen, weil ich großen Hunger hatte, und hier gibt es so viele gute Sachen. Gebt mir ein paar von diesen duftenden grünen Kuchen, und ich verschwinde wieder."

Das wollte aber der Köchin nicht gefallen, denn sie hatte Okame wegen deren Frohsinn und Heiterkeit nicht gern. Sie ließ sich auch sofort hören: „Das verstehe ich nicht. Eine Füchsin? Das alles hat die naschhafte Okame nur erfunden, damit sie noch vor dem Fest die Kuchen zu kosten bekommt! Nichts soll sie kriegen!"

Aber niemand hörte auf sie, und Takae selbst brachte ein Tablett mit Kuchen herbei und stellte es vor das Mädchen hin. Okame griff sogleich danach und verschlang gierig fünf Kuchen, einen nach dem andern, als hätte sie drei Tage lang nichts gegessen. Dann aber saß sie wieder reglos und geistesabwesend da, und nichts geschah. Nach einer Weile fragte der Beschwörer: „Was willst du denn noch, Rin? Du hast doch versprochen zu verschwinden."

Okame schüttelte sich ein wenig und antwortete wieder mit jener fremden Stimme: „Das sind feine Kuchen, richtig wie für ein Fest. Sie haben mir sehr geschmeckt. Aber ich habe eine Familie, fünf Kinder, die möchten auch gern einmal das Frühlingsfest der jungen Mädchen feiern. Und meine alte Großmutter hat noch niemals so gute Kuchen gegessen. Gebt mir ein paar mit auf den Weg, und dann verschwinde ich wirklich."

„Das will ich meinen, daß die Kuchen fein sind", ließ sich wiederum die Köchin vernehmen. „Solche gibt es nirgends so bald. Viel zu schade für eine Füchsin. Gebt ihr nichts, höchstens ein paar Hiebe!"

Aber die Hausfrau selbst befahl ihr, eine volle Schüssel Kuchen zu bringen. Takae wickelte dann die Kuchen in ein Tuch, band es zu einem Ränzel zusammen und legte es dem Mädchen auf den Schoß.

Okame verneigte sich und sprach zum drittenmal mit der fremden Stimme: „Ich danke euch untertänigst in meinem, meiner Kinder und meiner Großmutter Namen. Und jetzt jagt mich, bitte, davon!"

Der Beschwörer gab Takae einen Wink; sie trat an das Mädchen heran, drohte ihr mit dem Finger und rief: „Geh weg, du häßliche Füchsin Rin, verschwinde und laß dich nie wieder hier sehen!"

Da sprang Okame hoch und wollte fliehen. Kaum aber hatte sie ein paar Schritte getan, stolperte sie und fiel hin. Im Nu war sie aber wieder auf den Beinen, schaute in die Runde und sagte mit ihrer gewohnten klingenden Stimme: „Was ist denn los? Ist etwas geschehen? Warum schaut ihr mich alle so an? Ich bin doch nur ausgerutscht!"

„Schaut hinaus!" rief der Beschwörer und zeigte durchs Fenster. Und wahrhaftig, gerade bog die Füchsin Rin um die Ecke, das Ränzel mit den Kuchen in der Schnauze.

Und so waren alle froh, daß Okame ganz gewiß keine Füchsin war, denn eine Füchsin wird doch nie von einer andern besessen.

Das Tal der hungrigen Dämonen

Hoch in den Bergen, deren Spitzen bis in die Wolken reichten, lebte einst ein junger Bursche. Er war groß und kräftig für drei, aber gar nicht hübsch. Er hatte einen auffallend großen Kopf mit einer trotzigen Stirn, und darum nannte man ihn Stierkopf. Er mied die Menschen, und die Menschen mieden ihn. Wer weiß, warum, vielleicht wegen seiner Häßlichkeit, vielleicht auch darum, weil es mit seiner Geburt nicht ganz geheuer gewesen war. Vielleicht hatte er oder die andern noch verschiedene Gründe. Aber in seiner Brust schlug ein lauteres und kühnes Herz, und Stierkopf sehnte sich danach, mit seinen Kräften den Menschen, denen er aus dem Wege ging, so gut er konnte, nützlich zu sein. Er entschloß sich also, sein Leben dem Kampf mit den bösen Dämonen zu weihen, vor deren Blutdurst niemand seines Lebens sicher war. Und dieser bösen Geister wegen lagen die fruchtbaren Täler brach, die Bauern, die dort gelebt hatten, waren umgekommen, und niemand wagte es, sich in der Nähe solch unguter Kräfte niederzulassen.

Lange wanderte Stierkopf allein durch die Berge, bis er eines Tages am Waldesrand einem finster dreinschauenden Gesellen begegnete. Er redete ihn an und erfuhr, daß er Delger der Einsiedler genannt wurde. Ein Wort gab das andere, und die beiden kamen überein, sie wollten Freunde werden und einander im Kampf gegen die bösen Dämonen beistehen.

Es dauerte nicht lange, und sie trafen noch einen Burschen. Der war groß und mager, und sein Gesicht war grün wie Gras. Er hieß Delger Grasgrün und schloß sich ihnen an. Als sie sich abends unter einem großen Baum zur Ruhe legen wollten, erblickten sie in einer Höhlung des Stammes einen Mann mit ganz weißem Gesicht, das die Sonne noch niemals beschienen hatte. Er nannte sich Delger aus dem Baum und schloß ebenfalls Freundschaft mit ihnen.

Am nächsten Morgen setzten alle zusammen ihre Wanderung fort. Sie stiegen in ein Tal hinab, das widerhallte vom Rauschen eines Flusses, der über Felsblöcke stürzte. Am Ufer sah man eine kleine Ansiedlung. Als sie näher herankamen, erkannten sie, daß sie verlassen war. Niemand antwortete auf ihre Rufe, nur das Vieh brüllte hungrig im Gehege. Den ganzen Tag lang zeigte sich kein Mensch in dem Tal, und so beschlossen die Freunde, eine Zeitlang dazubleiben; man werde ja sehen, was weiter.

Von jenem Tag an gingen immer drei von ihnen auf die Jagd, und der vierte kümmerte sich um das Vieh und bereitete das Essen vor.

Eines Tages hatte Delger der Einsiedler Dienst zu Haus. Er versorgte das Vieh, machte Feuer und stellte den Kessel mit Fleisch darauf. Dann bereitete er Airan, ein Milchgetränk, vor. Er war so vertieft in die Arbeit, daß er nicht bemerkte, daß ein kleines altes Mütterchen hinter ihm stand. Sie war etwa eine Elle hoch und trug eine so große Bütte auf dem Rücken, daß sie darunter fast verschwand.

„Gib mir von dem Fleisch und dem Airan zu kosten", bettelte sie.

Delger der Einsiedler sagte kein Wort, reichte der Alten ein Stück Fleisch und goß ihr Milch ein. Kaum hatte die Alte einen Bissen gegessen, verschwand sie – und mit ihr der Kessel mit dem Fleisch und der vorbereitete Airan.

Delger der Einsiedler schämte sich, daß er sich von der Alten hatte überlisten lassen. Das konnte er doch seinen Gefährten nicht einmal sagen, wie sähe er denn aus! Im Schuppen fand er zwei Hufeisen und machte damit rund um das Haus eine Menge Hufspuren. Dann nahm er Bogen und Pfeile und verschoß sie ringsum, bis sein Köcher leer war. Kaum hatte er das alles vorbereitet, kamen seine Gefährten von der Jagd heim und wollten essen.

Delger der Einsiedler runzelte die Stirn: „Seht ihr denn nicht, was sich hier zugetragen hat? Eine Räuberbande hat mich überfallen, ich konnte sie kaum vertreiben; den Kessel mit dem Essen und auch den Airan haben sie weggeschleppt."

Die Freunde lobten seinen Mut und gingen schlafen.

Am nächsten Tag hatte Delger Grasgrün Hausdienst, und es erging ihm genauso wie Delger dem Einsiedler. Kaum hatte das alte Mütterchen von dem Fleisch gekostet, verschwand sie spurlos, und mit ihr der Kessel mit dem Fleisch und auch der Airan. Delger Grasgrün fiel nichts anderes ein, als mit den

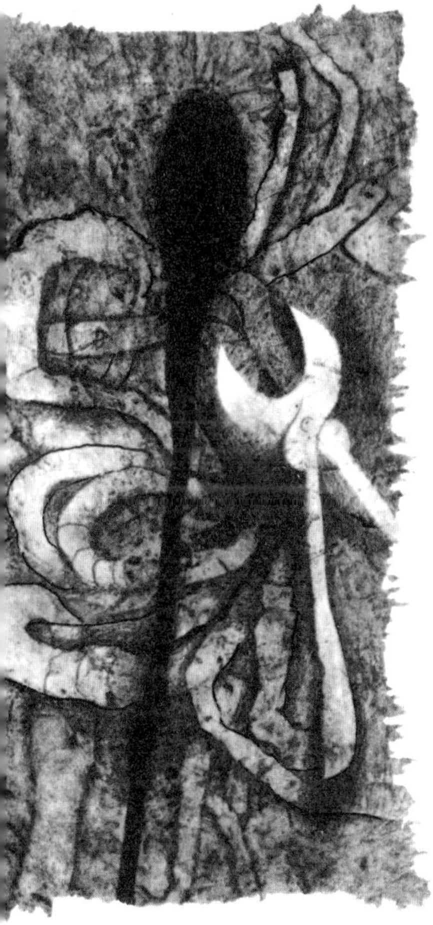

Hufen eines Yaks Spuren rings um das Haus zu machen und Pfeile aus seinem Köcher nach allen Seiten zu verschießen. Kaum war er mit diesen Vorbereitungen fertig, kamen seine Gefährten von der Jagd heim und wollten essen. Und Delger Grasgrün tischte ihnen die gleiche Geschichte auf wie tags zuvor der Einsiedler.

Auch Delger aus dem Baum erging es am dritten Tag nicht besser, und als sie abends alle beisammen waren, klagte er: „Wenn hier Räuber ihr Unwesen treiben, müssen wir fort von hier!"

Stierkopf aber beruhigte ihn und riet, man solle sich damit nicht übereilen. Morgen habe er Dienst, und man werde ja sehen, ob die Räuber wiederkämen.

Als Stierkopf am nächsten Tag allein geblieben war, machte er Feuer, stellte den Kessel mit Fleisch darauf und bereitete Airan vor. Kaum begann das Fleisch zu duften, erschien vor dem Haus das kleine alte Mütterchen mit der riesengroßen Bütte auf dem Rücken und bat um Essen. Aha, das also sind die Räuber, dachte sich Stierkopf sogleich und sagte laut: „Ich will dir Fleisch geben, soviel du willst, aber es ist kein Wasser mehr im Kessel. Laß die Bütte da und bring Wasser." Und er gab ihr einen Eimer ohne Boden.

Die Alte sagte kein Wort, legte die Bütte ab und ging Wasser holen. Stierkopf schaute ihr durch einen Türspalt nach. Kaum war die Alte die Stiegen hinuntergegangen, streckte sie sich zu solcher Höhe empor, daß ihr Kopf fast in den Wolken verschwand. Dann schritt sie aus, bückte sich und schöpfte Wasser aus der Mitte des Flusses. Sie nahm den Eimer voll, aber ehe sie ihn herauszog, war er leer. Sie bückte sich noch einmal. Stierkopf sprang inzwischen zur Bütte, um zu sehen, was darin war. Er fand einen dicken Strick aus Menschenadern, eine eiserne Zange und eine schwere Eisenstange. Schnell vertauschte Stierkopf den Strick gegen einen gewöhnlichen aus Yakhaut, die Zange und die Stange gegen hölzerne – und schon war die Alte wieder da. Sie warf ihm den Eimer vor die Füße.

„Der Eimer taugt zu nichts, er hat keinen Boden. Gib mir ein Stück Fleisch und ein wenig Milch!"

Stierkopf weigerte sich. Da blähte sich die Alte wütend auf, so daß sie den ganzen Raum ausfüllte, und schrie: „Nun gut, gib mir nichts, aber wir werden miteinander ringen. Wenn ich gewinne, gehört alles, was da ist, mir."

Stierkopf willigte ein. Die Alte zog den Strick hervor und sagte, sie sollten zuerst wetteifern, wer den anderen besser und fester fesselte.

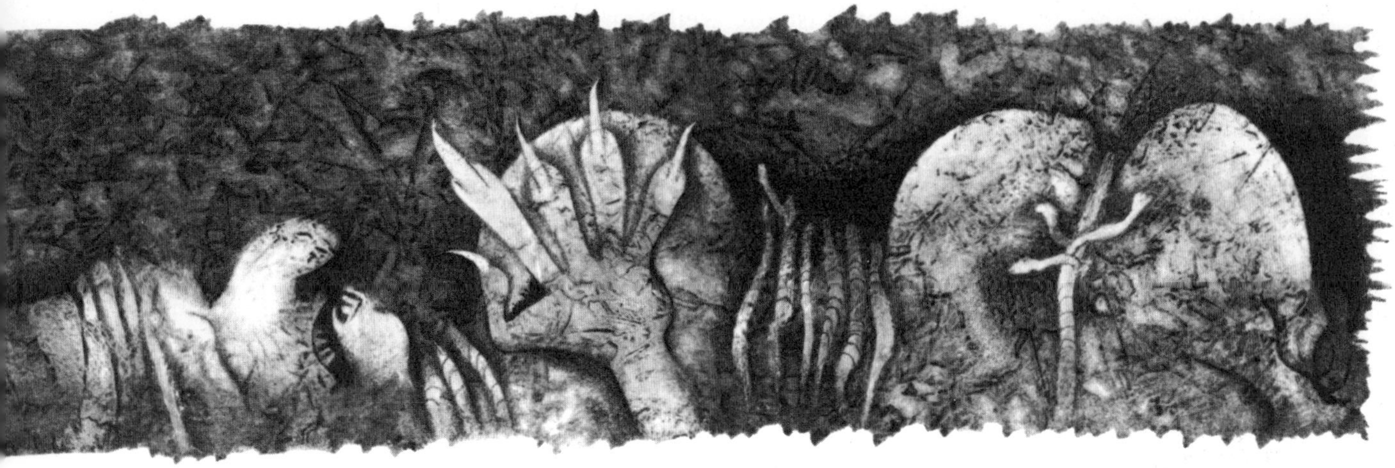

„Ich beginne!“

Sie ergriff Stierkopf mit ihren mächtigen Krallen und fesselte ihn. Stierkopf atmete tief ein, spannte alle Muskeln an, und der weiche Strick aus Yakhaut gab nach.

„Und jetzt ist die Reihe an mir!“

Er nahm den Strick aus Menschenadern und fesselte die Alte, so fest er konnte. Sie blähte sich auf, wollte sich in die Breite und in die Höhe dehnen, aber der Strick gab nicht nach. Sie schlug also einen weiteren Wettkampf vor. Sie würden einander mit der Zange kneifen, und wer es nicht aushielt, der hätte verloren. Stierkopf war einverstanden.

Die Alte ergriff die Zange und stürzte sich auf ihn. Stierkopf aber lachte sie aus, warum sie ihn denn so kitzele, das gehöre doch nicht zum Wettkampf. Als er aber dann die Alte mit der schweren Eisenzange aus aller Kraft zu kneifen begann, heulte sie auf vor Schmerz und gab sich sofort geschlagen. Nun sollte der letzte Wettkampf beginnen. Jeder sollte eine Eisenstange nehmen und mit aller Wucht auf den andern einschlagen.

Die Alte reckte sich zu riesiger Höhe empor, zog die Stange aus der Bütte und schwang sie. Stierkopf steckte die schwere Eisenstange schnell ins Feuer und sprang zur Seite. Die Alte schlug mit aller Kraft auf den Herd, daß die Funken nur so flogen.

„Paß auf!“ schrie Stierkpf sie an. „Du zündest noch das Haus an, das war nicht ausgemacht.“

„Paß du selber auf!“ brüllte die Alte. „Das ist kein Wettkampf. Bleib auf der Stelle stehen, sonst treffe ich dich nicht!“

Stierkopf blieb also stehen, die Alte holte aus und schlug ihm mit aller Kraft auf den Schädel. Ihm schwindelte, er konnte kaum aus den Augen schauen, aber er rief schnell:

„Jetzt ist die Reihe an mir!“

Er ergriff die glühende Eisenstange und drosch der Alten damit auf den Schädel. Sie heulte auf vor Schmerz, daß die Balken zitterten, und rannte davon.

Als die Freunde abends von der Jagd heimkamen, fanden sie den Kessel voll mit Fleisch und den vorbereiteten Airan.

„Kommt her und schaut, wer eure Räuber waren“, forderte Stierkopf sie auf und führte sie auf Spuren, die die Alte hinterlassen hatte, bis zum Abhang des Berges in eine tiefe Höhle, wo sie die scheußliche Hexe tot auffanden.

„Sicher war das einer der unersättlichen Dämonen, die das Tal hier beherrschten und auch die Bauern gefressen haben, in deren Haus wir wohnen“, sagte Stierkopf. „Von nun an wird es ruhig sein im Tal, und wir werden nichts zu tun haben. Wollt ihr hierbleiben und wirtschaften, oder wollt ihr mich begleiten, um die Dämonen weiter zu bekämpfen?“

Die Gefährten überlegten, es tat ihnen leid, den Besitz zu verlassen, den sie hier vorgefunden hatten. Sie könnten heiraten und Kinder haben, warum also in die Fremde ziehen und Dämonen bekämpfen, deren es so viele gibt, daß man sie niemals völlig ausrotten kann.

Stierkopf versuchte nicht, sie zu überreden. Vielleicht war ihm bestimmt, allein zu bleiben. Und so nahm er Abschied von ihnen und machte sich mit Pfeilen und Bogen und mit der schweren Eisenstange auf den Weg in die Berge.

Die Freunde des Genusses

In der Stadt Basra hielt ein kleiner Kreis von Gelehrten seine Zusammenkünfte ab. Jeder von ihnen war hoch gebildet, beherrschte vollkommen die Kunst zu disputieren, jedoch mehr noch als auf alles Wissen hielten sie auf Speise und Trank. Darum wurde die Gesellschaft Freunde des Genusses genannt.

Eines Tages tauchte in Basra ein Gelehrter aus dem entfernten Maghrib auf und verirrte sich in den Garten, wo die Gesellschaft gerade weilte. Er fragte, ob er sich zu ihnen setzen und an ihrer Unterhaltung teilhaben dürfe. Man sprach über alle möglichen Wissenschaften und behandelte auch Fragen des Rechts und der Religion. Da sagte der Mann aus Maghrib: „In eurem Kreis hörte ich viele weise Worte aller Art. Jedoch in einer Sache, gelehrte Herren, möchte ich noch eure Meinung kennenlernen, und zwar, ob Ifriten ebenso altern wie Menschen, und ob sie mit dem Alter böser oder weniger böse werden."

Darauf sagte Ridwan asch-Scharki, der Vorsitzende der Freunde des Genusses: „Weder im Koran noch in anderen glaubwürdigen Schriften ist die Rede davon, ob Ifriten geboren werden oder sterben. Es kann daher angenommen werden, daß sie zur gleichen Zeit entstanden sind wie die Engel und folglich ebenso alt sind wie diese. Da sich nun die Güte der Engel in ihrem Maße nicht verändert, sind die Ifriten zweifelsohne immer gleich böse."

Ibrahim ibn Abu Achihi al Kamari wischte sich den Mund ab und wandte ein: „Der Charakter von Dämonen hängt bekanntlich nicht von deren Wesen ab, sondern davon, ob sie die göttliche Lehre befolgen oder nicht. Er ist daher von Natur aus anders als der Charakter der Engel und darf demgemäß nicht auf die gleiche Weise beurteilt werden. Was für die Engel gilt, gilt nicht für die Ifriten, und umgekehrt."

Darauf meldete sich Sajd ibn Umar al Bahri, ar Ra'is genannt, zum Worte: „Fachruddin ibn Dshafar al Barri erzählte mir, er habe von Nasr ibn Sa'id asch-Schimali eine Geschichte gehört, die ihm Abdullah ibn Hassan al Dshanubi folgendermaßen erzählte:

„Ein Pilger hatte die Wallfahrt nach Mekka unternommen, sich aber auf dem Rückweg von seiner Karawane getrennt und in ein Gebirge begeben. In der Gegend gab es kein Wasser, nur Räuber und Löwen hausten dort. Da erblickte jener Pilger einen mit Lasten beladenen Wagen und Maulesel, zahlreiche Frauen und Kinder, die sich in die Wüste begaben. Verwundert fragte der Pilger einen der Männer, wohin sie gingen. Der Mann wies vor sich hin und sagte: Dorthin. Da fragte der Pilger, ob es in der Gegend, aus der sie kamen, vielleicht kein Wasser gebe. Nirgendwo gibt es köstlicheres Wasser als in der Stadt, aus der wir kommen, entgegnete der Mann. Dann belagern wohl Feinde eure Stadt und drohen, sie durch Krieg zu vernichten? forschte der Pilger weiter. Es gibt keine Stadt, die vor Feinden sicherer wäre als unsere, erwiderte der Mann. Warum also verlaßt ihr eure sichere Heimat und zieht in die Wüste, wo euch die Wildheit der Raubtiere bedroht? fragte der Pilger weiter. Es ist nicht gut, nach Dingen zu fragen, die besser unausgesprochen bleiben, antwortete der Mann. Und sie zogen weiter an dem Pilger vorbei. Als der letzte der Männer am Horizont verschwunden war, sagte sich der Pilger: Ich muß mir diese Stadt anschauen,

um zu erfahren, was alle diese Menschen aus ihrer Heimat wegtreibt. Und er bestieg sein Pferd und ritt in die Richtung, aus welcher der Zug gekommen war.

Er ritt einen ganzen Tag lang, übernachtete im Gebirge, und am Abend des nächsten Tages erblickte er eine Stadt vor sich, mit schönen Gebäuden, in üppiges Grün gebettet, von zahlreichen Wällen umgeben und festen Bastionen geschützt. Durch eines der Tore ritt er in die Stadt und sah Läden, voll mit verschiedensten Waren, Gärten mit sprudelnden Fontänen. Der Hauptplatz ähnelte dem Hof eines Palastes. In jedem Viertel gab es eine schöne Moschee mit einer Schule und wunderschön gebaute Minarette . . . Aber alles war öde und verlassen, nirgends eine Menschenseele. Der Pilger ritt durch die Straßen, überquerte Plätze und staunte über all die Schönheit. Als es Abend wurde, ging er in einen Gasthof, um zu essen und zu übernachten. Die Speisekammer war von Speisen angefüllt, im Keller standen Krüge mit seltenen Weinen, aber kein Gastwirt war zu sehen. Bei Allah, sagte sich der Pilger, nur ein Narr konnte all diesen Überfluß so gleichgültig und leichtfertig verlassen! Er aß reichlich zu Abend, sprach sein Gebet und ging schlafen.

Am nächsten Morgen ritt er wieder durch die Straßen, diesmal aber sah er, was ihm tags zuvor entgangen war: Manche Bäume im Park waren entwurzelt, als hätte ein Orkan dort gewütet, die Mauern der Häuser waren an vielen Stellen geborsten, die Spitzen der Minarette lagen zerbrochen auf dem Boden. La haula wa la kuwwata! sagte der Pilger zu sich selbst. Führwahr, ich weiß nicht, was für eine Kraft dies hatte anrichten können!

Als sich der Mittag näherte, kehrte er in den Gasthof zurück, in dem er übernachtet hatte, um etwas zu essen. Er band sein Pferd vor dem Tor fest und betrat den Hof, um sich am Brunnen zu waschen, da war es, als hätte plötzlich eine riesengroße Wolke die Sonne verhüllt. Der Pilger schaute zum Himmel und sah eine mächtige Gestalt, die wie ein Bergriese die Stadt überragte. Es war ein Riese mit kahlem Kopf, um die Lenden trug er Felle. Sein Gesicht war bartlos, und seine Miene zeigte keinen Zorn, eher kindliches Staunen. Er stand ein Weilchen still und lutschte an seinem Daumen, der so groß war wie ein Eichenstamm, dann stieß er mit dem rechten Fuß an die Kuppel des Bades, wie wenn kleine Jungen Ball spielen. Der Pilger erschrak nicht wenig und hatte Angst, ein Steinblock aus dem zerschmetterten Gebäude könnte ihn erschlagen. Er lief in ein Haus und wollte sein Pferd in den Hof bringen, um es vor den Blicken des Riesen zu verbergen.

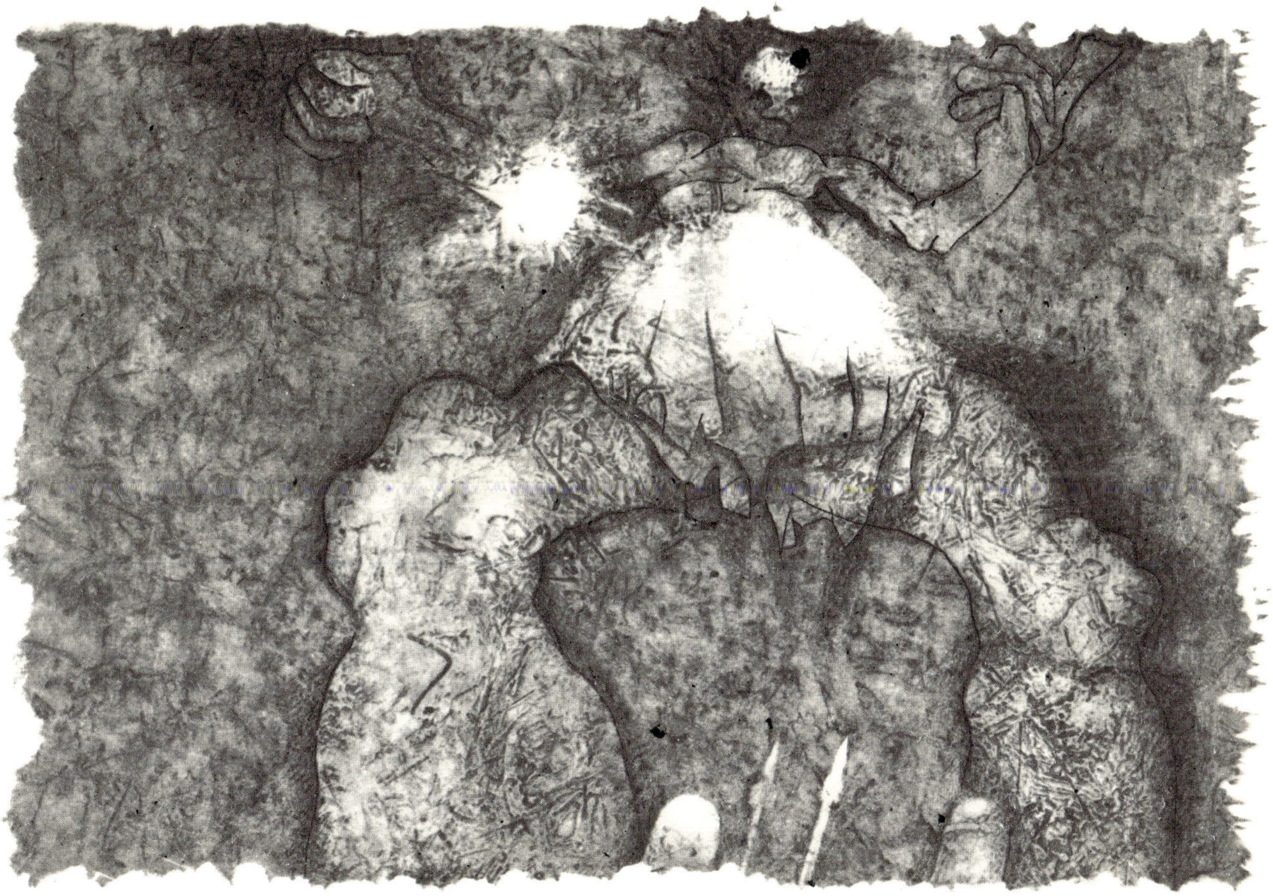

Da aber sah er, wie eine riesengroße Hand das Dach beiseite schob und das Pferd ergriff, als wäre es ein kleiner Käfer. Neugierig schaute der Pilger unter der Treppe hervor und sah, wie das Ungeheuer das verzweifelt wiehernde Pferd vor die Augen hielt, wie er dessen Kopf mit einem Finger hin und her drehte und versuchte, ihm die Beine auszureißen. Solange sich das Pferd noch bewegte, spielte der Riese mit ihm, als aber das verstümmelte Tier verendet war, warf er es weg und suchte nach einem neuen Spielzeug. Er hockte sich auf die Straße, in der es plötzlich stockfinster wurde, beschattete mit der Handfläche seine Augen und durchsuchte aufmerksam jeden Winkel rings um die Stelle, wo er das Pferd entdeckt hatte. Der Pilger war außer sich vor Angst, wagte sich aber nicht zu rühren. Trotzdem entging er den forschenden Augen des Ungeheuers nicht. Es brach die Schornsteine der umliegenden Häuser ab und warf sie wie Kieselsteine ins Tor und auf den Hof der Herberge, wie wenn kleine Buben eine Maus aus dem Loch jagen wollen, um sie zu fangen. Unter dem furchtbaren Aufprall der Schornsteine war das Dach des Gasthofs eingestürzt, und es zitterten schon die Stiegen, unter denen sich der Pilger verborgen hielt. Aus Angst, die steinerne

Der Sohn des Alten Wolfs

In einem Dorf, das Egelsumpf hieß, lebten zwei Brüder aus dem Geschlecht des Alten Wolfs. Von dem älteren Bruder meinten die Leute, er sei des Namens, den ihm der Vater bei der Geburt gegeben hatte, noch nicht würdig, und nannten ihn einfach Sohn des Alten Wolfs. Der jüngere lahme Bruder wurde geachtet, denn er schnitzte mit viel Geschick, und so nannte man ihn Glücklicher Hund.

Der Sohn des Alten Wolfs hätte heiraten sollen, aber knapp vor der Hochzeit entführte man ihm die Braut. Zwar nahm er die Verfolgung der Entführer auf, um sie einzuholen und die Braut wiederzubekommen, aber nach einigen Tagen kehrte er allein und ohne seinen Säbel heim. Seither hielten ihn die Dorfbewohner für einen Feigling und mieden ihn. Schließlich spannte er ein Pferd vor seine zweirädrige Karre und fuhr flußaufwärts in die Berge, um dort zu wohnen.

Glücklicher Hund folgte dem Bruder, denn auch ihn quälte die Schmach. Am Kieselbach bauten sich die beiden eine runde Hütte und wohnten darin. Sie kamen mit keinem Menschen in Berührung, nur hier und da kam einer ihrer Vettern zu ihnen geritten und brachte ihnen Salz, Hirse und Tabak.

Der Sohn des Alten Wolfs jagte in den Wäldern und kam oft tagelang nicht heim. Sein Bruder Glücklicher Hund besorgte inzwischen das Haus und beschäftigte sich mit seinem Handwerk.

Eines Abends, als sie am Feuer saßen, das langsam verglomm, meinte der Sohn des Alten Wolfs Schritte vor dem Haus zu vernehmen. Er war nicht sicher, ob ihm das nicht nur träumte, aber dann hörte er, außer dem ruhigen Atem seines jüngeren Bruders, ein Schnauben hinter der Wand, an der sein Kopf lehnte. Er dachte, es könnte ein Bär oder ein anderes

Raubtier sein, ergriff einen glühenden Ast vom Feuer und ging hinaus. Als er den Ast ein paarmal hin und her schwenkte, flammte er auf wie eine Fackel, und er erblickte vor sich im Dunkel eine halb aufgerichtete Gestalt, die ihn aus rotgeränderten Augen anstarrte. Der Sohn des Alten Wolfs glaubte, es sei ein Bär, der sich aufgerichtet habe, um sich auf ihn zu stürzen, und er warf ihm den flammenden Ast nach. Das Wesen knurrte böse, machte kehrt und lief mit sonderbar wiegenden Schritten dem Wald zu. Dort blieb es stehen und schrie den Sohn des Alten Wolfs mit einer Stimme an, die nicht wie die eines Menschen, aber auch nicht wie die eines Tieres klang. Da erkannte der Sohn des Alten Wolfs, daß es kein Bär war. Dann zog sich das Geschöpf mit den Pfoten an den unteren Zweigen hoch und verschwand in den Baumwipfeln.

In dieser Nacht ging der Sohn des Alten Wolfs nicht schlafen. Kaum dämmerte der Morgen, untersuchte er die Spuren, die das sonderbare Geschöpf hinterlassen hatte, und stellte fest, daß sie aussahen wie die Spuren eines Menschen mit nur einem Fuß, der sich beim Gehen auf seine überlangen Arme stützte. Er beschloß, der Sache auf den Grund zu kommen, und als Glücklicher Hund erwacht war, sagte er zu ihm: „Schärf die Axt, Bruder, und leih mir deinen Säbel."

„Ich dachte, du wolltest auf die Jagd gehen, Bruder", sagte Glücklicher Hund verwundert über dieses Verlangen.

„Du weißt doch, Bruder", wies der Sohn des Alten Wolfs ihn ab, „daß es den Männern, die in die Wälder gehen, kein Glück bringt, wenn man vor ihnen in Worten ausdrückt, warum sie hingehen."

Glücklicher Hund fragte nicht weiter, schliff die Axt, nahm den Säbel vom Haken und reichte ihn mitsamt dem Gürtel seinem Bruder.

Der Sohn des Alten Wolfs ging in die Richtung, in der das sonderbare Wesen verschwunden war. Spuren gab es nicht viele, aber alle führten in einen Teil des Waldes, in dem er niemals vorher gewesen war. Lange bahnte er sich den Weg durch das Dickicht, in das kein Sonnenstrahl drang, erkletterte steile Hänge, indem er sich an Baumwurzeln festhielt, und gelangte schließlich, als der Tag sich neigte, in ein grünes Tal, durch das ein klares Bächlein floß. Über dem Bach lag ein niedriger Hügel, der zum Lagern geeignet schien. Der Sohn des Alten Wolfs legte den Filzmantel und die Jagdtasche ab und ging in den Wald. Er sah eine Suhle von Wildschweinen, Waldpfade, auf denen die Rehe zur Tränke gingen, und er entschloß sich, eines zum Abendessen zu erlegen. Tatsächlich kam nach einem Weilchen ein Reh aus dem Wald gelaufen. Der Sohn des Alten Wolfs zielte sorgsam und brachte es zur Strecke. Dann sammelte er Reisig und trockene Äste, um Feuer zu machen, häutete das Reh ab, nahm es aus und warf die Innereien in den Kessel, um Suppe zu kochen. Inzwischen spießte er ein Stück von der Rehkeule auf eine Astgabel und ließ es langsam braten. Als das Fleisch zu brutzeln und zu duften begann, stopfte er sich die Pfeife, zündete sie mit einem Span vom Feuer an, setzte sich ein wenig abseits auf einen entwurzelten Baumstamm und rauchte.

Es war schon stockfinster, als sich im Unterholz ein Geräusch vernehmen ließ. Der Sohn des Alten Wolfs blickte in die Richtung, rührte sich aber nicht von der Stelle. Nach einem Weilchen kam eine dunkle Gestalt aus dem Wald und begann, laut schnaubend, zu wittern. Als sie in den Lichtkreis des Feuers trat, sah der Sohn des Alten Wolfs, daß es das Geschöpf war, das er nachts vor der Hütte gesehen hatte. Es war ein stattlicher Waldgeist, ganz mit dichtem, schwarzem Fell bewachsen, breitschultrig, mit Armen, die bis auf den Boden reichten und auf die er sich beim Gehen stützte. Er hatte nur ein Bein, aus dem Brustkorb, der zugespitzt war wie der eines Vogels, ragte ein scharfes Horn. Seine Augen waren klein und gerötet, und er besah sich alles von nahe, als wäre er kurzsichtig.

Der Sohn des Alten Wolfs hatte weder ein Gewehr noch sonst eine Waffe bei sich, denn er hatte bei der Arbeit alles abgelegt, um die Hände frei zu haben. So blieb er also still im Dunkeln sitzen, damit der Geist ihn nicht bemerke. Dieser näherte sich dem Feuer, beschnupperte den Kessel, denn so etwas hatte er anscheinend noch nie gesehen, und als er im siedenden Wasser Stücke der Rehleber schwimmen sah, steckte er die Pfote hinein, um sich eines herauszuholen. Aber er verbrühte sich die Tatze und brüllte auf vor Schmerz. Wahrscheinlich dachte er, ein unsichtbarer Feind habe ihn gebissen, und er schaute wütend umher, wen er anfallen könnte. Als er unweit den Filzmantel liegen sah, hielt er ihn für ein haariges Tier, stürzte sich mit seinem Brusthorn darauf und zerfetzte ihn. Dann entdeckte er das Gewehr, das an einem Baum lehnte, ergriff es und bog es mit seinen kräftigen Armen zusammen, so daß es unbrauchbar wurde.

Der Sohn des Alten Wolfs erkannte, daß er mit einem Geschöpf, das über solch riesige Kräfte verfügte, nicht kämpfen konnte, und er entschloß sich, wenn möglich, Zeit zu gewinnen. Er erinnerte sich, gehört zu haben, daß

Waldgeister gern Gesang lauschten. Er räusperte sich also und begann mit leiser Stimme die Ballade von Mohammed, dem Sohn des Hatcha, zu singen. Der Waldgeist wurde plötzlich ganz ruhig, schaute ihn überrascht an, setzte sich dann auf die Erde und hörte aufmerksam zu. Als der Sohn des Alten Wolfs verstummte, erhob sich der Waldgeist und näherte sich ihm mit zornigem Knurren. Der Sohn des Alten Wolfs mußte also weitersingen. Er sang noch ein Lied und noch eines, aber der Waldgeist hatte noch lange nicht genug. Die einzige Hoffnung war, daß der Gesang ihn einschläferte, aber er saß munter da und fing, laut schmatzend, Flöhe aus seinem Fell.

Die Rehkeule hatte inzwischen aufgehört zu duften, sie war angebrannt, rauchte und stank. Der Wind hatte sich gedreht und den Rauch dem Sohn des Alten Wolfs unter die Nase geweht, er begann zu husten und konnte nicht weitersingen. Der Waldgeist stand wieder drohend auf, schlug sich mit den Fäusten gegen die Brust, indem er bellende Laute von sich gab. Dann griff er mit den Händen in die Zweige, nahm Schwung und stürzte sich mit einem Sprung auf den Sohn des Alten Wolfs. Der wußte, daß er im Wald nicht entrinnen konnte und daß seine einzige Rettung das Feuer war, vor dem sich das Ungeheuer anscheinend fürchtete. Er sprang darum zur Seite und lief um das Feuer herum, so daß es zwischen ihm und dem Waldgeist flackerte. Eine Zeitlang rannten sie beide um das Feuer herum, und mehr als einmal war der Sohn des Alten Wolfs schon in Reichweite der langen Greifarme, als ihm plötzlich ein rettender Einfall kam – er bückte sich blitzschnell nach seinem Säbel und stellte sich vor einen mächtigen Eichbaum. Der Waldgeist brüllte auf und näherte sich ihm mit kurzen Sprüngen auf einem Bein. Dann breitete er die Arme aus, beugte das Knie und wollte mit einem einzigen mächtigen Satz den Jäger mit seinem Horn an den Baum nageln. Aber gerade auf diesen Augenblick hatte der Sohn des Alten Wolfs gewartet – er sprang flink zur Seite und versteckte sich hinter dem Baum. Der Waldgeist rannte mit der Brust gegen ihn an, und sein Horn bohrte sich so tief in den Stamm, daß er es nicht wieder herausziehen konnte. Dies nutzte der Sohn des Alten Wolfs, sprang mit gezücktem Säbel auf das Ungeheur los und durchbohrte dessen Brust gerade an der Stelle, wo das Herz lag. Der sterbende Waldgeist umfaßte mit seinen Armen noch den Baumstamm, den er beinahe entwurzelte, dann aber verließen ihn die Kräfte, und er sackte ohnmächtig zusammen.

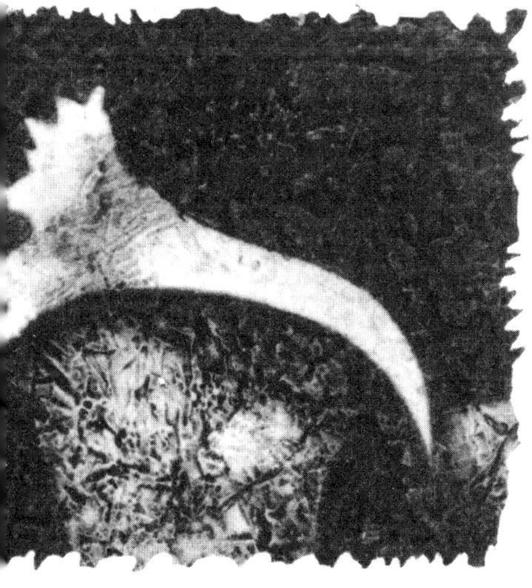

Der Sohn des Alten Wolfs wischte sich den Schweiß von

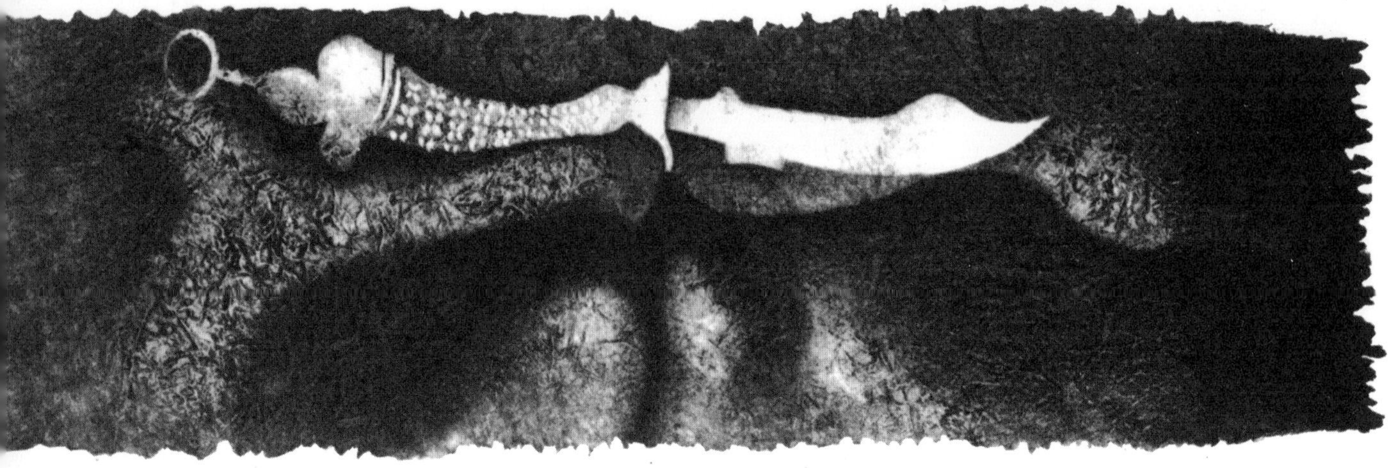

der Stirn und atmete tief auf. Am nächsten Morgen versuchte er, den toten Waldgeist von dem Stamm loszubekommen, aber es gelang ihm nicht. Es blieb ihm also nichts anderes übrig, als den Baum zu fällen und zu zerhacken. Erst dann konnte er das Horn herausziehen und das tote Ungeheuer gründlich besichtigen. Da entdeckte er, daß die Haut schon an vielen Stellen kahl, der Körper voller Schrammen und das Fell unbrauchbar war. Also hackte er dem Waldgeist nur das Horn ab, wickelte die Reste seines Mantels zu einem Bündel zusammen, nahm das verbogene Gewehr und machte sich auf den Heimweg.

Der Glückliche Hund war sehr erstaunt, als er den Bruder ohne Beute und in solchem Zustand heimkommen sah. Er fragte aber nur: „Was hast du gemacht, Bruder?"

„Ich habe gesungen", antwortete der Sohn des Alten Wolfs.

„Dabei ist dir gewiß die Kehle ausgetrocknet", sagte Glücklicher Hund und reichte ihm eine Schale Wasser.

Dann aßen beide ihren Hirsebrei mit Käse. Nach dem Abendessen zündeten sie ihre Pfeifen an und schauten ins Feuer. Nach einer Weile sagte der Sohn des Alten Wolfs: „Heute bin ich um den Mantel und das Gewehr gekommen. Meinen Säbel habe ich verloren, als ich erkannte, daß meine Braut ihrem Entführer freiwillig gefolgt war. Damals habe ich dem Kerl nur ein Ohr abgehackt und den Säbel weggeworfen. Macht nichts. Ich werde einen neuen haben. Du schnitze mir einen Griff aus diesem Knochen." Und er zog das Brusthorn des Waldungeheuers aus der Jagdtasche.

Eine Weile schmauchte er seine Pfeife, dann sagte er noch: „Du weißt, Bruder, daß ich mit Namen Großer Bär heiße. Ich will, daß es von heute an auch alle anderen wissen."

Die dreizehnte Kugel

Die gebirgige Gegend von Owari lebte ihr ruhiges Leben. Die Dorfbewohner fällten Bäume und brannten Holzkohle, die sie dann auf den schmalen Pfaden in die nahen Städte hinunterbrachten. Auch die Jäger kamen hier auf ihre Rechnung und kehrten immer mit reicher Beute heim. Jahraus, jahrein geschah hier nichts, das wert gewesen wäre zu erzählen.

Auf einmal aber änderte sich das, und kein Tag verging, an dem nicht etwas passierte und das ganze Dorf in Aufruhr brachte. Zuerst ging Geflügel verloren und Vieh verschwand; was aber noch schlimmer war, bald fühlten sich auch die Menschen nicht mehr sicher. Es geschah oft, daß Leute, die sich darauf verließen, den Weg gut zu kennen, nicht mehr nach Hause kamen, wenn sie zu lange nach Einbruch der Dunkelheit draußen geblieben waren. Man fand sie mit zerschmetterten Gliedern und zerkratzten Gesichtern auf.

Im Wald hauste ein unbekanntes Raubtier. Die Dorfbewohner lauerten ihm auf, stellten ihm Fallen, aber das wilde Tier war ungemein schlau, schien immer schon im voraus zu wissen, was ihm drohte, und griff an einer andern Stelle an.

Über der ganzen Gegend lastete tiefe Bedrückung. Niemand wagte es, am Abend sein Heim zu verlassen.

Damals lebte einsam im Gebirge der Jäger Gompei, ein tapferer Mann, der es auch mit dem wildesten Eber aufnahm. Berühmt war auch seine Treffsicherheit im Schießen. Als Gompei erfuhr, welchen Schrecken das sonderbare Raubtier überall verbreitete, entschloß er sich, ihm aufzulauern und die Gegend von dieser Plage zu befreien.

Von frühmorgens bis spätabends streifte er durch den Wald, fand aber nichts Ungewöhnliches. Er folgte den Spuren der Hirsche und des Schwarzwilds und wußte genau, wo ein Fuchs oder Dachs vorbeigelaufen war. Er saß geduldig am Ufer der Flüsse, an die das Wild zur Tränke ging, aber er entdeckte nichts. Er kehrte bald nicht mehr nach Hause zurück, sondern übernachtete, wo er sich gerade befand – einmal bei Bekannten im Dorf, ein andermal in der verlassenen Hütte eines Holzfällers oder Köhlers.

Tagelang sah er nichts Verdächtiges, aber ihm war, als sei er einem merkwürdigen Zauber oder Spuk verfallen. Einmal schien ihm, als hörte er in einer einsamen Gegend ein schrilles, höhnisches Gelächter. Ein andermal dachte er, er habe durch das unaufhörliche Suchen den Verstand verloren: Im tiefen Wald erblickte er in einer Baumkrone ein schönes Mädchen am Spinnrad. Neben ihm hing eine Lampe, die trotz des hellichten Tages angezündet war. Sobald er jedoch näher herantrat, war die Erscheinung verschwunden.

Gompei beschloß sich auszuruhen, und ging nach Hause.

Seine alte Mutter begrüßte ihn, gab ihm zu essen und zeigte ihm dann eine kleine schwarze Katze. „Ich habe sie verlassen im Wald aufgefunden. Sie war halb erfroren und verhungert, aber jetzt ist sie wieder ganz munter!"

Die Katze schnurrte zufrieden und schmiegte sich an sie. Gompei erzählte, was ihm im Wald widerfahren war, und als er sich satt gegessen hatte, ging er schlafen.

Am nächsten Morgen erwachte er zeitig und bereitete sich wieder auf die Jagd vor. Er nahm Brot mit und legte Gewehrkugeln in ein Säckchen. Er zählte sie sorgfältig ab, hatte aber dabei plötzlich das Gefühl, als werde er von jemandem aufmerksam beobachtet. Wer könnte das denn sein, dachte er sich. Er drehte sich um und bemerkte, daß ihm die Katze aus einem Winkel zuschaute.

„Ach, ich wittere auch schon überall Gefahr", sagte er sich laut. Aber etwas ließ ihn nicht in Ruhe, und er steckte unauffällig noch eine weitere Kugel in die Tasche.

Wieder durchsuchte Gompei den ganzen Tag lang den Wald, ohne etwas zu finden. Er ging ziemlich weit und entschloß sich, in einer Hütte zu bleiben, wo er schon öfters übernachtet hatte, wenn er auf der Jagd gewesen war. Er war so müde, daß er schnell nur das Brot aß, das er mithatte, und sofort fest einschlief.

Es war stockfinster. Den Himmel bedeckten dunkle Wolken. Gompei wälzte sich unruhig im Schlaf hin und her. Plötzlich fuhr er in die Höhe. Ein leises Rascheln hatte ihn geweckt. Er stand lautlos auf, nahm sein Gewehr und schob vorsichtig die Strohmatte am Eingang der Hütte zur Seite.

Vor der Hütte näherten sich durch die reglose Stille der finsteren Nacht zwei riesige feurige Augen. Kein Tier, das er kannte, hatte solche Augen! Gompei überwand entschlossen das Grausen, das ihn befiel, hob das Gewehr und zielte genau zwischen die beiden glühenden Augen. Ein Schuß fiel. Die Kugel hatte das Ziel getroffen. Aber die Augen leuchteten weiter. Sie glühten sogar noch heller und kamen langsam näher. Gompei schoß schnell noch eine Kugel ab, und wieder kamen die glühenden Augen um ein Stück näher. Gompei schoß eine Kugel nach der andern ab. Jedesmal hörte er dabei einen metallischen Klang, und jedesmal kamen die riesigen Augen näher und näher. Verzweifelt schoß Gompei die letzte, zwölfte Kugel ab. Und da schallte durch die nächtliche Stille ein so fürchterliches Gelächter, daß Gompei vor Grausen die Haare zu Berge standen. Die riesengroßen Augen leuchteten hell auf – da erinnerte sich Gompei an die Kugel, die er noch in die Tasche gesteckt hatte. Er zielte schnell und schoß. Man hörte einen entsetzlichen Aufschrei, die glühenden Augen verschwanden.

Gimpei wischte sich den Schweiß vom Gesicht. In der Finsternis hatte es keinen Sinn nachzuschauen, was geschehen

war. Er ging in die Hütte zurück und wachte, bis der Morgen graute. Im Wald blieb es ruhig.

Langsam wurde es hell. Die ersten Vogelstimmen wurden laut, der Wald erwachte zum täglichen Leben. Gompei verließ die Hütte und ging zu der Stelle, wo in der Nacht die Augen geleuchtet hatten.

Auf der Lichtung fand er seine zwölf Gewehrkugeln und ein Stückchen weiter den eisernen Deckel von einem Reistopf. Er zeigte die Spuren der Kugeln. Aha, darum also der metallische Klang! dachte sich Gompei.

Von dem weggeworfenen Deckel zog sich eine Blutspur hin. Gompei verfolgte sie vorsichtig und fand ein Stück weiter im Wald eine riesengroße tote Katze mit drei Schwänzen. Also war es Nekomata, die furchtbare Katze, die unsere Gegend unsicher machte, sagte er sich und vergrub sie im Wald. Nur selten hatte sie jemand in ihrer wahren Gestalt erblickt. Fast immer hatten die Menschen nur ihre riesengroßen glühenden Augen gesehen, die Tod verhießen. Sie herrschte über sämtliche gewöhnlichen Katzen in der Gegend, und von ihnen erfuhr sie immer über alles.

Gompei erschrak plötzlich, als er sich an die Katze erinnerte, die seine Mutter aus dem Wald heimgebracht hatte. Nekomata hatte sich gern in der Gestalt eines hübschen braven Kätzchens in die Behausungen der Menschen geschlichen und dann wehe den Unglücklichen! Gompei eilte nach Hause, er hatte Angst um seine Mutter.

Aber sie begrüßte ihn wie immer und klagte nur, der Reis sei nicht so gut gekocht wie gewöhnlich.

„Der Deckel von unserem Reistopf ist verschwunden. Ich bin eben schon alt und weiß nicht, wohin ich etwas lege. Und die hübsche kleine Katze ist auch wieder weg!“

Nächtliche Phantome

In der Stadt Buchara im Lande Ma-wara-an-nahr lebte einmal ein junger Kaufmann, der die Söhne von Fürsten und Ministern zu Freunden hatte. Sie kamen überein, daß jeder von ihnen einmal in der Woche in seinem Palast ein Gastmahl veranstalten sollte. Und das waren dann auch wirkliche Gelage, bei denen der Wein in Strömen floß, die köstlichsten Speisen gereicht wurden und schöne Sklavinnen zum Klang der Lauten sangen und tanzten. Als aber die Reihe an dem jungen Kaufmann war, grämte er sich sehr, denn wie konnte er seine Freunde ins väterliche Haus einladen, wo es nichts von alldem gab, nur eine einzige alte und zahnlose Sklavin, die die Wirtschaft führte und höchstens die Deckel zu schlagen verstand, wobei sie mit einer Stimme sang, die wohl kaum die Ohren der jungen adligen Herren hätte erfreuen können.

Als der Jüngling so vergrämt umherirrte, begegnete er einem der Zauberer von Chorassan, der zu ihm sprach: „Es ist mir bekannt, daß du gern deine Freunde bewirten möchtest, aber nicht weißt, wie und wo. Ich will dir helfen. Bring deine Gefährten in das verlassene kleine Lustschloß hinter dem Friedhof, und du wirst alles Nötige vorfinden. Ich werde den Gastwirt spielen und vor Mitternacht nichts von dir wollen. Aber was immer du nach Mitternacht verlangst, mußt du nach meinem Gutdünken bezahlen. Als Pfand für unsere Vereinbarung gebe ich dir diesen Ring."

Und er zog einen kostbaren altertümlichen Goldring vom Finger.

Der Jüngling nahm den Ring verwundert in Empfang und betrachtete ihn aufmerksam, weil er nicht wußte, was er sagen sollte. Als er aber die Augen hob, um dem Zauberer ins Gesicht zu schauen und ihm zu antworten, war niemand

mehr zu sehen. Nur eine Schlange wand sich unweit im Staube.

Da sagte sich der junge Mann: Ich will das Angebot annehmen, denn es bleibt mir sowieso nichts anders übrig. Sollten wir an dem Ort nichts als eine Ruine vorfinden, kann ich meinen Freunden sagen, es wäre ein Scherz gewesen und für den Preis dieses wertvollen Ringes anderswo ein Gastmahl veranstalten. Und wenn alles stimmt, was der Zauberer gesagt hat, ist es doch ganz einfach, vor Mitternacht aufzuhören. Er war die Sorgen los und ging beruhigt heim.

An dem Tag, da die Reihe an ihm war, erwartete er seine Freunde vor dem Tor seines Vaterhauses und führte sie aus der Stadt hinaus. Den Gefährten kam es zwar sonderbar vor, daß sie am Friedhof vorbeigingen, als sie aber in einen wunderschönen Park gelangten, den früher keiner dort gesehen hatte, und über teppichbedeckte Wege gingen, glaubten bereits alle, auch der junge Kaufmann, daß sie ein reiches Gastmahl erwartete, und sie schritten fröhlich aus. Als sie zu der Stelle kamen, wo die Ruine gestanden hatte, erblickten sie eine Pforte, vor der schön gekleidete junge Pagen mit Schüsseln voll köstlicher Speisen Spalier standen.

Auf dem Hof kamen ihnen die Köche in Reihen entgegen, und im Garten war auf dem Rasen ein prachtvoller Teppich ausgebreitet, der zum Sitzen einlud. Und so nahmen die jungen Leute Platz, und schöne Türkenmädchen brachten Erfrischungen herbei. Ein Leckerbissen folgte dem anderen. Aus kostbaren Krügen wurden seltene Weine eingeschenkt. Liebliche Musik und Gesang vertrieben alle trüben Gedanken. Für jedes müde Haupt fand sich ein weiches Ruhekissen. Die Gäste bewunderten die auserwählten Speisen und Getränke und die Schönheit der Sklavinnen. Sie erklärten einstimmig, der junge Kaufmann habe sie alle übertroffen und müsse zum König ihres Kreises erklärt werden.

Der Abend verfloß bei angenehmer Unterhaltung, zahllose Fackeln und Kerzen verscheuchten die Finsternis. Der Speisen wurden nicht weniger, und niemand dachte daran, daß es nahe an Mitternacht war, nur der junge Gastgeber. Angst befiel ihn, er versuchte sogar mehrere Male zu verschwinden, aber jedesmal hielten ihn die Freunde an den Händen fest und riefen: „Du bist unser König und darfst deinen Thron nicht vor uns verlassen!"

Aber bald wurden allen die Köpfe schwer, und einer nach dem andern verließ taumelnd den Teppich, um irgendwo im weichen Gras auszuschlafen. Dies nutzte der junge Kaufmann und stahl sich auch aus dem Garten weg; er wollte in die Stadt zurück, damit niemand mehr zechte, wofür er hätte teuer bezahlen müssen. Aber er ging in der falschen Richtung und verirrte sich in einer ihm völlig unbekannten Gegend.

Als er sich schon verzweifelt in einem Gebüsch niederlegen wollte, erblickte er eine Hütte, in der noch Licht brannte. Er ging näher und rief nach dem Hauswirt. Ein alter Mann und eine alte Frau kamen an die Tür, begrüßten und bedauerten ihn. „Wieso kommst du in diese Gegend? Weißt du denn nicht, daß hier lauter Dämonen hausen?

Der Jüngling erzählte, was sich mit ihm zugetragen hatte, und die beiden sagten: „Es ist wahrlich ein Glück, daß du uns gefunden hast und nicht dem Zauberer in die Hände gefallen bist, der hier über alle Dämonen herrscht. Sicher hätten sie dich aufgefressen, denn das ist der einzige Lohn, den der Zauberer verlangt."

Sie wiesen dem Jüngling eine einfache Bettstatt an, und er schlief erschöpft sofort ein. Plötzlich aber weckte ihn ein Geräusch, und als er aufblickte, sah er den alten Mann und die alte Frau, die lange Messer schärften, um ihn zu schlachten und ihn zu fressen. Er schrie auf und rannte, wie er war, aus der Hütte, so schnell die Beine ihn trugen. Die beiden Alten liefen ihm nach, schwangen die Messer und näherten sich ihm schnell auf ihren plötzlich jungen Beinen. Da entdeckte der Jüngling ein gesatteltes Pferd, das unweit graste. Er schwang sich auf seinen Rücken, trieb es mit den Fersen an, und das Pferd rannte mit ihm davon. Es ließ sich aber nicht wenden und lief in die Wüste hinaus. Dort lief es auf einen Hügel, stieß sich ab und erhob sich in die Lüfte. Kaum ein paar Schritt über der Erde schlug ihm eine Flamme aus dem Maul, und es verwandelte sich in einen furchtbaren Drachen, der auf und nieder flog, von Zeit zu Zeit den scheußlichen Kopf umwandte und den Jüngling gierig betrachtete. Dieser nutzte einen Augenblick, da sie dem Erdboden nahe waren, ließ sich hinuntergleiten und fiel in ein Gebüsch. Bei dem Sturz verrenkte er sich den Knöchel und den Kiefer, so daß er weder aufstehen noch rufen konnte. Er schaute zu den flimmernden Sternen auf und wartete, was für ein weiteres Ungeheuer ihn wohl noch überfallen werde.

Dann hörte er von fern leisen Gesang und Schritte. Kurz darauf tauchte ein Derwisch mit klugem Gesicht und freundlichem Lächeln vor ihm auf. Als er den Jüngling erblickte und sah, in welchem Zustand er sich befand, kniete er neben ihm nieder und renkte ihm wie ein erfahrener Arzt das Bein und den Kiefer wieder ein. Dann fragte er ihn, wer er sei und was er hier mache. Der Jüngling erzählte ihm von dem Zauberer und dem Gastmahl, erwähnte auch die beiden Alten und das furchtbare Pferd. Darauf sprach der Derwisch: „Du hast wirklich Glück, daß ich dich hier auffand. Gewiß waren das lauter Dämonen, die unter der Herrschaft des Zauberers stehen. Wäre ich nicht zufällig vorbeigekommen, sie hätten sich alle auf dich gestürzt und dich gefressen. Aber jetzt bist du außer Gefahr. Unweit von hier wohnt mein Freund, der wird dich bis zum Morgen beschützen und dir dann einen Begleiter mitgeben, der dich in die Stadt bringt, denn du bist so weit weg, daß du allein den Weg nicht finden könntest."

Und sie machten sich miteinander auf den Weg, bis sie zu einem Haus inmitten eines schönen Gartens kamen, wo ein Greis mit seinen Töchtern wohnte. Der Derwisch erzählte ihm, was dem jungen Mann zugestoßen war, und der Alte willigte ein, ihn bis zum Morgen bei sich zu behalten, doch sollte er in einem Zelt im Garten übernachten, denn er sähe es nicht gern, wenn ein Fremder unter einem Dach mit seinen Töchtern schliefe. Der junge Mann bedankte sich und ging in das Zelt, um nach all dem Erlebten endlich auszuruhen.

Aber er schlief nicht lange. Plötzlich hörte er, daß jemand das Zelt betrat. Er fragte, wer da sei, und siehe, es war ein Mädchen, schön wie der Mond, mit Lippen so rot wie Korallen. Der Jüngling schämte sich und wollte sich verstecken, aber das Mädchen sagte: „Komm zu mir und meinen Schwestern in den Garten, wir wollen uns unterhalten. Wir leben hier wie in der Wüste, niemand außer dem Derwisch kommt uns besuchen . . . Der Vater ist sehr streng und erlaubt nicht, daß wir mit jemandem verkehren. Wenn du nicht kommst, will ich ihn rufen und sagen, du seist ein gemeiner Räuber, der sein Vermögen stehlen will, und er wird dich in die Wüste jagen."

Der Jüngling fürchtete nichts so sehr wie die Wüste, und darum folgte er dem Mädchen in den Garten. Dort lag ein Teppich ausgebreitet, auf dem ein Krug mit Wein stand. Drei Schönheiten, wie er sie niemals gesehen, saßen da und luden ihn zu sich ein. Halb aus Angst, halb aus Leichtsinn setzte sich der junge Mann in ihre Mitte und unterhielt sich mit ihnen. Als die Unterhaltung am fröhlichsten war, schlugen die Mädchen vor, sie wollten sich an verschiedenen Stellen im Garten verstecken, und er sollte sie suchen. Sie liefen nach allen Seiten auseinander und verbargen sich. Voll Heiterkeit und gar nicht mehr ängstlich ging der Jüngling sie suchen, und sie lockten ihn immer weiter und weiter, bis an das äußerste Ende des Gartens. Dort erblickte er die schönste Schwester, die sich hinter den Ästen eines Baumes versteckt hatte. Sie rief

ihn und lockte ihn zu sich. Er trat näher, da legte sie ihren Kopf an seine Schulter und bot ihm die Lippen. Der Jüngling ahnte keine Gefahr und küßte sie. Kaum aber hatte er das getan, sagte das Mädchen: „Mitternacht ist längst vorüber, du hast um ein Nachtlager bei den beiden Alten gebeten, bist auf einem Pferd geritten, das dir nicht gehörte, und jetzt begehrtest du sogar noch eine Schöne mit Lippen wie Honig. Es ist Zeit, die Rechnung zu bezahlen."

Und sie verwandelte sich in einen schrecklichen Dämon, der sich in seine Lippen verbiß und ihm die Krallen in die Brust schlug. Der Garten, das Haus und auch das Zelt waren verschwunden, und der Jüngling befand sich mit dem Dämon allein in der Wüste unter einem kahlen Baum, auf dem sich die Geier niederließen. Er schrie auf vor Entsetzen, entwand sich den Armen des Dämons und floh.

„Du entkommst mir nicht! Ich habe ja mein Pfand bei dir!" schrie ihm der Dämon mit schrecklicher Stimme nach.

Der Jüngling erinnerte sich an den Ring, den ihm der Zauberer gegeben, griff an die Brust, wo er ihn versteckt hatte, und schleuderte ihn in weitem Bogen fort. Da verwandelte sich der Ring in eine Schlange, die sich im Staub der Wüste wand.

Er lief weiter, so schnell er konnte, bis er bei Morgengrauen den Friedhof erreichte und die Minarette der Stadt erblickte. Zwischen den Gräbern lagen friedlich schlafend seine Gefährten, die sich beim Erwachen an nichts erinnerten, nur daß sie viel getrunken hatten.

Von dem Tage an verkehrte der Jüngling nicht mehr mit seinen ehemaligen Freunden, kümmerte sich nur um das Geschäft, und bei der erstbesten Gelegenheit schloß er sich einer Karawane an und kehrte nie wieder in seine Heimat zurück.

Unterhaltung beim Kohlenmeiler

Viele sonderbare Geräusche hört man im nächtlichen Wald. Das Knacken der Äste unter den Tritten des Wilds, den Flügelschlag der Nachtvögel, den Ruf eines Uhus, das Pfeifen der Fledermäuse, das Rauschen des Windes in den Zweigen – es ist, als spräche der Wald selbst zu seinen Bewohnern. Aber nur wenige Menschen verstehen diese geheimnisvolle Sprache. Wer nur selten im dunklen Wald übernachtet, kann den Tritt eines Tieres nicht von dem Flügelschlag eines Vogels unterscheiden, sein Gehör ist abgestumpft von der Angst vor einer unbekannten Gefahr. Und andere, die ständig im Wald leben, sind derart an sein Geflüster gewöhnt, daß sie bei einem Rauschen oder leisen Tritt höchstens ein herabgewehtes Blatt oder ein jagendes Tier vermuten und gar nicht mehr aufhorchen. Darum geschieht es nur selten, daß jemand einem der merkwürdigen Wesen begegnet, die im Wald verborgen wohnen.

Eine sonderbare Begegnung erlebte einmal das Mädchen Otama in den bewaldeten Bergen von Haguro, wo kein Bambus mehr wächst und statt dessen über den Föhren nur noch schlanke Zedern aufragen. Otamas Vater war Köhler; vom Frühling bis in den späten Herbst brannten seine Meiler im Wald, und nur selten ging er mit einer Ladung Kohle ins Dorf hinunter. Otama lebte den Sommer über mit dem Vater in einer kleinen Hütte auf einer Waldlichtung, kochte und sorgte für ihn und half ihm, die Meiler hüten.

Eines Tages machte sich der Vater wieder mit Kohle auf den Weg und ließ Otama allein im Wald zurück. Sie hatte keine Angst, denn sie war das Leben im Wald gewohnt und auch sonst ein tapferes Mädchen. Erst abends, als es dunkelte und der Vater nicht zurückkam, wurde ihr ein wenig unheimlich zumute. Sie setzte sich in der Hütte ans Feuer,

wartete auf den Vater mit dem Abendessen und dachte an dies und jenes.

Draußen war es still, nur zuweilen ertönte neben dem Prasseln des Feuers ein heftiges Brausen, so daß Otama zusammenfuhr. Ach, es ist ja nur der Wind, beruhigte sie sich jedesmal und wartete weiter, bis sie schläfrig wurde. Ein Weilchen überwand sie die Müdigkeit, dann schlummerte sie ein, und als sie das sonderbare Brausen von neuem weckte, entschloß sie sich, wenigstens das Bett vorzubereiten. Als der Vater immer noch nicht heimkam, wollte sie nicht länger warten.

Schon war sie daran, sich niederzulegen, als sich plötzlich die Matte an der Tür ein wenig hob und wieder senkte, als wollte jemand hereinschauen und hätte es sich überlegt. Das Mädchen erschrak ein bißchen, sagte sich aber dann, es sei wohl nur ein Windhauch gewesen. Nach einer Weile bewegte sich die Matte wieder, und von draußen sah man einen blassen roten Schimmer. Vielleicht ist der Meiler zersprungen, dachte Otama, ich muß nachschauen gehen. Sie erhob sich und ging hinaus. Und da sah sie, daß der Lichtschein nicht von dem Meiler ausging, sondern von einer Baumkrone am Rande der Lichtung. Sie hatte kaum Zeit, darüber nachzudenken, was es sei, als sich von dem Baum eine sonderbare, matt leuchtende Gestalt mit großen Flügeln herabließ. Die Erscheinung kam näher, und Otama sah, daß es ein geflügelter Mann mit einem riesengroßen Kopf war. Aus seinem rotglühenden Gesicht ragte eine lange, dicke Nase hervor. Es war der Waldgeist Tengu. Er näherte sich langsam und musterte das Mädchen mit gierigen Blicken. Otama war starr vor Schrecken und wartete nur, ob der Tengu sie zerreißen oder in sein Nest im tiefen Wald entführen werde.

Da blieb der Tengu stehen, stützte die Hände in die Hüften, lachte kreischend auf und sprach: „Du denkst wohl, ich werde dich zerreißen oder wegschleppen. Aber das muß ich mir noch überlegen."

Dann ging er zuerst von der einen, dann von der anderen Seite um das Mädchen herum, wobei er es unausgesetzt mit glühenden Blicken anstarrte. Es fiel ihr ein, sie könnte vielleicht versuchen zu fliehen, aber der Tengu begann wieder laut zu lachen. „Du möchtest wohl davonlaufen? Das schlag dir aus dem Kopf. Schau her!" Und er spannte die Flügel und überflog mehrmals die Lichtung, so daß es in den Wipfeln der Bäume brauste.

Dann ließ er sich wieder vor dem Mädchen nieder und betrachtete es aufmerksam. Jetzt wird er mich zerreißen, dachte Otama voll Entsetzen, aber der Tengu sagte: „Nein, ich will dich nicht zerreißen, es wäre schade um dich. Du bist so hübsch mit deinem komischen kleinen Näschen, du gefällst mir wirklich gut. Ich will dich mitnehmen und meinen Kindern zeigen. Die werden Augen und Schnäbel aufreißen, wenn sie ein so schönes Spielzeug bekommen."

Also diese riesengroße Nase ist ihm aus einem Schnabel gewachsen, kam es Otama in den Sinn, und sie fürchtete sich schon weniger, denn das kam ihr lächerlich vor.

Und der Tengu setzte hinzu: „Siehst du, du wußtest gar nicht, daß kleine Tengus wie Vögel aussehen und Schnäbel haben. Erst ein erwachsener Tengu bekommt eine so schöne Nase, wie ich sie habe."

Fast hätte ihm Otama ins Gesicht gelacht, und sie sagte sich, so ein Tengu sei eigentlich gar nicht so fürchterlich, vielleicht könnte sie ihn sogar überlisten. Aber der Tengu redete weiter: „Ihr Menschen glaubt, daß ihr wer weiß wie gescheit seid, und wißt dabei gar nichts. Und du möchtest mich überlisten! Das ist ja nett. Darauf freue ich mich. Du bist aber wirklich hübsch und tapfer, und darum werde ich dich weder zerreißen noch fortschleppen, obwohl ich es könnte. Aber wir wollen ein Spiel miteinander spielen. Du hast ja bemerkt, daß ich immer errate, was du denkst. Und das ist kein Zufall, wie du jetzt eben glaubst, sondern ein einfacher Trick aller Tengus. Und so wollen wir spielen, daß du dir denkst, was du willst, und ich werde raten. Wenn ich einmal

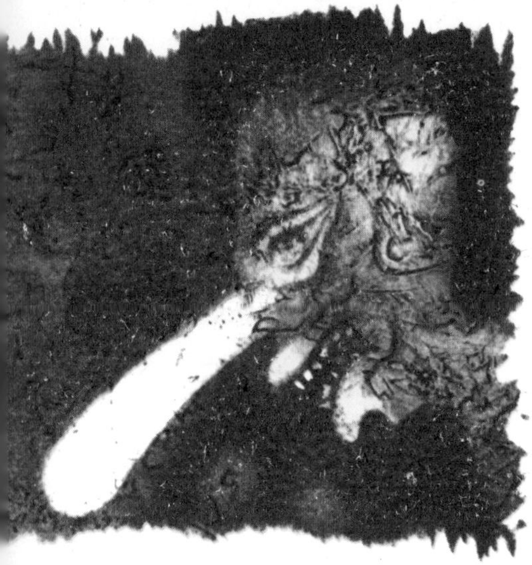

falsch rate, hast du gewonnen und ich habe keine Macht mehr über dich. Wenn du aber verspielst, bist du mein. Ich nehme dich mit und lasse dich niemals wieder gehen."

Man konnte sehen, wie der Tengu sich darauf freute, dem Mädchen seine Kunst vorzuführen. Er plusterte sich auf, wurde noch röter, und an den Flügeln sträubten sich ihm vor Aufregung die Flaumfedern.

Otama glaubte, der Tengu meine es ernst und sie müsse auf seinen Vorschlag eingehen. Schließlich war sie froh, daß ihr noch ein wenig Hoffnung blieb. Sie setzte sich auf den Holzblock vor der Hütte und schaute dem Tengu ins Gesicht.

„Also fangen wir an", sagte er. „Du denkst, so ein Geschöpf, weder Mensch noch Tier, kann doch nicht alles wissen, und du willst mich überraschen."

„Du denkst, der Vater ist nicht mehr weit und wird mich gewiß vertreiben."

„Jetzt denkst du, du mußt an etwas anderes denken."

„Du denkst an deine Freundin Kinu, die am linken Ellbogen eine Warze hat."

„Du denkst, daß ihr der Sohn des Nachbars Goro gut gefällt und daß sie das außer dir niemandem erzählt hat."

„Du denkst an deine schwarze Lackschatulle von der Großmutter und an die Haarschleife, die sich verknotet hat, weil sie vergaß sie zu lösen."

Der Tengu redete immer schneller, seine Augen leuchteten immer mehr, und er schob sich immer näher und näher an das Mädchen heran.

„Du weißt nicht mehr, was du denken sollst, damit ich es nicht errate."

„Du denkst, du kannst nicht mehr gewinnen!"

Er war schon ganz nahe und streckte die Hände nach ihr aus.

„Du denkst, ich packe dich schon."

„Du denkst, du kannst nicht mehr weiter."

Da befiel Otama eine solche Angst und Schwäche, daß sie ohnmächtig zu Boden sank. Wie sie so hinfiel, griff sie mit der Hand in ein Häufchen Holz. Ein Scheit sprang hoch und schlug dem Tengu, der sich über das Mädchen beugte, an die Nase.

Überrascht fuhr er zurück und schüttelte dann ungläubig den Kopf. „Das habe ich nicht erwartet. Ich errate doch immer, was einer denkt, so daß ich weiß, was er tun will. Aber noch niemals ist mir passiert, daß einer etwas tut, noch bevor er es denkt. Vielleicht sind Menschen doch nicht so dumm."

Ein Weilchen dachte er darüber nach, schaute Otama an,

und als diese zu sich kam und aufstand, sagte er freundlich: „Du bist ein ungewöhnlich kluges Mädchen und gefällst mir immer besser. Aber eigentlich habe ich verloren und muß ohne dich weggehen."

Aber er zögerte noch, als müsse er etwas bedenken. Otama konnte sich das nicht erklären, und darum verließ sie die Angst noch immer nicht. Dann schien der Tengu entschlossen, und er sagte fast feierlich: „Wie gesagt, du bist ein außergewöhnliches Mädchen, und darum hast du dir etwas Außergewöhnliches verdient. Ich will dir etwas von der Kunst der Tengus verraten, zum Andenken an unsere Begegnung. Hör gut zu! Wenn wir Tengus lernen, die Gedanken eines andern zu erraten, üben wir das so, daß wir ihm aufmerksam ins Gesicht schauen. Am Gesicht kann man jeden Gedanken sehen. Das wirst du aber erst dann können, wenn du die gleiche Miene machst wie dein Gegenüber. Dann denkst du auch das gleiche. Das ist die einfachste Art, einfache Gedanken zu erraten, aber für einen Menschen ist das schon genug. Versuch es, du wirst sehen, wie nützlich das ist."

Als der Tengu geendet hatte, schaute er Otama nochmals mit Bedauern an, breitete dann die Schwingen aus und setzte hinzu: „Dein Vater kommt schon." Dann schwang er sich in die Höhe und verschwand in den Baumkronen.

Die Äste schaukelten noch ein wenig wie ein großer Vorhang. Da ertönten Schritte, der Köhler kam auf die Lichtung gelaufen und rief schon von weitem: „Otama, bist du da? Das war doch ein Tengu! Hat er dich nichts zuleide getan?"

„Nein Vater, er hat mich zwar erschreckt, aber am Ende war er brav."

Der Vater nahm das Mädchen bei der Hand, und sie gingen zusammen in die Hütte.

„Ich bin so froh, daß dir nichts geschehen ist. Ich habe mich im Dorf aufgehalten und machte mir auf dem ganzen Weg Vorwürfe, daß du so lange in der Nacht allein bleiben mußtest."

Beim Abendessen war Otama schweigsam, nur von Zeit zu Zeit blickte sie dem Vater aufmerksam ins Gesicht.

Das Fest der Lichter

Vor vielen, vielen Jahren begab sich der Mönch Denkai auf die Wanderschaft. Er pilgerte von einem Ort zum andern, übernachtete einmal da, einmal dort, und schließlich wurde er ein Wandermönch, ständig unterwegs, kreuz und quer durch das ganze japanische Reich.

In jenem Sommer kam er wieder von einer Pilgerfahrt durch die nördlichen Provinzen in die Nähe der Kaiserstadt Kyoto zurück und entschloß sich, endlich einmal an dem berühmten Fest der Lichter im Lotostempel zu Nara teilzunehmen. Schon oft hatte er von Mönchen und Laien über den herrlichen Fackelzug, die wunderschönen Chorgesänge der Mönche und den erhebenden Gottesdienst um Mitternacht erzählen gehört, aber während der langen Wanderjahrte hatte er niemals das Glück gehabt, gerade an dem einzigen Tag im Jahr, wenn dieses Fest gefeiert wurde, in den Lotostempel zu gelangen. Immer waren ihm Zufälle und Umstände in den Weg gekommen, oder er war zu spät eingetroffen, wenn das Fest schon vorüber war. Er sah darin nichts Ungewöhnliches, denn er änderte gern das Ziel seiner Reise je nach der augenblicklichen Laune, wie ein Schiff auf offenem Meer. Diesmal aber wollte er sich das Schauspiel nicht entgehen lassen, und nichts sollte ihn von seinem Weg zum Lotostempel abbringen.

Unterwegs ging alles gut. Die Beine dienten ihm, keine Krankheit quälte ihn, obwohl er nicht mehr der Jüngste war, und abends fand er immer rechtzeitig ein Nachtlager und Abendessen entweder in einem Kloster oder bei braven Leuten. So gelangte er glücklich drei Tage vor dem Fest in das Tal unter dem Nagano-Paß.

Diesmal werde ich zur Zeit da sein, sagte sich der Mönch Denkai zufrieden, als er das ausgedehnte, öde Tal unter dem

Nagano-Paß durchquerte. Der Weg schlängelte sich durch eine grasbewachsene Ebene, die Sonne sank langsam gen Westen hinab. Denkai überlegte, wo er die Nacht zubringen sollte, und blickte umher, ob nicht ein Dorf in Sicht sei. Da entdeckte er auf einem Hang am Ende des Tals ein einsames großes Haus. Als er näher kam, zeigte sich, daß es kein gewöhnliches Haus, sondern ein großer Tempel war, zu dem ein langer, gedeckter Stiegenaufgang führte. Erfreut dachte Denkai, dort werde er gewiß eine Unterkunft und etwas zu essen bekommen. Er lenkte also seine Schritte auf den Tempel zu, nur schien es ihm sonderbar, daß weit und breit keine Menschenseele zu sehen war und daß der Tempel eigentlich genauso aussah wie der berühmte Lotostempel zu Nara. Als er an das untere Tempeltor kam, stellte er fest, daß das Heiligtum anscheinend längst verlassen war und sich niemand darum kümmerte. Das kleine Dach über dem Eingang war eingestürzt, die Holzsäulen standen schief, die Steinstufen waren mit Moos bewachsen, aus den Ritzen sproß Gras. Denkai war enttäuscht; da es jedoch Abend wurde, entschloß er sich, im Tempel zu übernachten, um wenigstens ein Dach über dem Kopf zu haben. Er stieg die Stufen hinauf und betrat den großen Innenraum. Er war leer, durchwärmt von der Sonne und duftete nach altem Holz und Weihrauch.

Im Schein der letzten Sonnenstrahlen fand Denkai ein Plätzchen mit schöner Aussicht, setzte sich bequem nieder und überlegte, wieso dieser schöne Tempel so verwahrlost war und niemandem diente. Als er so dasaß und über den Tempel und seine Pilgerfahrt nachdachte, schlummerte er von Zeit zu Zeit ein wenig. Inzwischen war es dunkel geworden, die Nacht brach herein, vom Gebirge her wehte ein kühler Wind. Denkai fröstelte, er zog seine schwarze Kutte fester um sich und steckte die Hände in die Ärmel. Da bemerkte er in der Ferne über dem Bergpaß einen Lichtschimmer. Kurz darauf schwang sich ein heller Schein empor, glitt ins Tal hinab und näherte sich dem Tempel. Nach einer Weile zerteilte sich das geheimnisvolle Leuchten in eine Menge kleiner Lichter, die in Haufen durchs Tal zogen.

Merkwürdig, dachte sich Denkai, daß mir unterwegs niemand von dem Tempel oder davon erzählt hat, daß hier ein nächtlicher Umzug stattfinden soll. Und so viele Lichter – das muß ein ganz großes Fest sein. Aber noch ehe er sich bewußt wurde, daß sich der Zug ungewöhnlich schnell vorwärtsbewegte, war der ganze Haufen Lichter bereits unten vor dem Tempeltor angelangt.

Der Lichterstrom ergoß sich durch das Tor und über die Stiegen hinauf. Das Sonderbarste aber war, daß man weder Schritte noch Stimmen hörte, nur ein ungewisses Summen, wie entferntes, unverständliches Geflüster.

Denkai duckte sich in seinen Winkel, getraute sich kaum zu atmen und wartete, was weiter geschehen würde. Kurz darauf öffnete sich die Tür weit, der ganze Raum erstrahlte in hellem Licht, und herein drängte sich eine Menge merkwürdiger Gestalten. Sie sahen weder wie Menschen noch wie Tiere aus, eher wie zufällig aneinander gewachsene menschliche und tierische Körperteile. Denkai vergaß sogar seine Angst und schaute nur und schaute auf die menschlichen Körper mit Büffel – oder Pferdeköpfen, den Katzenleib mit dem Gesicht eines jungen Mädchens, den Hahn mit dem kahlgeschorenen Kopf eines Mönchs, die beinlose Gestalt mit einem großen Schlangenkopf auf dem langen Hals, der sich streckte und krümmte, wobei er jeden Winkel des Raumes durchforschte. Er sah unter ihnen menschliche Gestalten, denen Gliedmaßen fehlten, oder die ihrer zu viele hatten, eine Frau mit nur einem Auge in der Mitte des Gesichts und einem Mund auf der Stirn, einen Mann mit drei Nasen und einem einzigen großen Ohr auf der Brust, einen dünnen fußlosen Körper mit Armen, die bis auf den Boden reichten, und einem männlichen und weiblichen Kopf auf einem Hals. Überdies bewegten sich ringsum einzelne abgetrennte Gliedmaßen, zwei Beine ohne Rumpf, Hände, die sich zuweilen verbanden und dann wieder trennten, ein Kopf, der aus einem Korb hervorlugte. Über den Boden floß eine durchsichtige Masse, die jede Weile ihre Form änderte, wobei sich bei jeder ihrer Bewegung ein leuchtendes Auge, eine lange Nase, hängende Ohren oder eine Reihe scharfer Zähne zeigten und wieder verschwanden, aber immer nur einzeln, niemals alles auf einmal.

Die Erscheinungen gaben aber keinen Laut von sich. Ringsum schimmerte ein mattes Licht. Nach einer Weile hatten sie den Tempelraum angefüllt. Schließlich erschien die Gestalt eines Dämons in der Tür, der so riesengroß war, daß er bis zur Decke reichte. Er war glänzend schwarz, hatte drei stumpfe Hörner auf der Stirn, die große Nase hing ihm bis aufs Kinn herab, die Finger waren gespreizt. Um den mächtigen runden Bauch trug er ein Tigerfell, unter dem ein langer behaarter Schweif hervorlugte. Der Dämon nahm an der Stirnwand des Saales Platz, während die übrigen Erscheinungen ehrerbietig stehen blieben und sichtlich auf seine Befehle warteten. Der Dämon blickte mit rollenden Augen in die Runde und ließ sich dann mit Donnerstimme vernehmen: „Heute sind wir am Ziel unserer Wanderung durch diese Welt angelangt. Es freut mich, euch alle beisammen zu sehen. Ehe wir uns wieder trennen, möchte ich mit euch sprechen. Setzt euch."

Eine Gestalt nach der andern ließ sich auf dem Boden nieder, sie drängten sich und pufften einander, aber nach einer Weile saßen alle still da. Nur eine hohe, magere Gestalt blieb in der Mitte des Raumes stehen, sie hatte nur einen halben Rumpf und ein Bein.

„Ich sagte doch, ihr sollt euch alle niedersetzen", brummte der Dämon unwirsch. „Warum stehst du denn, du Einbeiniger?"

Dieser schaute unzufrieden nach rechts und links und antwortete dann beleidigt: „Wohin soll ich mich denn setzen, wenn kein Platz für mich da ist?"

Ein Weilchen war es still, bis der Kopf auf dem Schlangenhals sich vorstreckte und zischelte: „Da ist einer, der nicht zu uns gehört!"

Alle Gespenster schauten sich um, bis sie Denkai entdeckten, der sich in seine Ecke duckte und am ganzen Leib zitterte. Eine lange Weile blieben all die fürchterlichen Augen auf ihn gerichtet, bis schließlich der große, schwarze Dämon das Wort ergriff: „Du hast keinen Platz? Ich will dir einen machen!" Und er hob seinen riesigen Fangarm und streckte ihn nach Denkai aus. Als der Mönch die offene Hand mit den dicken Fingern über sich sah, duckte er sich noch tiefer, aber es half nichts. Die Riesenhand packte ihn am Kragen, hob ihn hoch, streckte ihn zum Fenster hinaus und setzte ihn unten am Tempeltor nieder. Der erschrockene Denkai lehnte sich an eine Steinstufe und wagte sich nicht zu rühren, als aber nichts weiter geschah und kurz darauf auch der matte Schein im Tempel erlosch, fiel der alte Mönch in tiefen Schlaf.

Am Morgen weckte ihn der helle Sonnenschein. Denkai streckte und reckte sich, plötzlich kam ihm der nächtliche Spuk in den Sinn. Er schüttelte den Kopf über seinen sonderbaren Traum und wollte sich wieder auf den Weg machen. Plötzlich hatte er das Gefühl, daß die Sonne ungewöhnlich heiß brannte, und er bemerkte, daß er nicht mehr im Tempel saß. Als er sich erschrocken umschaute, mußte er feststellen, daß er auch nicht vor dem Tempeltor saß, denn Tempel, Pforte und Stiegen waren verschwunden.

Denkai rieb sich die Augen und schaute wieder umher. Er sah weder den Hang, noch das Tal, ja nicht einmal den Bergpaß am Horizont. Er befand sich in einer völlig fremden Gegend – auf einer weiten, dürren Ebene, nur in der Ferne zeichneten sich im Nebel unbekannte Berge ab, und auf der andern Seite schimmerte die unendliche Fläche des Meeres.

Denkai war von dieser Verwandlung völlig verwirrt und wußte nicht, was er anfangen sollte. Die Sonne brannte immer heißer, die Luft über der Ebene bebte in der Glut, und nirgends war auch nur ein Stückchen Schatten zu entdecken. Da sah er, daß sich in der Ferne an der Küste etwas bewegte. Von dort näherte sich eine Gruppe von Gestalten. Denkai konnte im grellen Sonnenlicht, das ihm in die Augen schien, nicht gut erkennen, was es war, doch erblickte er etwas wie einen Pferdekopf, dann etwas Hohes, Eckiges, und angstvoll wartete er ab, was sich da näherte. Er atmete auf, als er sah, daß es mit Säcken und Kisten beladene Pferde waren, um sie herum eine Gruppe Menschen, vielleicht reisende Kaufleute. Er ging ihnen entgegen, und als er sie begrüßt hatte, fragte er vorsichtig: „Verzeiht mir bitte die ungehörige Frage, aber ich habe mich verirrt und möchte gern wissen, wo ich eigentlich bin."

Ein dicker Mann mit breitem Gürtel, sichtlich der Eigentümer der Waren auf den Pferden, lachte auf: „Das ist aber eine merkwürdige Frage! Wie konntest du dich hier auf der Ebene Hyuga verirren? Wahrscheinlich warst du allzu vertieft in Gedanken, oder läßt dich das Gedächtnis schon im Stich?"

Wie ist das möglich, dachte sich Denkai, die Ebene Hyuga liegt doch weit im Süden auf der Insel Kyushu, an fünfhundert Meilen oder noch mehr vom Nagano-Paß entfernt!

„Der gute Mönch scheint irgendwie bestürzt", sagte der dicke Kaufmann zu seinen Leuten. „Wahrscheinlich ist er hungrig. Gebt ihm zu essen und zu trinken. Aber dann müssen wir uns beeilen, damit wir um Mittag im Hafen sind!"

Dann wandte er sich an Denkai: „Wenn du immer nordwärts an der Küste entlang gehst, so wie wir, kommst du bis zum Abend auch hin. Und gewiß wirst du dich nicht wieder verirren“, setzte er noch lachend hinzu.

Denkai bedankte sich für die Bewirtung und ging dann ein Weilchen am Ende der Gruppe mit, aber der dicke Kaufmann hatte es sichtlich sehr eilig, und so blieb der Mönch immer weiter zurück, bis Pferde und Menschen in der Sonnenglut seinen Blicken entschwanden und er wieder ganz allein auf der weiten Ebene zurückblieb. Er ging und ging, die Sonne brannte, das Meer rauschte friedlich zu seiner Rechten, aber er kehrte in Gedanken immer wieder zu dem Geheimnis zurück, durch das er in diese Gegend versetzt worden war. Also habe ich eine lange Wanderung vor mir, sagte er zu sich selber, aber das macht nichts, im Süden bin ich noch nie gewesen, und gewiß werde ich auch hier irgendein Kloster finden. Aber ich habe wirklich Pech, denn das Fest der Lichter im Lotostempel werde ich diesmal wieder nicht sehen. So ein Stück Wegs könnte ich nicht einmal mit einem Schiff in drei Tagen zurücklegen. Und es wäre auch eines Wandermönchs unwürdig, irgendwohin zu eilen, wo er doch von seinem Endziel, der Erlösung oder der Verbannung, überall gleich weit entfernt ist. Mit dieser Überlegung überwand er seine Traurigkeit, beruhigte sich und grübelte auch nicht mehr darüber nach, ob das sonderbare Erlebnis der letzten Nacht nicht etwa die Strafe für ein einstiges Vergehen in einem früheren Leben gewesen sei. Er schritt wieder gemächlich aus und ging und ging den flachen Meeresstrand entlang.

Es war bereits nach Mittag und Denkai von der Hitze ziemlich müde, als ihn der Weg an eine seichte Bucht führte. Plötzlich erblickte er vor sich am Ufer ein Schiff. Wieso ist da ein Schiff, wo es doch weit und breit keine Behausung gibt, noch dazu liegt es ein Stück weit weg vom Wasser. Als er sich näherte, sah er, daß es ein von der Sonne ausgetrocknetes Wrack war. Entweder hatten es die Meereswogen an den Strand gespült oder Menschen ans Ufer gezogen, um es auszubessern, und es dann liegenlassen. Hauptsache, ich kann ein wenig im Schatten ausruhen, sagte sich Denkai zufrieden, bestieg durch ein Loch in der Seitenwand das Schiff und setzte sich auf ein Spant. Er ließ den Kopf sinken; stützte die Ellbogen auf die Knie und schaute auf die schillernden Wellen in der Bucht, bis er eingeschlafen war.

Ein heftiges Rütteln weckte ihn – fast wäre er umgefallen, und zugleich spürte er einen kühlen Windstoß. Er stellte fest, daß es finstere Nacht war, und hörte die Wellen an den Schiffsrumpf schlagen. Er erschrak bei dem Gedanken, daß er von der Flut überrascht worden war, aber da bemerkte er, daß das Schiff die Segel gehißt hatte und sich in voller Fahrt befand. Schon wieder habe ich einen merkwürdigen Traum, dachte er, doch er spürte, er war auf dem Schiff nicht allein. Am Heck bewegte sich etwas, und als er hinschaute, sah er vor dem dunklen Sternenhimmel drei schwarze Gestalten, die hin und her liefen. Auf dem Bug aber standen reglos schwer bewaffnete Krieger, mit Schwertern, Speeren und Armbrüsten, und schauten aufs Wasser hinaus.

„Steuermann, du lenkst unser Schiff heute schlecht", ertönte eine rauhe Stimme vom Bug. „Es wird deine Schuld sein, wenn wir uns verspäten!"

Niemand antwortete, nur das Segel blähte sich noch mehr. Nach einer Weile ertönte die Stimme von neuem und klang noch strenger: „Ich werde euch alle bestrafen, euch an den Segeln und euch am Steuer, ihr seid Faulpelze, und euretwegen verlieren wir die Schlacht!"

Da antwortete eine Stimme vom Heck: „Herr, es ist nicht unsere Schuld, das Schiff ist zu schwer und neigt sich zur Seite."

Denkai verfolgte den Streit zwischen dem Kommandanten und dem Steuermann und erschrak nicht wenig, als sich knapp neben ihm etwas rührte. Er hörte ein Stöhnen, und vor ihm erhob sich langsam die schwarze Gestalt eines Kriegers, dessen Brust von Pfeilen durchbohrt war. Er wies mit dem Finger auf den Mönch und sprach: „Der da ist schuld. Er ist schwer und gehört nicht zu uns."

Die Geister der Krieger blieben starr, aber der Kommandant schrie: „Schon wieder ein Eindringling aus der vergänglichen Welt! Fort mit ihm – er soll uns nicht aufhalten. Setzt ihn auf der Insel Awaji aus, und dann schnell ans Ufer auf den Sammelplatz, ehe es hell wird!"

Im Nu wurde Denkai umgerissen, er fühlte, wie er in die Tiefe stürzte, und ehe er sich's versah, hatte er wieder festen Boden unter den Füßen. Schiff und Krieger waren spurlos verschwunden.

Als sich Denkai allmählich von seinem Schreck erholte, graute der Morgen, und ein leichter Nebel erhob sich. Nach einer Weile stellte er fest, daß er auf einem großen Felsblock stand, der ringsum von Wasser umgeben war. Doch der Wasserspiegel lag still da, nur kleine Wellen kräuselten ihn unter den morgendlichen Nebelschwaden. Vorsichtig setzte sich Denkai auf den Stein nieder, damit er nicht ins Wasser fiele, schaute in den Nebel und dachte über das Erlebnis der letzten Nacht nach. Es wurde langsam hell, und plötzlich tauchten unweit vor ihm die Umrisse der Küste auf, und am Ufer stand ein Boot. Dann erblickte er Sträucher und Bäume, unter denen sich eine Reihe schwarzer Gestalten still am Ufer entlangbewegte. Plötzlich machte der erste halt, zeigte in die Richtung, wo Denkai saß, und auch die übrigen blieben stehen. Da zerriß ein Windstoß den Nebel, und es zeigte sich, daß die schwarzen Gestalten Mönche waren. Hinter den Bäumen sah man das Dach eines Tempels.

Voll Freunde winkte Denkai den Mönchen zu. Die banden das Boot los und brachten ihn an Land. Dort erfuhr Denkai dann, daß er sich im Tempel des Himmlischen Drachens zu Kyoto befand. Er war heilfroh, in der Gegend zu sein, in die er ursprünglich hatte pilgern wollen, und daß er doch noch rechtzeitig zum Fest der Lichter im Lotostempel zu Nara gelangen konnte.

Er machte sich auch sofort auf die Beine, und wenn nicht wieder Geister seinen Weg gekreuzt haben, ist er wohl hingelangt.

Die traurige Frau Li

Kuo Yü lebte in seiner Vaterstadt I in der Provinz Schantung recht zufrieden. Er verdiente zwar seinen Lebensunterhalt auf ziemlich unsichere Weise, meistens lungerte er auf dem Marktplatz herum, machte hier und da Botengänge, half ein andermal eine schwere Last schleppen, aber es trug ihm jedesmal eine Handvoll Kupfergroschen für Reis, Tee und mitunter sogar für eine kleine Aufbesserung ein.

Eines Abends saß er wieder mit Freunden im Gasthaus Zum runden Krug. Man schwatzte über dies und jenes, und Kuo sperrte Mund und Ohren auf über die sonderbaren und unglaublichen Dinge, die es in der Welt gab. Die Zeit verflog, und die Trommelschläge kündeten bereits die dritte Nachtwache an, als die Zecher sich endlich trennten und nach Hause gingen.

Kuo ging allein. Über den stillen Straßen des Städtchens leuchtete der Vollmond, und die hellen Stellen und dunklen Schatten traten scharf hervor. Es war bald Mitternacht. Als Kuo in die Straße kam, die zum Tempel führte, sah er plötzlich eine Gestalt vor sich, die geradeaus in der Mitte der hellerleuchteten Gasse auf ihn zukam. Sie näherte sich leichtfüßig und lautlos, wie vom Winde getrieben, obwohl sich nicht ein Lüftchen rührte.

Kuo blieb stehen und dachte sich neugierig: Wer mag denn das sein, so spät in der Nacht?

Er trat beiseite in den dunklen Schatten und wartete, bis die Erscheinung näher kam. Es war eine Frau. Wahrscheinlich eine Dame, urteilte Kuo nach ihrer Kleidung. Sie war groß und schlank und trug ein weit wallendes Gewand mit einem blaugrünen Jäckchen. Sie schritt leicht dahin, kaum sah man, daß sie die Füße bewegte. Aus dem kreidebleichen, fast aschfahlen Gesicht leuchteten dunkle Augen, die sie in die Ferne gerichtet hielt.

„Die kleine Frau sieht aus, als hätte sie den Verstand verloren“, sagte Kuo zu sich selbst. „In der Nacht so ohne Dienerin umherzuirren! Ich muß sehen, was da dahintersteckt!“

Die Frau entfernte sich schnell, Kuo beschleunigte seine Schritte und folgte ihr vorsichtig. Die Frau ging immer schneller und schneller und verschwand plötzlich in einer Seitengasse. Kuo konnte sie kaum einholen. Er sah nur noch, daß sie ein Haus betrat, doch wußte er nicht, welches es gewesen war, denn nirgends wurde eine Tür geöffnet, und man konnte auch nicht das geringste Geräusch vernehmen. Kuo ging behutsam von einem Haus zum andern und forschte nach, wo er eintreten könnte.

Irgendwo muß doch eine Tür offen sein! Wohin wäre sie denn sonst verschwunden?

Erst am Ende der Gasse fand er ein Tor, das zwar nicht offen stand, aber so verwittert war, daß er leicht durchschlüpfen konnte. Er befand sich in einem kleinen Hof. Rechts vom Tor sah er ein matt erleuchtetes Fenster. Vorsichtig schlich Kuo näher und schaute hinein. Bei einer kleinen Öllampe saß eine einsame Frau und seufzte traurig.

„Das ist doch Frau Li“, sagt sich Kuo. „Sicher sehnt sie sich nach ihrem Mann, der knapp nach der Hochzeit eine lange Reise antreten mußte und noch immer nicht heimgekehrt ist. Die Arme quält gewiß die Sorge um ihn.“

Kuo war es peinlich, so in ein fremdes Haus hineinzuschauen, und er wollte schon weggehen, doch da erblickte er in einer Ecke des Zimmers die merkwürdige Dame. Sie stand schweigend und regungslos da.

Was haben denn die beiden Frauen miteinander vor? Still duckte er sich am Fenster und beobachtete aufmerksam, was geschehen würde.

Anfangs geschah gar nichts. Die sonderbare Dame stand wortlos in der Zimmerecke. Frau Li starrte bei der verlöschenden Lampe ins Leere und seufzte nur von Zeit zu Zeit tief auf.

Nach einer Weile trat die merkwürdige Dame ohne einen Laut einen Schritt vorwärts. Ihr totenblasses Gesicht war ausdruckslos, nur die dunklen, beschwörend leuchtenden Augen hielt sie starr auf Frau Li gerichtet. Mit einer leichten Bewegung zog sie einen Strick aus dem weiten Ärmel, machte an dessen Ende eine Schlinge und trat mit starrem Blick noch näher an Frau Li heran, indem sie den Strick hochhob.

Kuo stockte der Atem, sein Rausch war mit einem Schlag verflogen. Will dieses Frauenzimmer die arme Frau Li vielleicht erdrosseln? Aber noch ehe er weiter überlegen konnte, warf die merkwürdige Dame den Strick über einen Balken, machte die Schlinge fest und streifte sie sich langsam über den Kopf, ohne auch nur für einen Moment die Augen von Frau Li zu lassen.

Frau Li seufzte tief auf, so daß das Flämmchen in der Lampe aufflackerte, und blickte weiter ins Leere.

Die sonderbare Dame zog den Kopf aus der Schlinge, riß den Strick vom Balken herunter und trat noch einen Schritt näher an Frau Li heran. Ihre Augen glühten immer unheimlicher. Dann streckte sie langsam die Hände mit dem Strick in die Höhe, band eine Schlinge, warf den Strick lautlos mit einer leichten Bewegung über den Balken und streifte sich die Schlinge über den Kopf. Wieder ließ sie den beschwörenden Blick nicht von Frau Li.

Was treibt dieses Weibsbild? wunderte sich Kuo. Ich rühre mich nicht weg von hier, ehe ich erfahre, was dahintersteckt!

Inzwischen wiederholte die merkwürdige Frauensperson mit unbewegt starrer Miene diese Handlung geduldig und lautlos noch mehrere Male. Frau Li seufzte immer herzzerreißender, bis sie in Tränen ausbrach. Auf einmal erhob sie sich langsam, trat wie im Traum an die schweigsame Frau heran und streckte ihr die Hände entgegen. Diese reichte ihr den Strick, ohne eine Miene zu verziehen. Frau Li nahm den Strick und tat, was die merkwürdige Person ihr vorgeführt hatte. Sie warf den Strick über den Balken und steckte mit einem tiefen Seufzer den Kopf in die Schlinge. Die schweigsame Frau rührte sich nicht und blickte sie nur starr an. Frau Li wollte gerade die Schlinge anziehen, streifte aber dabei den Tisch, die Teekanne fiel zu Boden und zerschellte. Bei dem lauten Geräusch zuckte Frau Li zusammen, schüttelte den Kopf und blickte um sich, als wäre sie aus dem Schlaf erwacht.

Die merkwürdige Dame verzog zornig das Gesicht. Schnell wickelte sie den Strick wieder zusammen und stellte sich in die Ecke des Zimmers.

Frau Li zog den Docht in dem verlöschenden Lämpchen höher und fegte die Scherben der zerbrochenen Teekanne zusammen. Dann setzte sie sich wieder an den Tisch und schaute vor sich hin. Nach einem Weilchen verließ die schweigsame Dame wieder ihre Ecke, zog den Strick aus dem Ärmel und zeigte ihn Frau Li. Dann warf sie ihn über den Balken und steckte den Kopf in die Schlinge. Wieder und

wieder machte sie die gleichen Gebärden, wobei sie Frau Li nicht aus den Augen ließ.

Nach einer Weile erhob sich Frau Li schlafwandlerisch, streckte ihr die Hände entgegen und ergriff den Strick. Sie warf ihn über den Balken und steckte ergeben den Kopf in die Schlinge. In dem Augenblick glühten die beschwörenden Augen in dem blassen Gesicht noch heftiger auf. Frau Li schickte sich an, die Schlinge zuzuziehen.

„Hilfe! Das ist doch Mord!“ schrie Kuo und trommelte wild ans Fenster.

Frau Li erwachte aus der Erstarrung und schaute sich verständnislos um.

Rings um das Haus erhob sich ein Lärm. Leute kamen herausgelaufen, um zu schauen, wer da schrie und was vorging. Als sie sahen, wie Kuo mit rollenden Augen an ein fremdes Fenster trommelte und an die Wand schlug, wurden sie böse.

„Dieser Kuo kennt kein Maß! Wenn er betrunken ist, findet er nicht nach Hause und grölt vor fremden Wohnungen!“

„Lauf rasch heim, sonst rufen wir die Wache!“

Aber Kuo kümmerte sich nicht darum, was um ihn her vorging. Er beobachtete beharrlich die sonderbare Frau, die sich zuerst wieder in die Ecke zurückgezogen hatte, aber jetzt bei dem Lärm und Geschrei die Flucht ergriff. Kuo sprang ihr nach und wollte sie fangen, aber er konnte ihr nur den Strick entreißen. Sie selbst war verschwunden.

Kuo wickelte sich den Strick schnell um die Hand und wollte den aufgeregten Menschen erklären, was er gesehen hatte. Aber sie ließen ihn nicht zu Worte kommen und schrien ihn an, er solle sie mit seinem betrunkenen Gegröle nicht stören. Kuo winkte schließlich mit der Hand ab und ging beleidigt davon.

Die Nachbarn zerstreuten sich, alles wurde wieder still. Kuo ging und überlegte, was eigentlich geschehen war. Aber kaum war er um die Ecke gebogen, trat ihm aus dem dunklen Schatten die merkwürdige Frau entgegen. Ihr bleiches Gesicht leuchtete im Mondschein wie eine Maske. Sie trat zu ihm und sprach mit leiser, kaum hörbarer Stimme: „Gib mir meinen Strick zurück!“

Als Kuo plötzlich die Stimme hörte, zuckte er vor Schreck zusammen, faßte sich aber sofort.

„Den Strick gebe ich dir nicht. Was fällt dir denn ein – diese arme Frau zu zwingen, sich zu erhängen!“

Die merkwürdige Dame begann zu bitten und zu betteln,

versuchte dann, herrisch zu befehlen, ihr den Strick wiederzugeben. Sie erklärte, sie sei unschuldig. Sie selbst sei eines gewaltsamen Todes gestorben und müsse jetzt im Reich der Geister umherirren. Sie könne nicht wieder in den Kreislauf des Lebens zurückkehren und als neues Wesen geboren werden, solange sie keinen Ersatz für sich fände. Und sie könne doch nur so die Sünden der Vergangenheit abbüßen und den Weg der Erlösung beschreiten. Ohne den Strick würde sie jedoch nie einen Ersatz finden und müßte ewig als Geist umherirren.

Kuo blieb unerbittlich. „Wenn ich dir den Strick zurückgebe, gehst du wieder zu Frau Li und wirst sie zwingen, sich zu erhängen. Nein, das darf nicht sein! Du wirst es dir in der Geisterwelt schon einrichten, daß sie dir die Sühne erlassen!"

Als das Gespenst sah, daß es im guten nichts ausrichten konnte, stürzte es sich plötzlich auf Kuo, um ihm den Strick zu entreißen. Dieser aber hatte den Strick um die Hand gewickelt und hielt das Ende fest. Die Frau zerrte mit aller Kraft an dem Strick. Kuo wehrte sich und schlug mit den Fäusten um sich, stampfte und schrie laut, er wollte ihr ihn nicht geben. Sein Geschrei lockte wieder die Nachbarn herbei, die erstaunt seinem Treiben zusahen. Sie waren sich einig, Kuo noch niemals derart betrunken gesehen zu haben. Was der aufführte!

Inzwischen war es der weißen Frau gelungen, das Ende des Stricks zu packen, und sie wollte ihn Kuo aus der Hand reißen. Der kämpfte so wild, daß er mit der Nase gegen die Wand schlug, wobei das Blut nur so spritzte und auch das Gewand der weißen Frau beschmutzte. Und in dem Augenblick war sie mit dem Strick verschwunden.

Kuo schaute verwirrt um sich, sah aber nur die entrüsteten oder lachenden Gesichter der Nachbarn. Was treibst du denn, lauf rasch nach Hause, rieten ihm alle. Es befand sich auch einer von Kuos Freunden unter ihnen, der begleitete ihn heim. Kuo sprach kein Wort mehr und schlief erschöpft ein.

Als er am nächsten Morgen erwachte, war er selbst nicht mehr sicher, ob er im Krug nicht doch über den Durst getrunken hatte, und sein Abenteuer nur eine Täuschung im Rausch gewesen sei. Aber dann sah er die tiefe gerötete Schramme an seiner Hand, die von dem Strick herrührte. Die Wunde verheilte nur langsam, und noch nach Jahren hatte Kuo eine deutlich sichtbare Narbe.

Das Pferd aus dem Meer

Der Junge saß auf dem grünbewachsenen Hang und schaute aufs Meer hinaus. Es war schon fast Abend, das Meer war graugrün, rauschte leise und schaukelte in langen, weichen Wellen.

Der Junge war schon seit dem Morgen mißmutig und unruhig. Er stritt mit allen, und nichts war ihm recht. Den ganzen Nachmittag hatte er sich auf dem Strand herumgetrieben und sich schließlich ins Gras auf dem Hang gesetzt. Er stützte das Kinn in die Hände und betrachtete das friedliche Meer.

Die Sonne ging langsam hinter den fernen Wolken unter, und vom Meeresspiegel stieg wie Rauch der Nebel empor. Er

war weiß und grau, verdichtete sich zu Schwaden, Ringen und Streifen, wallte dann leicht wie fein gekräuselte Locken und zerfloß allmählich über den dunklen Wassern.

Ein breiter Nebelstreif schwebte bis ans Ufer und bedeckte die kleinen Wellen, die zwischen Kieseln und schütterem Gras verrieselten. Dann verdichtete sich der Nebel an der Stelle noch mehr, schwebte in die Höhe, und dem Meer entstieg lautlos ein großes, graues Pferd, das von weißem Dampf umhüllt war.

Es schüttelte die flatternde Mähne, so daß der Nebel in Fetzen davonflog, tat einige lange Schritte und blieb stehen. Dann warf es den Kopf hoch und lief – wieder ohne einen Laut – quer über den grasbewachsenen Hang. Nachher verschwand es mit langen Sprüngen in den grünen Hügeln über dem Strand.

Gespannt beobachtete der Junge jede Bewegung des merkwürdigen Pferdes. Welch herrliches Tier! Hätte ich so ein Pferd, ich setzte mich darauf und ritte davon, weit, weit weg, dachte der Junge, und seine Augen leuchteten.

Der Nebel verzog sich ein wenig, und nach einer Weile kam ein Mann den Strand entlang. Er ging langsam, mit schlendernden Schritten, die Hände auf dem Rücken verschränkt. Von Zeit zu Zeit blieb er stehen und schaute um sich, als hätte er Langeweile und ginge spazieren. Er näherte sich langsam und machte dann vor dem Jungen halt. Er war schwarz gekleidet, ohne Hut, hatte langes blondes Haar, das ihm bis auf die Schultern reichte, ein schmales, längliches Gesicht und große, graue Augen.

„Ist dir nicht bang, wenn du allein dasitzt?" sprach er den Knaben an.

„Herr, habt Ihr das Pferd gesehen?" fragte der Junge und blickte zu den grünen Hügeln über der Küste hin. „Das war schön! Es hatte eine hellgraue Mähne und ist dort zu den Hügeln hinaufgelaufen."

„Und solltest du nicht schon zu Hause sein? Gleich wird es dunkel."

„Hätte ich ein solches Pferd, ich setzte mich darauf, es machte kehrt und dann würde es springen und davonjagen wie der Wind!"

„Und hättest du keine Angst?"

„Ich hielte mich fest und riefe: Hopp, Pferdchen, hopp! und ritte weit, weit weg."

„Und wenn es dich abwirft?"

„Mein Pferd würde mich niemals abwerfen!"

„Dann ist es freilich schade, daß du kein Pferd hast. Aber

weißt du was? Ich will dich tragen wie ein Pferd. Komm, sitz auf!“

Der Mann lächelte, beugte sich nieder, reichte dem Jungen die Hand und setzte sich ihn rittlings auf die Schultern. Dann sprang er hoch, machte kehrt und lief mit schnellen Schritten und Sprüngen am Strand entlang. Dann drehte er um und lief wieder zurück. Der Junge hüpfte auf seinen Schultern wie auf einem Sattel.

Der Mann schüttelte den Kopf, daß ihm die langen blonden Haare flatterten. Der Junge lachte, war nicht mehr mißmutig und rief: Hopp, mein Pferdchen, hopp! Wir wollen weit, weit weg reiten! Er schaute von oben zu den grünen Hügeln hinüber und aufs weite Meer hinaus, über dem sich der graue und weiße Nebel in Schwaden wälzte.

Dann schaute der Junge auf den blonden Kopf zwischen seinen Knien, und er sah, daß der Mann weiße Sandkörner und stellenweise lange, grüne Algen zwischen den Haaren hatte.

Der Mann machte immer längere Schritte, und es schien dem Jungen, als wären sie auch hörbar schwerer und schlügen härter auf. Dann hatte er plötzlich das Gefühl, als schaute er aus größerer Höhe auf den Strand und das Meer hinunter. Er senkte die Augen wieder und erblickte statt der blonden Haare einen langen Hals mit dichter grauer Mähne und einem mächtigen Pferdekopf. Da merkte der Junge, daß er auf dem schönen grauen Pferde ritt, das ihm so gut gefallen hatte und das in den Hügeln verschwunden war.

Das Pferd galoppierte und sprang den Strand entlang und lief auch ins seichte Wasser, das hoch aufspritzte. Dann blieb es stehen, scharrte mit dem Huf im Sand und warf den Kopf hoch. Freudig klopfte ihm der Junge auf den grauen Nacken und rief: „Hopp, Pferdchen, hopp!“ Und das Pferd bäumte sich auf, machte ein paar mächtige Sprünge und lief geradewegs ins Meer hinaus. Die zerfetzten Nebelschwaden wirbelten seitwärts und schlossen sich wieder, und weit draußen im Nebel ertönte ein lautes, langgezogenes Wiehern. Aber es klang fast wie ein siegreiches menschliches Lachen.

An der Stelle, wo das Pferd ins Meer gelaufen war, blieben im Sand an der Küste Hufspuren zurück. Aber diese Spuren liefen landeinwärts . . .

Hana-aumoe

In alten, alten Zeiten wohnten auf der Insel Oahu lauter Gespenster und böse Geister, die sich von Menschenfleisch nährten und jeden auffraßen, der hinkam. Das sprach sich bald herum, und die Schiffer wichen der Insel in weitem Bogen aus. So kam es, daß die Dämonen häufig Hunger litten, denn nur selten gelang es ihnen, einen verirrten Seefahrer oder Schiffbrüchigen zu ergattern, der vom Sturm an ihre Ufer getrieben wurde. Darum ernannte der König der Geister und Gespenster einen seiner Untertanen, den grausamen und listigen Dämon Hana-aumoe, zum Küstenwächter, dem es oblag, die Schiffer zu überreden, auf der Insel zu landen. Hana-aumoe verstand sich gut auf schöne Worte und süße Mienen, er redete den Seeleuten ein, auf der Insel gebe es fast keine bösen Geister mehr, und die noch übrig waren, äßen längst kein Menschenfleisch. Und so gelang es ihm, manchen Seefahrer zu betören.

Eines Tages fuhr Kahao-okamoku, der Freund des Herrschers der Insel Kauai, an den Ufern von Oahu vorüber. Er befehligte eine Flotte mit zahlreichen Ruderern, unter denen sich auch der lahme Kaneopa befand. Ihr Ziel war Hawaii.

Als Hana-aumoe sie erblickte, rief er ihnen von der Küste zu: „Fahrt nicht nach Hawaii! Wißt ihr denn nicht, daß dort böse Geister wohnen? Denen entkommt keiner, sie fangen jeden und fressen ihn. Landet hier, es wird euch gut gehen, hier gibt es reichlich Speise und Trank und schöne Mädchen in Menge. Jeder Matrose kann zwei haben und euer Kapitän Kahao-okamoku fünf."

Die Männer waren schon müde von der langen Fahrt, und darum kam ihnen die Aufforderung, ein wenig auszuruhen, ziemlich gelegen, besonders da Hana-aumoe so verlockende

Versprechungen machte. Schließlich willigte auch Kahaookamoku ein und befahl, die Boote an die Küste zu rudern.

Hana-aumoe führte sie in ein großes Haus, das nahe am Ufer stand, wies ihnen Ruheplätze an, und die Seeleute fielen bald in tiefen Schlaf. Nur der lahme Kaneope schlief nicht. Nach einer Weile betrat Hana-aumoe das Haus und fragte: „Nun, Schiffer, schlaft ihr?"

Der lahme Kaneope antwortete: „Nein, wir schlafen nicht, denn wir warten auf Speise und Trank, wie ihr uns versprochen habt!"

„Ihr müßt Geduld haben", sagte Hana-aumoe, „es ist ein weiter Weg über Berge und Wälder, wir konnten noch nicht alles herschaffen."

Um Mitternacht betrat Hana-aumoe das Haus von neuem.

„Nun, Schiffer, schlaft ihr?" fragte er.

„Nein, wir schlafen nicht", antwortete Kaneope, „denn wir warten auf die Mädchen. Ihr sagtet doch, jeder Matrose bekäme zwei und der Kapitän Kahao-okamoku sogar fünf."

Hana-aumoe ging wieder mit einer Ausrede davon. Aber Kaneope glaubte ihm nicht, denn er wußte, daß es auf der Insel Oahu von Dämonen und Gespenstern, die sich mit Menschenfleisch nährten, nur so wimmelte. Darum schaute er sich sofort nach einem Versteck um. Er entschloß sich, eine Grube unter der Türschwelle auszugraben, denn sollten die bösen Geister kommen, würde sich ihr König sicherlich auf die Türschwelle setzen, und unter dem Sitz des Königs würde niemand zu suchen wagen. Und er führte seinen Entschluß auch sofort aus. Kaum aber hatte er sich versteckt, war es bereits zu spät, den Kapitän Kahao-okamoku vor der drohenden Gefahr zu warnen.

Hana-aumoe trat ins Haus und fragte: „Nun, schlaft ihr, Schiffer?“

Und als niemand antwortete, lachte er laut auf und rief: „Ihr Dummköpfe, wenn ihr schläfrig seid, hättet ihr daheim bleiben sollen, denn hier werden wir euch alle auffressen!“

Gleich darauf kamen sämtliche Dämonen und Gespenster hereingerannt, an der Spitze ihr König Halalii, der sich, wie Kaneope richtig vorausgesetzt hatte, sogleich auf der Schwelle niederließ. Im ganzen waren ihrer so viele, daß es unmöglich war sie zu zählen. Sie stürzten sich auf die Seeleute und fraßen sie augenblicklich auf. Dann gruben sie noch in der Erde unter dem Fußboden, um sich zu vergewissern, daß sich keiner versteckt hatte, aber die Türschwelle, auf der ihr König saß, ließen sie unbeachtet. So war Kaneope gerettet.

Als es Tag wurde, zerstreuten sich die Dämonen und Gespenster in ihre Wohnstätten. Kaneope wartete ab, bis keiner mehr zu sehen war, und kroch dann aus seinem Versteck hervor. Er erreichte den Strand, setzte sich in eines der Boote und fuhr schnell davon. Hana-aumoe, der ihn erst erblickte, als er schon ein gutes Stück vom Ufer entfernt war, glaubte, es nähere sich ein neues Opfer, und wollte ihn auf die Insel locken; aber Kaneope rief ihm zu: „Glaub nur ja nicht, daß ich nicht weiß, was du bist. Ein Gespenst bist du, und ihr habt alle unsere Ruderer mitsamt dem Kapitän Kahao-okamoku aufgefressen!“

Und er ruderte mit aller Kraft, um schnell wegzukommen. Als er glücklich auf der Insel Kauai angelangt war, erzählte er dem König und allen Bewohnern, was seinen Gefährten widerfahren war. Der König entschloß sich sogleich, mit den Dämonen abzurechnen, wußte aber nicht, wie er das anstellen sollte. Er befragte den weisen Hana-kapiai, und der gab ihm den Rat: „Rufe alle Zimmerleute zusammen und laß dir viele hölzerne Statuen zimmern, die genauso aussehen wie lebendige Menschen.“

Der König befolgte den Rat und ließ so viele Holzfiguren anfertigen, daß zu ihrer Beförderung eine ganze Flotte nötig war. Die Statuen waren so menschenähnlich, daß sie von der

Besatzung kaum zu unterscheiden waren. Und die ganze Flotte, mit Statuen und zahlreichen Kämpfern bemannt, stach in See, auf die Insel Oahu zu.

Der böse Geist Hana-aumoe erblickte sie schon von weitem und rief ihnen entgegen, wie es seine Gewohnheit war. Kaneope erkannte ihn sofort und warnte die übrigen. Aber sie ließen sich vor Hana-aumoe nichts anmerken. Sie gingen an Land, und man führte sie in das Haus, in dem die Dämonen den Kapitän Kahao-okamoku und seine Mannschaft gefressen hatten. Auf den Fußboden legten sie die Holzfiguren, die sie mitgebracht hatten, und kehrten dann lautlos zu ihren Booten zurück.

Als es dunkel wurde, betrat Hana-aumoe das Haus und fragte wie immer: „Nun, Schiffer, schlaft ihr?“

Es blieb still. Hana-aumoe lachte laut auf und sprach: „Dummköpfe, ihr seid verloren! Jetzt werden wir euch alle fressen, genauso wie die, welche vor euch hier gewesen sind. Wenn ihr habt schlafen wollen, hättet ihr zu Hause bleiben sollen!“

Gleich darauf kamen alle Dämonen und Gespenster mit ihrem König Halalii an der Spitze herbeigelaufen, stürmten ins Haus und begannen die Holzstatuen anzubeißen.

„Die sind aber mager“, riefen sie überrascht, „und so zäh und sehnig, daß man sie nicht zerbeißen kann. Kein einziger ist auch nur ein bißchen fett. Da waren die letzten, die wir aßen, viel besser.“

So klagten sie, merkten aber noch immer nichts.

Inzwischen befahl der König, jeder seiner Soldaten solle eine Fackel entzünden. Als sie dann alle ihre Fackeln an das Haus warfen, flammten die Strohmatten auf. Alles brannte lichterloh, und um die Dämonen und Gespenster war es geschehen.

Seit jener Zeit bot die Insel Oahu einen sicheren Hafen, und die Menschen wichen ihr nicht mehr aus. Viele siedelten sich dort an und wohnen noch heute dort.

Man sagt, dem bösen Geist Hana-aumoe sei es gelungen zu fliehen; er treibe sich noch immer auf der Insel herum. Nun, schlau genug er war ja – aber da seither niemand etwas von ihm gehört hat, wird es wohl doch nicht wahr sein.

Zweikampf um Mitternacht

Es war am Anfang des langen Winters. Die Rentierherden waren schon im geschützten Tal jenseits des Waldes in Sicherheit, und auch die Menschen bereiteten ihre Behausungen für die Zeit der Fröste und Schneestürme vor.

Der Schnee lag noch nicht allzu hoch, aber rings um die Herden streiften bereits die hungrigen Wölfe und Vielfraße und lauerten auf Beute. Die jungen Männer schnallten Schneeschuhe an und hielten abwechselnd bei den Herden Wache. Eines Tages war die Reihe an Hotti. Er nahm einen leichten Schlitten und spannte ein junges Ren davor, das er als Zugtier abgerichtet hatte. Während der ganzen Zeit seiner Wache herrschte Schönwetter, die Rene scharrten friedlich im Schnee nach Nahrung, und so spannte Hotti gegen Mitternacht sein Tier vor den Schlitten und machte sich fröhlich auf die Heimfahrt. Eine Wolke von feinem Schnee erhob sich hinter dem schnell dahinjagenden Schlitten.

Gerade fuhr er den letzten langen Hang am Waldrand hinunter, ließ die Zügel locker und freute sich über den schnellen Lauf seines jungen Rentiers, da ertönte plötzlich ein scharfer langgezogener Pfiff. Hotti war überrascht und fragte sich, was das wohl sein konnte. Kein Lappländer würde sich jemals so schlecht benehmen und laut pfeifen, und es war unwahrscheinlich, daß sich zu solcher Zeit ein Fremdling im Wald aufhielt. Auf keinen Fall aber war es ein Tierlaut gewesen. Als nach einem Weilchen das Pfeifen von neuem ertönte, hielt Hotti an und lauschte. Aber im dunkeln Wald herrschte tiefe Stille; kein Schritt oder sonst ein Laut war zu hören, und auch das Pfeifen erklang nicht wieder.

Diese unerwartete Stille war beängstigend, und Hotti trieb das Ren zu noch größerer Eile an, um schnell zu Hause zu sein. Kurz darauf tauchte am Fuße des Hangs bereits seine

Hütte auf, und man konnte sehen, wie durch das Dach der Rauch vom Herdfeuer aufstieg. Von neuem feuerte Hotti das Ren an. Als er aber noch näher herangekommen war, erblickte er vor der Hütte eine reglose dunkle Gestalt. Dann sah er, daß es ein Mann mit einer roten, spitzen Mütze war; um den Leib trug er einen glänzenden silbernen Gürtel, in dem ein langes Messer stak. Der Mann schritt Hotti entgegen, hinter ihm erhob sich ein großer, schwarzer Hund, der zu seinen Füßen gelegen hatte, und folgte ihm.

Der Mann vertrat Hotti den Weg, schaute ihn mit rollenden Augen an, die aus dem bärtigen Gesicht hervorblitzten, und sprach mit donnernder Stimme: „Ich bin gekommen, dich zum Zweikampf zu fordern, beim nächsten Vollmond auf dem Felsen über dem See. Und es wird ein Kampf auf Leben und Tod sein, daß du's weißt."

Ehe sich Hotti von seiner Überraschung erholen konnte, hatte sich der geheimnisvolle Gegner abgewandt und ging, von seinem schwarzen Hund begleitet, in der Richtung zum Wald davon. Aber nach ein paar Schritten waren beide verschwunden, wie vom Erdboden verschluckt. Weder der Mann noch sein Hund hatten die geringste Spur im Schnee hinterlassen.

Am folgenden Tag war Hotti schweigsam, aber er vertraute sein nächtliches Erlebnis nicht einmal den Eltern an und grübelte nur in einem fort darüber nach, was die nächtliche Erscheinung zu bedeuten habe. Als er einsah, daß er das Rätsel nicht allein lösen konnte, machte er sich schließlich zu dem See auf, wo der alte Skuorra überwinterte. Alle sagten von ihm, er sei ein Weiser, und schon viele verdankten ihm guten Rat.

Hotti schilderte Skuorra sein Erlebnis und fragte ihn, was er tun solle. Skuorra schüttelte den Kopf und sprach: „Du hast schwere Stunden vor dir, mein Junge. Der schwarze Mann mit dem Hund war der Rachegeist Stallu. Jemand will dir ein Leid zufügen und hat ihn zu dir geschickt. Stallu kämpft gern, und ihm genügt der geringste Vorwand, etwa nur, daß ihn jemand auffordert. Denk nach, ob du irgend einen Feind oder mit jemandem gestritten hast. Wenn du dich mit ihm versöhntest, hätte Stallu keine Macht mehr über dich."

Hotti überlegte lange und antwortete dann: „Ich weiß von keinem Feind unter unseren Leuten. Aber ich erinnere mich an eine Begebenheit im Sommer. Als wir auf den sommerlichen Weideplätzen die Rentiere zeichneten, hatte ich Streit mit einem Fremden wegen eines verlaufenen

Kälbchens. Er hatte einen bösen Blick; und als ich ihm das Kälbchen nicht geben wollte, weil es uns gehörte, schaute er mir lange nach und murmelte etwas vor sich hin. Aber mit ihm kann ich mich nicht versöhnen, denn ich kenne ihn nicht und weiß nicht, wohin er mit seiner Familie gezogen ist."

„Das ist schlimm", sagte Skuorra mit einem Seufzer. „Da wirst du mit Stallu kämpfen müssen. Solltest du nämlich seiner Aufforderung nicht folgen, wärst du ihm für immer verfallen. Er würde eure Herden, deine Familie und schließlich auch dich vernichten. Wenn du dich ihm aber zum Kampfe stellst, kannst du hoffen, ihn zu überwinden, denn du bist jung und stark."

Dann wurde Skuorra nachdenklich und setzte nach einem Weilchen hinzu: „Es genügt aber nicht, ihn zu Boden zu werfen und zu überwinden. Du mußt ihn töten. Sonst wird er dich wieder und wieder herausfordern, bis er dich besiegt, und das würde dich das Leben kosten, wie er selber gesagt hat. Gelingt es dir aber, ihn zu überwinden, wird er um Gnade flehen, du aber hör nicht auf seine Bitten, sondern stoß ihm das Messer in die Achselhöhle. Das ist seine einzige verwundbare Stelle, denn er ist ganz in Eisen gekleidet. Bereite dich also auf einen schweren und erbarmungslosen Kampf vor!"

Hotti bedankte sich für den Rat, und als er schon im Weggehen war, hielt ihn Skuorra noch zurück und ermahnte ihn: „Merk dir noch eines – wenn es dir gelingt, Stallu zu töten, mußt du auch noch seinen Hund erschlagen, sonst hättest du keine Ruhe."

Als Vollmond wurde und die von Stallu bestimmte Nacht hereinbrach, kam Hotti wieder von der Wache bei den Herden zurück. Er fuhr aus dem Wald heraus und bog vom gewohnten Weg in der Richtung zum See ab. Inzwischen war reichlich Schnee gefallen, und der schwarze Fleck der Wasserfläche war schon kleiner geworden, da die Ränder zugefroren waren. Hotti stieg auf den Felsen über dem See hinauf, schnallte die Schneeschuhe ab, lehnte sich an einen entwurzelten Baumstamm und blickte um sich. Der Schnee glitzerte im Mondschein, es herrschte Windstille und vollkommene Ruhe. Plötzlich ertönte ein scharfer Pfiff, und zu gleicher Zeit tauchte auf dem Felsen die dunkle Gestalt des Rachegeistes auf. Er rollte die feurigen Augen und rief mit seiner rauhen Stimme: „Es freut mich daß du den Mut hast, mit mir zu kämpfen, damit wir sehen, wer von uns stärker und gewandter ist. Wehr dich!"

Dann öffnete er die Arme weit und näherte sich Hotti mit

langen Schritten. Dieser duckte sich ein wenig, und als Stallu in Armlänge war, schlug er ihm die Faust mit solcher Kraft in die Brust, daß er wankte. Aber es war Hotti nicht gelungen, ihn umzuwerfen, und sie begannen zu ringen. Hotti spürte den frostigen Atem Stallus, er erbebte unter seinem bösen Blick, fühlte die zermalmende Umklammerung seiner Arme, aber er stemmte sich ihm kraftvoll entgegen und paßte auf, daß er nicht das Gleichgewicht verlor. So rangen sie eine gute Weile, drehten sich im Kreise, bis es Hotti schließlich gelang, seinen Gegner an dem silbernen Gürtel zu fassen. Er spannte alle Kräfte an, hob ihn hoch und stellte ihm ein Bein, so daß Stallu auf den Rücken fiel, daß es krachte. Hotti preßte ihn zu Boden, holte tief Atem, da sprach Stallu ihn an: „Du bist wahrhaftig stark und kühn. Du hast gesiegt. Laß mich los, und ich will dir dienen."

Aber Hotti antwortete nicht und zog sein Messer aus dem Gürtel. Da verlegte sich Stallu aufs Bitten: „Töte mich nicht, ich habe dich doch nur zum Zweikampf gefordert. Laß mich bitte los, ich schenke dir meinen silbernen Gürtel."

Aber Hotti, der Worte Skuorras eingedenk, kümmerte sich nicht um sein Flehen und stieß ihm mit aller Kraft das Messer in die Achselhöhle. Als er sah, daß Stallu sich nicht mehr rührte, erhob er sich, todmüde von dem Kampf, lehnte sich wieder gegen den Baumstamm und blickte auf den geschlagenen Feind. Dabei hatte er nicht einmal bemerkt, daß das Messer seiner Hand entglitten und in den Schnee gefallen war.

Da tauchte neben dem liegenden Stallu etwas Schwarzes auf, und Hotti erinnerte sich erschrocken, daß er ja auch noch den Hund töten müsse. Ehe er sich aber aufraffte, war es schon zu spät. Der schwarze Hund kroch zu seinem Herrn und leckte ihm die Wunde. Es dauerte nicht lange, und Stallu wurde wieder lebendig, stand auf und sagte: „Für dieses Mal hast du gewonnen. Aber ich werde dich wieder fordern. Beim nächsten Vollmond an derselben Stelle. Und merk dir, ich werde auch kein Erbarmen zeigen", setzte er drohend hinzu und war im selben Augenblick mitsamt seinem Hund verschwunden.

Der todmüde Hotti wußte gar nicht, wie er nach Haus gelangt war. Als er am nächsten Morgen erwachte, ging er wieder in die Hütte am See und erzählte Skuorra, wie er zwar im Zweikampf gesiegt, aber seinen Verfolger nicht überwunden hatte.

„Es ist sicher ein sehr starker Rachegeist, mit dem du allein nicht fertig werden kannst. Das nächste Mal gehe ich mit dir,

und sollte es dir wieder gelingen, ihn zu Boden zu bringen, will ich mich um den Hund kümmern. Ich werde meine Flinte mitnehmen, da ich aber nur als dein Gehilfe auftreten werde, müssen wir sie mit einer silbernen Kugel laden. Eine gewöhnliche könnte ihn nicht töten, und ich weiß nicht, ob du imstande wärst, dich ihm noch ein drittes Mal zu stellen."

Wieder waren vier Wochen verflossen, wieder war reichlich Schnee gefallen, so daß der Felsen über dem See zugedeckt war, bis auf ein kleines schwarzes Fleckchen weit weg vom Ufer. Hotti und sein Begleiter bestiegen bei Mondschein den schneebedeckten Felsen. Skuorra versteckte sich hinter den Wurzeln des alten Baumstammes, und Hotti erwartete seinen Gegner.

Es dauerte nicht lange, und man hörte den scharfen Pfiff. Stallu erschien und stürzte sich augenblicklich auf Hotti. Diesmal dauerte das Ringen viel länger, und Hotti glaubte sich schon besiegt, als es ihm endlich doch noch gelang, Stallu zu Boden zu werfen. Mit dem letzten Restchen Kraft stach er zu, dann wurde es dunkel vor seinen Augen, und nur wie aus weiter Ferne hörte er einen Schuß.

Als Hotti wieder zu sich kam, sah er, daß neben ihm der erstochene Stallu und sein erschossener schwarzer Hund lagen. Skuorra half ihm auf die Beine und sagte: „Wir haben ihn zwar besiegt, aber du bist noch immer nicht in Sicherheit. Es gibt viele Rachegeister, und sollten sie seinen Leichnam hier finden, kämen sie her, um ihn zu rächen."

Sie schleppten also den toten Stallu mitsamt dem schwarzen Hund bis in die Mitte des Sees, banden den Hund an dem Toten fest und schauten dann, wie Stallu in seinem schweren eisernen Anzug in der Tiefe versank.

Erst dann durfte der todmüde Hotti heimkehren, wieder seine Herde hüten und sich auf den Frühling und den langen Weg zu den sommerlichen Weideplätzen hoch im Norden freuen.

Fliegende Köpfe

Auf dem alten Weg, der sich durch Gebüsch den Wildbach entlang schlängelt, ging ein einsamer Jüngling, den Wanderstab in der Hand und ein armseliges Ränzel auf dem Rücken. Auf dem Kopf trug er einen breiten Hut aus Bambusstroh, an den Füßen abgetretene Sandalen. Er wanderte schon lange und hatte keine Eile. Zu Hause, in seiner Heimatstadt am Meer, erwartete ihn nichts Angenehmes – er würde erklären müssen, warum er schon zum zweitenmal die Beamtenprüfung in der Hauptstadt nicht bestanden hatte trotz einer drei Jahre langen Vorbereitungszeit. Darum wählte er auch nicht den kürzesten Weg und nicht die bequemste Art zu reisen, sondern wanderte zu Fuß durch abgelegene Gegenden, von denen er nur erzählen gehört hatte.

Der Weg führte flußaufwärts immer höher ins Gebirge und in solchen Windungen, daß der durchgefallene Student Hoa Phieu bald nicht mehr wußte, wo er sich eigentlich befand. Aber er hoffte, schließlich jemanden nach dem Weg fragen zu können, und war zufrieden, daß er trotz aller Umwege doch immer nach Süden, der Heimat zu, wanderte.

Er ging noch ein gutes Stück weiter, da aber bog der Weg plötzlich vom Flußufer ab und führte einen steilen, dicht bewachsenen Hang hinauf, aus dem er Vogelgezwitscher und das Gesumm der Insekten im Sonnenschein hörte. Hoa stieg müde den Steilhang hinauf, ruhte zuweilen aus und dachte besorgt, ob er wohl in dieser verlassenen Gegend eine menschliche Behausung finden werde, um zu übernachten. Dann aber hoffte er, daß der Weg gewiß irgendwohin zu Menschen führte, und setzte die mühselige Wanderung fort.

Als er sich dem Kamm näherte, lichtete sich das Gebüsch ein wenig, und er sah, daß oben ein großes steinernes Haus

stand. In der Nähe zeigte sich dann, daß es eine altertümliche verfallene Festung war, die auf einem Felsplateau über einer steilen Schlucht erbaut war. Die weißen Mauern leuchteten in der Abendsonne, hier und da wuchsen Schlingpflanzen, die sich leicht im Winde wiegten.

Hoa betrat den Hof, umschritt das Wasserbecken und erblickte zwischen den Ruinen ein kleines, noch ziemlich gut erhaltenes Gebäude. Es sah aus wie ein Lagerhaus und hatte feste Mauern und ein unbeschädigtes Dach. Überdies schien es nicht so öde wie die übrigen Bauten, fast als wäre es bewohnt. Hoa freute sich, einen Ort gefunden zu haben, wo man ihm gewiß ein Nachtlager bieten würde.

Er ging zum Eingang und spähte vorsichtig ins Innere. Als sich seine Augen an das Dunkel gewöhnt hatten, sah er im Hintergrund des Raumes eine reglose Gestalt sitzen. Er legte also den Hut und den Ranzen ab, lehnte den Stock an die Wand und trat mit einer Verbeugung ein. In der Ecke saß auf einer Matte ein Greis mit kahlem Kopf, langem, schütterem, grauem Bart, um die Lenden einen zerrissenen ausgebleichten Schurz, der vielleicht früher einmal gelb gewesen war. Auf

Hoas Gruß antwortete der Greis nur mit einem Kopfnicken und wies schweigend auf eine Matte bei der Wand, nahe dem Eingang. Hoa setzte sich nieder, und als der Alte nichts redete und nur ins Leere schaute, schwieg er auch und ruhte sich aus. Kurz darauf begann es zu dämmern, Hoa erhob sich und reckte die ausgeruhten Glieder.

„Wohin willst du gehen?“ fragte der Alte plötzlich.

„Ich will mich am Wasserbecken ein wenig waschen“, antwortete Hoa überrascht.

„Das tu nicht“, sagte der Alte mit warnender Stimme. „Hier darfst du dich nur in fließendem Wasser waschen, und dazu kämst du vor Einbruch der Dunkelheit nicht mehr.“

Und nach einer Weile fügte er noch hinzu: „Und bring deinen Stock herein.“

Hoa war verwundert und gehorchte, doch ehe er über die Bedeutung der Worte des Alten nachdenken konnte, war die Sonne gesunken. Es wurde schnell dunkel, und ein sanfter Wind kam auf.

Der Alte zündete einen Kienspan an und reichte seinem Gast ein wenig kalten Reis und eine Tasse schwachen Tee. Dann legte er sich nieder und drehte sich zur Wand. Noch einmal aber wandte er den Kopf und sprach: „Was immer sich hier in der Nacht zutragen mag, hab keine Angst, kümmere dich um nichts, und es wird dir nichts geschehen. Ich hoffe zwar, es wird nichts los sein, aber zur Sicherheit will ich dich warnen, um nichts in der Welt hinauszugehen. Am besten, du näherst dich nicht einmal dem Fenster oder der Tür.“ Nach diesen Worten drehte er sich wieder zur Wand und schlief sofort ein.

Hoa blieb noch ein Weilchen sitzen und schaute durch das große Fenster in die Dunkelheit, überlegte, was denn Geheimnisvolles geschehen sollte, aber bald fielen ihm die Augen zu, und auch er schlief ein.

Er erwachte von einem fürchterlichen Geheul, das aus dem Tal unter dem Hang zu hören war. Es verriet Schrecken, aber auch Wut, und war derart durchdringend, daß Hoa vor Angst der Atem stockte. Dann sah er im Mondschein, daß draußen etwas durch die Luft flog. Plötzlich entdeckte er, daß es Menschenköpfe mit lang herabwallenden schwarzen Haaren waren, die im Winde flatterten, und daß das Geheul aus ihren weit geöffneten Mündern kam. Ein Kopf nach dem anderen flog vorbei, zuweilen auch mehrere auf einmal, und in der Ferne konnte man sehen, daß zahlreiche Köpfe auch über dem Tal schwebten.

Ein Kopf flog ganz nahe am Fenster vorüber, machte in der

Luft halt und schaute herein. Er war blaß, beinahe weiß. Die großen starren Augen traten gerötet aus den Höhlen hervor. Im offenen Mund zeigten sich scharfe Zähne, und lange schwarze Haarsträhnen wirbelten im Wind um ihn herum. Einen Augenblick lang schaute er dem entsetzten Hoa starr ins Gesicht, schüttelte sich dann zornig und flog davon.

Inzwischen war auch der Alte aufgewacht. Er wartete, bis sich Hoa ein wenig von seinem Schrecken erholt hatte, goß ihm noch eine Tasse Tee ein und sagte dann: „Ich habe überflüssige Reden nicht gern, und da ich hoffte, sie würden heute nicht kommen, erwähnte ich nichts darüber. Aber jetzt, da du sie schon gesehen hast, möchte ich dir etwas über sie erzählen."

Der Alte verstummte, schaute lang in die dunkle Nacht hinaus und sprach dann: „Vor langer, langer Zeit wohnte in diesen Bergen ein fremder Stamm. Es waren kluge Menschen, sie lebten in Frieden, arbeiteten, und es ging ihnen gut. Aber sie waren auch stolz und kühn, wollten leben, wie es ihnen selbst gefiel, und weigerten sich, die Macht des Königs anzuerkennen. Jahrelang kämpften sie tapfer gegen die Übermacht des königlichen Heeres, aber ihr Land wurde immer kleiner und kleiner. Sie hatten keine Zeit, die Felder zu bestellen, die steten Kämpfe waren ihnen schon zuwider, und so entschlossen sich die letzten Kämpfer, die Waffen zu strecken und sich zu ergeben. Der König aber, entrüstet über ihren langen Widerstand, der ihn so viele seiner besten Soldaten gekostet hatte, befürchtete, er werde über kurz oder lang wiederum gegen den stolzen Stamm Krieg führen müssen, und ließ darum alle Angehörigen erschlagen – Männer und Frauen, Greise und Kinder. Nur wenige entgingen dem Tode."

Wieder blickte der Alte schweigend ins Leere, seufzte und erzählte dann weiter: „Die fliegenden Köpfe, die du gesehen hast, gehören den Geistern der Ermordeten. Tagsüber sehen sie wie lebendige Menschen aus, aber des Nachts, wenn sie schlafen gehen, trennen sich ihre Köpfe vom Körper, fliegen in der Gegend umher und rächen sich an den Lebenden für das einstige Unrecht. Sie können aber in keine menschliche Behausung eindringen und töten nur jene, die über Nacht unter freiem Himmel bleiben. Aber ihre Macht erstreckt sich auch auf jene, die ein Ding, das ihnen gehört oder irgendetwas, was mit ihrem Körper in Berührung kommt, im Freien lassen. Wenn sie einen solchen Gegenstand finden, bemächtigen sie sich seiner und vernichten dann auch den Menschen, der unvorsichtig gewesen war."

Der Alte hatte geendet und blieb reglos sitzen, und auch Hoa dachte über die grausame und fürchterliche Geschichte nach. Da ertönte plötzlich ein entsetzlicher Schrei, und im Fenster tauchte wieder ein Kopf mit wehenden Haaren auf. Hoa ließ vor Schreck die Tasse fallen, aus der er getrunken hatte, und ein Restchen Tee ergoß sich über den steinernen Fußboden. Der Kopf hatte das bemerkt, flog blitzschnell zur Tür und schaute gierig, wie sich das dünne Rinnsal der Türschwelle näherte. Auch Hoa sah es, war aber wie betäubt und konnte sich weder rühren noch die Augen von den rinnenden Teetropfen lassen.

Da sprang unerwartet flink der Alte herzu, warf seinen Schurz auf die ausgegossene Flüssigkeit, bis sie aufgesaugt war, ehe sie die Schwelle erreichte.

Der Kopf, der vor der Tür gelauert hatte, flog davon, und bis zum Morgen blieb alles ruhig.

In der Frühe weckte der Greis den unruhig schlafenden Hoa und sagte: „Ich will mit dir ins Tal hinuntergehen und dir den Weg zeigen. Hier in der Gegend fändest du schwerlich eine Unterkunft für die kommende Nacht, und was dir hier droht, hast du ja gesehen.“

Sie gingen den gewundenen Pfad ins Tal hinunter, und kaum hatten sie die waldige Gegend verlassen, tauchte vor ihnen ein Dorf auf. Hoa freute sich, bemerkte aber bald, daß es ein ganz sonderbares Dorf war. Die Häuser waren durchsichtig, aber das Merkwürdigste waren die Bewohner – stattliche Männer mit langen schwarzen Haaren, die aber nur

auf und ab gingen, herumstanden oder vor den Häusern saßen. Keiner arbeitete, keiner sprach, keiner kümmerte sich um die Ankömmlinge. Sie schauten nur starr ins Leere.

„Das sind sie", sagte der Alte. „An den geröteten Augen kannst du sie erkennen. Hier gibt es noch mehrere solche Dörfer, in denen Menschen wohnen, die weder tot noch lebendig sind, und nur hier und da lebt unter ihnen irgend ein Bettler oder ein Einsiedler, wie ich es bin."

Hoa wurde traurig bei diesem Anblick, und er fragte seufzend: „Kann sie denn niemand von dem Fluch befreien?"

Der Greis schüttelte langsam den Kopf und sprach: „Vielleicht die Zeit, denn die verändert alles und heilt schließlich alle Wunden."

Dann führte er den Jungen weit hinter das Dorf an den Fluß, zeigte ihm eine Furt und nahm Abschied von ihm: „Dort am anderen Ufer bist du in Sicherheit. Geh heim und lebe glücklich."

Eine merkwürdige Krankheit

Unter dem weiten Himmelszelt breitete sich eine unübersehbare fruchtbare Ebene aus. Zwischen den hohen Getreideähren lagen Dörfer verborgen, deren ruhig dahinfließendes Leben jahrhundertelang durch den regelmäßigen Wechsel von Pflügen, Säen und Ernten bestimmt war. Aber einmal wurde die ewige Ruhe der Gegend gestört. In einem der abgelegenen Dörfer wütete eine unbekannte Krankheit. Kaum eine Woche verging, ohne daß nicht ein schwarzer Trauerzug das Kirchlein auf dem Hügel verließ. Hinter den einfachen, schnell zurecht gezimmerten Särgen schritten immer weniger Hinterbliebene. Nach einigen Monaten waren es nur noch der alte Pfarrer und ein Bauer, der das Amt des Totengräbers versah. Die paar Überlebenden schlossen die Fensterläden, sperrten die Tore zu, aber gegen die unbekannte Krankheit half nichts.

Vielleicht war es irgendeine Seuche, denn auch die gelehrten Herren Doktoren schüttelten nur ratlos die Köpfe und forschten vergeblich, was für eine sonderbare, überaus merkwürdige Krankheit das war. Die Kranken quälte kein Fieber, sie klagten nicht über Schmerzen, sie litten nur einige Nächte lang unter einem Alpdruck, so daß sie kaum atmen konnten, und binnen weniger Tage waren sie tot.

Nur eines war auffallend, doch schien es in keinem Zusammenhang mit der merkwürdigen Krankheit zu stehen. Sobald es nämlich dunkel wurde, wirbelten in lautlosem Flug über den niedrigen Dächern und verlassenen Höfen große Fledermäuse umher, und allen schien es, als würden ihrer täglich mehr und mehr. Wir sind eben das Dorf der Fledermäuse, sagten die Leute bitter.

Das Gerücht von der merkwürdigen Krankheit und dem sterbenden Dorf, dem nicht zu helfen war, gelangte bis in die

Hauptstadt. Dort hörte auch der alte Bibliothekar Balázs davon. Voll Interesse folgte er den Erzählungen über die Krankheit und deren Merkmale, und zum größten Staunen seiner Freunde packte er eines schönen Tages seinen Koffer und fuhr davon, geradewegs in das leidende Dorf.

Als er den Hauptplatz überquerte, traf er keinen Menschen, und so ging er denn ins Pfarrhaus zu dem alten Pfarrer, von dem er wußte, daß er noch am Leben war.

„Ich weiß, es scheint Ihnen gewiß lächerlich, daß so ein alter Bücherwurm wie ich daherkommt, um seinen Dienst anzubieten. Ich habe in meinem Leben wirklich eine Menge Bücher gelesen, und als man mir von der sonderbaren Seuche erzählte, die Ihr Dorf heimsucht, kam mir das irgendwie bekannt vor. Ich erinnerte mich, von solchen Fällen schon gelesen zu haben, und wie sich zeigte, habe ich mich nicht getäuscht. Wenn das, was in dem Dorf vorgeht, wirklich das ist, worüber man in den Büchern schreibt, dann wird die Hilfe nicht schwer sein."

Freudig hörte der Pfarrer zu. Er war schon dafür dankbar, daß ein Mensch, der keine Angst hatte, ins Dorf gekommen war. Seit dem Frühling wurde es von allen gemieden.

Bereitwillig schilderte er, worüber die Kranken klagten, und auch über die Plage mit den Fledermäusen. Dieses Getier sei sogar schon in die Kirche eingedrungen und knabbere an den Kerzen am Altar. Der Bibliothekar hörte sich die Klagen und Nöte des Pfarrers an ud fragte dann: „Wie hat es denn angefangen? Wer starb als erster?"

Der Pfarrer dachte nach: „Augenblick, wer war eigentlich der erste? Es begann schon im vorigen Frühjahr, und ich erinnere mich nicht mehr genau. Wissen Sie, es ist eigentlich schwer zu sagen, ob die Juliska vom unteren Gutshof die erste war oder ihr Bräutigam Lajos."

Der Pfarrer dachte nach. Juliska war ein bildhübsches Mädel, fröhlich und arbeitsam. Oft hatte er ihr scherzend gesagt, wer sie einmal zur Frau nehme, werde gut fahren, aber sie sollte einen von den hiesigen Burschen wählen. Es wäre traurig, wenn sie weit weg heiratete. Juliska hatte jedesmal lachend erwidert, mit dem Heiraten habe es keine Eile, es gehe ihr gut daheim. Aber im vorigen Fasching verlobte sie sich mit dem hübschen Lajos, dem Sohn des Nachbars. Zur Hochzeit war es aber nicht gekommen, denn Lajos wurde zum Militär eingezogen. Juliska versprach, sie werde keinen anderen heiraten und auf ihn warten – wenn nötig, bis in den Tod. „Und sie hat wirklich treu gewartet", sagte der Pfarrer kopfnickend. „Sie blieb meistens zu Hause, ging nicht einmal zum Tanz.

Und sehen Sie – gerade sie wurde als erste von dem Unglück betroffen. Aber ich muß Ihnen das hübsch der Reihe nach erzählen.

In diesem Frühjahr verbreitete sich im Dorf die Nachricht, Lajos sei vom Militär davongelaufen. Er hatte Sehnsucht nach Juliska, und so machte er sich einfach auf und ging nach Haus. Aber unterwegs kam er auf rätselhafte Art ums Leben. Es

muß nahe bei unserem Dorf geschehen sein, denn er wurde in der Umgebung gesehen. Aber seinen Leichnam fand man nicht, nur der Ranzen mit seinen Sachen lag auf einer Wiese."

Einige Tage später erschien Juliska in der Pfarre. Sie war blaß, hatte dunkle Ringe unter den Augen und war sehr unruhig. Sie wollte nicht beichten, nein, nur den alten Pfarrer um Rat bitten, sie wisse weder ein noch aus. Der Pfarrer beruhigte und tröstete sie, er glaubte, sie quäle sich wegen Lajos, und er sagte, es sei doch gar nicht sicher, daß Lajos tot sei. Aber Juliska wurde immer unruhiger. Und plötzlich entfuhr es ihr: „Ich habe mit Lajos gesprochen." Und sie begann hastig zu erzählen, als hätte sie Angst, sie könnte nicht bis zu Ende reden.

Es sei noch nicht lange her, nur einige Tage. Im Hause schlief schon alles, sie selbst wollte sich gerade niederlegen. Überall war es still, nur der Mond schien merkwürdig hell, es war Vollmond. Sie dachte an Lajos und wünschte sehnlich, er wäre bei ihr. Plötzlich habe es leise ans Fenster geklopft. Sie sei erschrocken, aber als es wieder klopfte, habe sie den Vorhang leicht zur Seite geschaben. Vor dem Fenster habe Lajos gestanden! Im Mondschein sei sein Gesicht leichenblaß gewesen. Schnell habe sie geöffnet und ihn eingelassen. Habe nach diesem und jenem gefragt, aber Lajos habe auf keine ihrer Fragen geantwortet und nur geheimnisvoll gelächelt. Ehe der Morgen graute, sei er gegangen. Am nächsten Tag habe sie dann erfahren, daß sich Lajos nicht mehr unter den Lebenden befand. Sie war entsetzt, schämte sich aber zu sagen, er könne doch nicht tot sein, wenn er nachts bei ihr gewesen war.

Angstvoll erwartete Juliska den nächsten Abend. Vielleicht würde Lajos wiederkommen und alles erklären. Und er kam tatsächlich. Wieder klopfte er leise ans Fenster, wieder war sein Gesicht so blaß. Auf ihre Fragen gab er keine Antwort, aber diesmal lächelte er drohend. Juliska bekam Angst vor ihm. Sie schickte ihn weg, aber er ging nicht, erst kurz vor Sonnenaufgang. Seit damals kam er jede Nacht. Sie aber hatte schon so große Angst vor ihm, daß sie die Tür versperrte, aber sie mochte noch so fest die Fenster verriegeln, Lajos stand plötzlich vor ihr im Zimmer. Und sie selbst fühlte sich immer elender. Sie hatte niemanden, dem sie sich anvertrauen könnte. Dem Pfarrer tat das Mädchen leid. Das war nicht mehr die fröhliche Juliska vom vorigen Jahr, sondern ihr blasser, gequälter Schatten. Er bemühte sich, ihr die Geschichte auszureden, es sei nichts anderes als ein Traum, die Folge der Trauer über den Verlust ihres geliebten Lajos.

„Ach ja, ich hab die Ärmste beruhigt", sagte der Pfarrer seufzend, „sie ist dann anscheinend getröstet nach Hause gegangen. Am Morgen fand man sie tot. Das war wirklich ein sehr trauriges Begräbnis. Die Braut tot, der Bräutigam verschollen. Und sehen Sie", wandte er sich wieder an seinen Gast, „damals begann die merkwürdige Krankheit. Juliskas Mutter klagte, es quäle sie ein Alptraum. Ein paar Tage ging sie mit geröteten Augen herum, und dann verschied sie still. Kurz darauf Juliskas Vater und ihre jüngere Schwester. Dann folgte ein Begräbnis in der Familie des Lajos, und jetzt kann ich die Todesfälle gar nicht mehr aufzählen, es kam einer nach dem andern. Im ganzen Dorf gibt es ja nur noch ein paar Überlebende. Tagelang habe ich gebetet, nach allen Seiten um Hilfe geschrieben, aber alles war vergeblich. Am Ende wundern sich die Leute, daß ich selber noch da bin. Aber ich darf doch meine Leute im Unglück nicht verlassen!"

Der alte Bibliothekar hörte dem Pfarrer aufmerksam zu. Von Zeit zu Zeit blitzte es in seinen Augen verständnisvoll auf, er murmelte vor sich hin: „Ja, ja, so ist es!" Der Pfarrer war derart in die eigenen Erinnerungen vertieft, daß er diese Bemerkungen nicht beachtete. Als er geendet hatte, setzte er noch seufzend hinzu: „Das ist alles. Wer wird wohl mein Begräbnis vorbereiten, wenn ich an die Reihe komme? Wäre ich doch wenigstens der letzte!"

Der Bibliothekar rieb sich ungeduldig die Hände.

„Ach nein, Herr Pfarrer, diese Qual ist jetzt zu Ende. Der Fall ist klar, darüber habe ich sehr oft gelesen. Hier wüten Vampire."

„Vampire? Ein gebildeter Mensch wie Sie glaubt an Vampire?" fragte der Pfarrer verwundert.

„Ob ich glaube oder nicht, das ist jetzt Nebensache. Überdenken Sie nur, was sich hier zugetragen hat!" Der Bibliothekar war vor Ungeduld ganz zappelig. Wie schade, daß es schon Nacht sei, er hätte sich gern sogleich ans Werk gemacht.

Zuerst empfahl er dem Pfarrer, alle Überlebenden sollten sogleich überall Knoblauch aushängen.

„Jeder muß Knoblauch bei sich haben und ihn auch an die Fenster und Türen hängen", befahl er.

Dem Pfarrer kam das zwar komisch vor, aber wenn jemand sich keinen Rat mehr weiß, klammert er sich an jeden Hoffnungsschimmer. Das gleiche dachten auch die Dorfbewohner, und sie befolgten ohne Widerrede den Rat des alten Bibliothekars.

Dieser überredete den Pfarrer: „Eine schwere Aufgabe

steht uns bevor. Um dem Wüten der Vampire endgültig Einhalt zu gebieten, müssen wir die Gräber all derer öffnen, die in diesem Jahr verschieden sind. Schreiben Sie sofort an den Grafen, daß er die Erlaubnis dazu erteilt."

Tagelang schrieb der Pfarrer Briefe, in denen er von neuem alles schilderte, was sich im Dorf seit dem Frühling zugetragen hatte, dazu die Erklärung des Bibliothekars und seine Forderung nach Öffnung der Gräber. Inzwischen suchten die Bauern mit dem Bibliothekar eifrig die Leiche des Lajos. Balázs zweifelte nicht an dessen Tod und wiederholte nur immer, man müsse den Leichnam finden und ordnungsgemäß begraben.

Nach einiger Zeit traf die Bewilligung zur Öffnung der Gräber ein. Balázs ließ Pfähle aus Lindenholz machen, so viele Pfähle, wie es Tote gab. Dann begaben sie sich mit dem Pfarrer und einigen Bauern auf den Friedhof.

Wie groß war die Überraschung, als sie das Grab und den Sarg Juliskas öffneten, die zu Anfang des Frühlings gestorben war! Sie lag wie lebend in ihrem Sarg, mit geröteten Wangen und glatter Haut. Und genauso war es auch in den übrigen Gräbern.

Balázs erklärte nun den entsetzten Bauern, sie müßten jedem Verstorbenen einen Pfahl aus Lindenholz in die Brust stoßen, nur so könnten die Seelen von dem Fluch befreit und die Lebenden geschützt werden. Nach langen Überredungen taten sie schließlich, wie ihnen geheißen. Kaum hatten sie den hölzernen Pfahl dem ersten Toten in die Brust gebohrt, hörte man einen schweren Seufzer, und aus Mund und Nase des Verstorbenen spritzte frisches Blut hervor. Im selben Augenblick aber verwandelte er sich in einen wirklichen Leichnam, die Wangen fielen ein, auf den Lippen lag ein seliges Lächeln. Nachdem sie alle Toten derart versorgt hatten, veranstaltete der Pfarrer ein neues gemeinsames Begräbnis.

Aber Balázs drängte immer noch darauf, sie müßten den Leichnam des jungen Lajos suchen. Er erklärte den Bauern, daß Lajos gewiß unterwegs von einem Vampir getötet wurde, und jeder, der auf diese Weise seinen Tod finde, werde selbst zum Vampir, solange er nicht durch einen ehrlichen Tod erlöst wird. Und schließlich fand man wirklich die Leiche des jungen Lajos. Sie lag im Gebüsch auf einer entfernten Wiese. Auch hier verhalf der Lindenpfahl dazu, daß man den Toten dann richtig begraben konnte.

Ruhe und Frieden waren wieder ins Dorf eingezogen. Der alte Bibliothekar packte seinen Koffer und fuhr zufrieden heim zu seinen Büchern. Wenn ihn Freunde dann neckten, antwortete er: „Laßt nur sein. Die alten toten Schriften können oft noch den Lebenden helfen!"

Yukionna, das Schneegespenst

In einem kleinen Dorf lebte die Familie eines Bauern mit zwei Kindern, dem neunjährigen Mädchen Eiko und ihrem kleinen Bruder, der Haruo hieß. Eines Tages hatte sich das Wetter nach lang anhaltenden Schneefällen wieder aufgeheitert, der Himmel war leuchtend blau, der Schnee glitzerte im Sonnenschein. Die Luft war zwar eisig kalt, aber alle waren froh, daß man endlich wieder ausgehen konnte. Schon seit dem frühen Morgen bettelte Eiko, die Mutter solle ihr doch erlauben, mit dem Brüderchen zu ihrer Tante auf Besuch zu gehen. Das Wetter war wirklich schön, und so willigte die Mutter ein, und die Kinder liefen fröhlich aus dem Haus.

Die Sonne stand noch hoch am Himmel, als es plötzlich dunkel wurde und schwere Schneewolken heraufzogen.

„Da kommt wieder ein schrecklicher Schneesturm! Ich will schnell die Kinder holen, sonst kommen sie heute nicht mehr heim", sagte die Mutter, warf sich eine wattierte Jacke über und lief auf den schneebedeckten Weg hinaus. Sie eilte ans andere Ende des Dorfes, wo ihre Schwester wohnte, aber sie fand ihre Kinder nicht mehr dort.

„Schon vor mehr als einer Stunde habe ich sie nach Hause geschickt", sagte die Tante. „Eiko ist eingefallen, daß heute der Onkel aus der Stadt zu Besuch kommen soll, und sie hatte keine Geduld mehr zu bleiben. Sie hat den Kleinen auf den Rücken genommen und ist gegangen."

„Gewiß haben wir uns unterwegs verfehlt. Ich will schnell nach Hause laufen, jeden Augenblick kann es zu schneien anfangen."

Aber die Kinder waren nicht zu Hause.

Vielleicht sind sie dem Onkel entgegengegangen, dachte die Mutter erschrocken. In der Dunkelheit werden sie sich noch im Schneesturm verirren. Ich muß sie finden! Und sie

lief auf den Weg, der durch den Wald zur nahen Stadt führte. Kaum hatte sie das letzte Haus des Dorfs hinter sich gelassen, verdunkelte sich der Himmel noch mehr, ein eisiger Wind wehte vom Meer herüber, wirbelte den Schnee auf dem Weg auf, und es begann dicht zu schneien, so daß man zuweilen den Weg nicht mehr sah.

Die Mutter überlegte, was wohl mit den Kindern passiert war, wie sie sich hatten vor dem Schneesturm verstecken können, ob sie nicht in eine Schneewächte gefallen waren. Dann erinnerte sie sich der Geschichten über Yukionna, das Schneesgespenst, und stellte sich mit Entsetzen vor, wie das schreckliche weiße Ungeheuer ihre Kinder in seiner eisigen Umarmung hielt. Verzweifelt rief sie „Eiko! Haruo!", aber der wirbelnde Schnee und pfeifende Sturm übertönten ihre Stimme, so daß sie ihre Rufe kaum selber hörte.

Mühsam schleppte sie sich durch den Schnee weiter, dort, wo sie den Weg vermutete. Immer dichter fielen die Flocken, aber nach einer Weile legte sich der Sturm ebenso plötzlich, wie er gekommen war. Es wurde auch ein wenig heller, und da stellte die Mutter fest, daß sie vom Weg abgekommen und in die Felder gelangt war und daß ein Stück vor ihr eine Gestalt ging, die etwas im Arm trug. Vielleicht ist das Eiko mit Haruo, dachte sie, und watete ihnen durch den Schnee entgegen.

Aber dann erkannte sie, daß es nicht Eiko, sondern eine Frau war, die aus der Stadt kam. Sie trug ein Bündel im Arm, das in ein Wolltuch eingewickelt war. Die Mutter lief zu ihr und fragte: „Bitte, habt Ihr nicht unterwegs zwei Kinder, ein kleines Mädchen und einen Jungen, getroffen? Sie haben sich im Schneesturm verirrt, und ich kann sie nicht finden."

Die Frau schob sich mit zarter Hand das Kopftuch voll Schneeflocken aus der Stirn. Es zeigte sich ein wunderschönes glattes Gesicht mit leuchtenden Augen und einem liebenswürdigen Lächeln.

„Nein, liebe Frau, ich bin niemandem begegnet, aber dort unter jenem Baum lag ein kleiner Junge. Der Ärmste war ganz steif vor Kälte und weinte. Da habe ich ihn also in das Tuch gehüllt und mitgenommen. Gehört er vielleicht Euch?"

Ob es nun doch Haruo ist? dachte die erschrockene Mutter und streckte die Hände nach dem Kind aus. Sie hatte gar nicht bemerkt, daß es die Frau ihr reichte, und schon hielt sie es im Arm. Plötzlich spürte sie, daß es immer schwerer auf ihren Händen lastete und eisig kalt war. Sie wollte das Tuch lüften und nachschauen, was für ein Kind es war, aber die Kräfte verließen sie, und sie konnte nicht die Hände rühren. Ihre

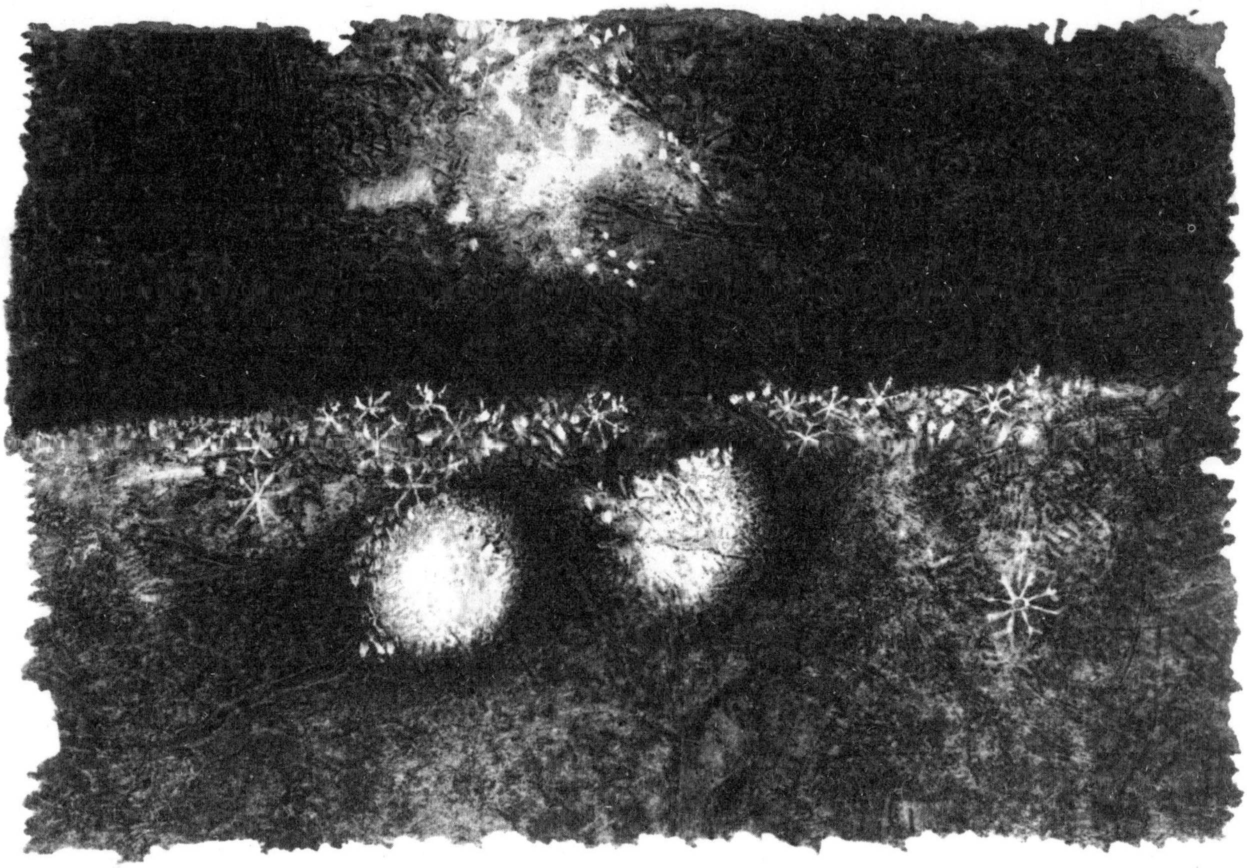

Arme wurden kalt wie Eis, das Kind in ihren Händen immer schwerer und schwerer, es zog sie fast zu Boden. Die Frau vor ihr schwieg, schaute ihr nur beschwörend ins Gesicht mit liebenswürdigem Blick und einem Lächeln, das auf den blassen Lippen erstarrt zu sein schien.

Da erhob sich wieder ein eisiger Windstoß, wirbelte um die Frau herum und schüttete eine Schneewolke über sie. Plötzlich war sie nichts anderes als eine wirbelnde Säule aus Schneeflocken, darin ein fast unkenntliches Gesicht mit einem starren Lächeln und blitzenden Augen.

Die Mutter sank fast nieder unter der schweren Last in ihren Armen, furchtbare Kälte preßte ihr das Herz zusammen. Der Wind hatte einen Zipfel des Wolltuches gelüftet – sie sah ein kleines schneebedecktes, regloses Kindlein, es war aus Eis. Der Mutter wurde es dunkel vor den Augen, sie sank ohnmächtig in die Knie. Da hörte sie aus der Ferne ein angstvolles Rufen: „Mutter! Mutter!" Es waren die Stimmen ihrer Kinder Eiko und Haruo.

Sie raffte sich mit dem Rest ihrer Kräfte auf, streckte die Arme aus und ließ das tödliche Stück Eis fallen. Augenblicklich war die ganze Erscheinung verschwunden, die Mutter kniete auf dem Waldpfad, ringsumher lag frisch gefallener Schnee, in dem sich hier und da kleine Vertiefungen zeigten.

Auf dem Weg kamen ihr die Kinder mit dem Onkel entgegengelaufen.

„Ist dir nichts geschehen, Mutter?"

„Wir sahen von weitem, daß du mit jemandem sprachst", sagte der Onkel. „Aber als du umfielst und der Schneewirbel um dich kreiste, wußte ich gleich, daß Yukionna, das Schneegespenst, dich töten wollte. Was für ein Glück, daß wir zur Zeit hier waren, und daß ich die Kinder noch vor Ausbruch des Schneesturms getroffen habe. Sicher hatte Yukionna es auch auf sie abgesehen."

„Das war das Schneegespenst?" fragte die Mutter verwundert. „Ich dachte, Yukionna wäre ein weißes Ungeheuer und nicht so eine schöne Frau."

„Ja, es war Yukionna, die schöne, weiße, todbringende Frau," bekräftige der Onkel. „Seht ihr diese kleinen runden Grübchen im Schnee? Das sind ihre Spuren. Sie geht nicht auf Füßen, sondern sie schwebt. Nur wenn sie stehenbleibt, streift ihr Kimono den Schnee und drückt ihn ein wenig zusammen."

Die Kinder betrachteten angstvoll die Vertiefungen im Schnee, aber der Onkel trieb sie zur Eile an, damit sie heimkämen, ehe es wieder zu schneien begann.

Kapitän Hassan, der Lahme

Seine Hoheit der Sultan von Malakka begab sich mit dem gesamten Hofstaat auf seinen Sommersitz Tanjong Bemban am Meer, um der staubigen Großstadt zu entgehen und auszuruhen und auch zu sehen, wie seine Untertanen auf dem Lande lebten. Auch hatte er von einem gewissen Kapitän Hassan gehört, den man Si Pinchang, den Lahmen, nannte. Um die Langeweile der Abende in der Provinz zu vertreiben, forderte Seine Hoheit den Bürgermeister des Ortes auf, er möge den genannten Kapitän Hassan zur fürstlichen Tafel einladen.

Als der alte Seebär erschien, empfing ihn Seine Hoheit freundlich und sprach: „Es freut uns, daß du unserer Einladung gefolgt bist. Wir haben hier ziemlich Langeweile und möchten uns gern eine spannende Geschichte anhören. Du bist ein alter und erfahrener Mann – gewiß kennst du viele merkwürdige Begebenheiten."

„Jawohl, Hoheit, Euer ergebenster Diener hat fast die ganze Welt bereist und so viele Dinge zur See und in fremden Ländern erlebt, daß er sich nichts auszudenken braucht, um seine Zuhörer zu verblüffen", sagte der Alte und verneigte sich tief.

„Nun, wenn dem so ist", sprach Seine Hoheit, „dann erzähl uns doch, wie das geschah, weswegen man dich jetzt Si Pinchang nennt."

Kapitän Hassan setzte sich nieder, räusperte sich und begann zu erzählen.

„Vor vielen, vielen Jahren, als der Diener Eurer Hoheit noch jung und kräftig war und kein einziges Fältchen um die Augen hatte, fuhr er auf seinem Schiff ins Chinesische Meer. Der Wind war günstig, die Fahrt verlief gut und schnell. In Gedanken überrechneten wir bereits, wieviel wir für unsere

Waren einnehmen würden, als sich der Himmel plötzlich bedeckte, ein heftiger Wind von rechts uns erfaßte und weit von allen bekannten Ufern und Inseln wegtrieb.

Nach zehntägiger schneller Fahrt über ein unbekanntes Meer erblickten wir endlich Land. Wir wußten nicht, wie es hieß, und wissen es bis heute nicht. In einer Bucht, nahe der Mündung eines breiten Flusses, gingen wir vor Anker. Auch den Namen dieses Stromes kannten wir nicht, und wenn ich von ihm erzähle, werde ich ihn nur den Fluß nennen. Als wir in einem Boot an der Küste landeten, wurden wir von kleinen dunkelhäutigen Menschen mit glatten Haaren umringt. Ihre Haut war viel dunkler als unsere, aber nicht so dunkel wie die Haut der Neger. Nur schwer konnten wir uns mit ihnen verständigen, denn es waren nur wenige unter ihnen, die ein paar Worte unserer Sprache kannten. Für unsere Waren hatten sie fast gar kein Interesse, obwohl sie wußten, was Handel ist, denn wir sahen viele Gegenstände, die sie nicht selbst verfertigt hatten; andererseits waren in ihren Häusern mehr Erzeugnisse aufgestapelt, als sie selbst verbrauchen konnten. Es war also klar, daß sie Waren austauschten. Nach einigen Tagen, als ich mich mit ihnen schon besser verständigte, fragte ich sie aus, mit wem sie Handel trieben. Sie wiesen stromaufwärts, und so dachte ich, dort wohnten möglicherweise andere, gebildetere Völker, denen ich meine Waren mit großem Nutzen verkaufen könnte. Die Sehnsucht nach Reichtum und Ruhm ließ mir keine Ruhe, auch lockte mich das Abenteuer, und wie meine Neugier wuchs, dachte ich immer öfter an die Reise stromaufwärts. Ich wählte acht Ruderer aus, gerade so viele brauchte ich für mein Boot, verlud Nahrungsmittel und Muster meiner Waren, und am nächsten Morgen, kurz nach Sonnenaufgang, machten wir uns auf die Reise. Die Strömung des Flusses war nicht stark, so daß die Fahrt ziemlich schnell verlief. Noch vor dem Abend erreichten wir ein Dorf, das nicht größer oder schöner war als das, welches wir morgens verlassen hatten. Es hatte weniger Bewohner, und unsere Waren machten ebensowenig Eindruck auf sie wie auf die ersten. Wir setzten also am Morgen die Fahrt fort. Das nächste Dorf war wieder eine Tagereise entfernt. Wir wurden besser empfangen als vorher. Die Bewohner waren anscheinend wohlhabend, aber sie hatten eine Menge Wunden und Narben.

Aha, dachte ich, das sind gewiß die Spuren der Raubzüge und Kämpfe, die diese Wilden mit ihren reicheren Nachbarn führen, welche weiter stromaufwärts wohnen. Dies erhärtete noch meinen Entschluß weiterzufahren.

Als wir morgens das Boot bestiegen, faßten uns unsere Gastgeber bei den Händen und versuchten uns zurückzuhalten. Sie boten uns sogar Geschenke an, damit wir dablieben, ich aber sah darin nur eine Bestätigung meiner Vermutungen und sagte mir: Diese Leute wollen nicht, daß wir die Quelle ihres Reichtums kennenlernen, sie fürchten, wir werden selber ein einträgliches Geschäft machen und sie um den Nutzen bringen, den sie durch ihre Raubzüge oder durch Handel mit ärmeren Wilden erlangen. Wir alle gierten nach Geld, meine Matrosen ebenso wie ich selbst. Aber sie mochten rudern, so schnell sie konnten, die Fahrt verlief langsam. Der Grund dafür waren zahlreiche entwurzelte Baumstämme, die in den Fluß gestürzt waren und uns zu Vorsicht und zu Umwegen zwangen. Endlich erblickten wir kurz vor der Dämmerung in einer Bucht ein Dorf, den bisherigen zum Verwechseln ähnlich. Die Wilden bewohnten in Familiengruppen langgestreckte Pfahlbauten, deren Fußboden nur von einer Art Gitter gebildet wurden, das mit spärlichen Matten zugedeckt war. Aus Matten waren auch die Wände zwischen den einzelnen Räumen und auch nach außen. So konnte man jedes weinende Kind, jede gackernde Henne und jedes grunzende Schwein hören, die in den Haufen von Abfällen zwischen den Häusern wühlten. Aber es war schattig, ein kühler Windhauch wehte vom Fluß herüber, so daß es uns allen angenehm schien, in diesen Häusern die Nacht zu verbringen.

Kaum hatten wir am Ufer angelegt, liefen die Wilden herbei und bestaunten neugierig und schreiend unsere Waren. Ich war erfreut über ihr Interesse, und als sich uns die Dorfältesten näherten, wählte ich ziemlich wertvolle Geschenke für sie aus, damit sie Lust bekämen, mit uns Handel zu treiben. Wie groß war aber meine Überraschung, als sie uns selbst mit noch wertvolleren Geschenken überhäuften.

Ihren Gebärden, eher als den Worten, entnahm ich, daß sie uns zu einem Begrüßungsmahl in ihr Dorf einluden. Ich befahl also meinen Leuten, das Boot an Land zu ziehen, und ließ mich von den Einwohnern des Dorfes in eines der größeren Häuser führen. Ich blickte mich nach meinen Matrosen um und sah, daß die Eingeborenen jeden anderswohin führten. Es schien mir zwar nicht passend, daß sie uns derart voneinander trennten, ich konnte es aber nicht verhindern, ohne das freundschaftliche Einvernehmen zwischen uns und den Dorfbewohnern zu stören. Es blieb mir also nichts anderes übrig, als mich auf ihre freundlichen

Absichten zu verlassen und auch darauf, daß ja die Häuser nahe beieinander standen, und was in einem Haus geschah, in allen übrigen zu hören war. Meine Matrosen waren besser bewaffnet als diese Wilden und geübt im Kampf mit Piraten – also war ich beruhigt und befahl mich selbst und meine Gefährten in den Willen Allahs.

Sie führten mich, wie gesagt, in eines ihrer besten Häuser und ließen mich die Stufen, die in den Stamm eines mächtigen Baumes gemeißelt waren, hinaufsteigen. Drinnen luden sie mich auf kostbaren Teppichen zum Sitzen ein und überhäuften mich mit Speise und Trank, wobei sie in ihrer Sprache Reden hielten. Ich aß von allen Speisen; das Getränk, das zum Essen gereicht wurde, schien mir nicht stark, überdies konnte ich mich auf meine Erfahrung verlassen und trank ohne Sorge. Aber es zeigte sich, daß ich die Kraft des Weines sowie meine eigene Müdigkeit unterschätzt hatte. Nach einer Weile fielen mir die Lider zu, und ich verspürte ein starkes Verlangen, mich auf den Matten und Teppichen auszustrecken und ordentlich auszuschlafen.

In allen Ländern der Erde ist es Sitte, daß der Gast im Hause seines Gastgebers unantastbar ist. Das Benehmen dieser Leute schien zu bestätigen, daß dieser Brauch auch bei ihnen galt – ich konnte nichts Verdächtiges bemerken, auch sah ich keinerlei Waffen im Haus, und so gab ich meiner Müdigkeit nach. Ich warf mich auf das vorbereitete Ruhebett und, gewiegt von leisem Gespräch und zartem Gesang, schlief ich ein.

Ich weiß nicht, wie lange ich geschlafen und was mich geweckt hatte, doch war es noch finstere Nacht, als ich plötzlich die Augen öffnete. Das erste, was mir auffiel, war die ungewöhnliche Stille um mich her. Anfangs hörte ich nichts anderes als meinen eigenen Atem. Der helle Mondschein drang durch die schütteren Matten, die als Wände dienten – und ich konnte bald meine Umgebung unterscheiden. Außer mir befand sich kein Mensch im Raum, und nicht der leiseste Laut verriet, daß überhaupt jemand im Hause war. Wohin waren alle verschwunden? Ich war doch inmitten von Menschen eingeschlafen, und jetzt plötzlich war niemand da, ich war im ganzen Haus allein. Nach kurzer Zeit hörte ich aber doch ein merkwürdiges Geräusch, das von unten, vom Fußboden her, zu kommen schien. Ich ließ mich von dem Ruhebett gleiten und kroch auf allen vieren zu der Stelle, wo die Matte nicht ganz bis zur Wand reichte und von wo aus ich durch das Gitter des Fußbodens nach dem Ursprung dieser Geräusche forschen konnte.

Ich erblickte einen fürchterlichen Haufen Krokodile, von denen es unter mir wimmelte, so daß eines über das andere kroch. Mir kam in den Sinn, daß wohl das Dorf von Krokodilen überfallen worden sein mußte, daß meine Gastgeber hinausgelaufen und sich vielleicht im Wald versteckt hatten, um gegen die scheußlichen Ungeheuer zu kämpfen. Ich griff nach meinen Waffen, fand sie aber nicht, wo ich sie abgelegt hatte, und auch sonst nirgendwo im Raum. Ich erschrak heftig, fand aber auch dafür eine Erklärung: ihre Kämpfer hatten höchstwahrscheinlich meine Waffen ergriffen, die wirksamer als die ihren waren, und weil sie mich nicht wecken wollten, benutzten sie sie nun zu ihrem eigenen und auch zu meinem Schutz.

Dann aber machte mich etwas anderes stutzen: Wieso war überhaupt kein Kampfeslärm zu hören? Warum ließ man die Krokodile ruhig und ungestört unter dem Haus herumkriechen? War vielleicht der Kampf schon zu Ende, und sie hatten gesiegt? Waren alle Bewohner aufgefressen, ohne daß dabei ein einziger Aufschrei, ein einziges Stöhnen zu hören war? Und was war mit meinen Gefährten geschehen, – wenn schon alle Dorfbewohner in aller Stille unterlegen waren, gelähmt von dem Schrecken vor diesen Ungeheuern? War es denn möglich, daß keiner von meinen Leuten geschrien oder versucht hätte, die übrigen aufzurütteln oder zu warnen? Das alles durchfuhr blitzschnell meinen Kopf, und ich begann laut zu rufen, um wenigstens selbst die übrigen zu warnen und auf

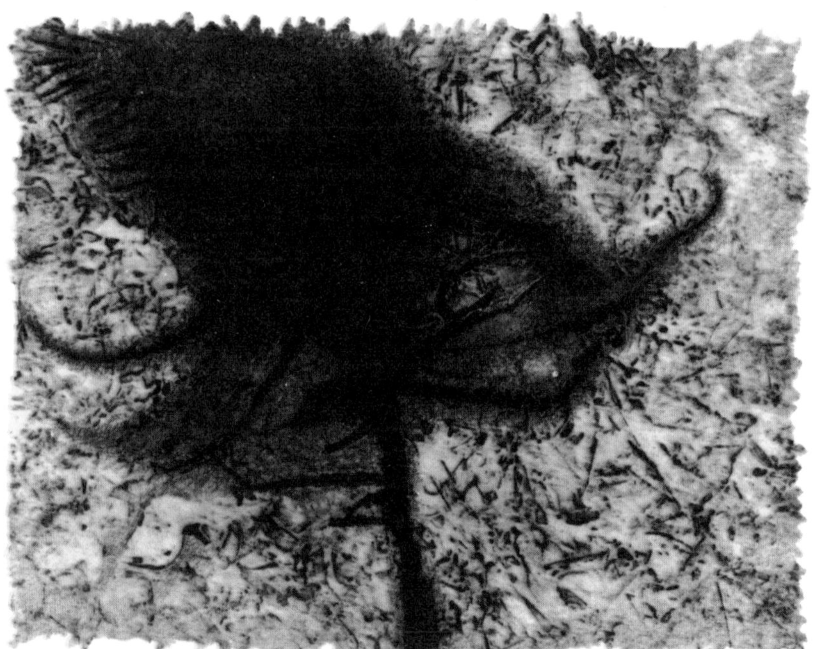

mich aufmerksam zu machen, sollten sie alle vielleicht im Wald versteckt sein.

Ich machte auf mich aufmerksam, aber leider nicht zu meinen Gunsten. Die fürchterlichen Biester hoben die Köpfe und krochen den Stufen zu, die ins Haus führten. Es waren unermeßlich viele, und von allen Seiten kamen weitere hinzu. Die kleineren und flinkeren unter ihnen näherten sich schon auf der Treppe und steckten ihre mit scharfen Zähnen besetzten Schnauzen herein, krochen schon über die Matten auf dem Fußboden. Ich floh, wobei ich nach irgendeiner Waffe oder wenigstens nach einem Stock suchte, den ich ihnen in den Rachen stoßen könnte, wenn sie so nahe kämen, daß sie mich hätten schnappen können. Durch eine glückliche Fügung des Schicksals gelang es mir, einen dicken Bambuspfahl, der die Balken des Hauses zusammenhielt, freizumachen und ihn einem jungen Krokodil ins Maul zu stoßen, ehe es mein Bein zwischen seinen Kiefern zermalmen konnte. Blut spritzte ihm aus der Kehle, es war sicherlich schwer verletzt, wollte sich aber nicht ergeben und wälzte sich auf dem Boden. Noch ehe ich ihm den Pfahl entreißen konnte, schnappte ein anderes riesengroßes Krokodil nach meiner linken Wade, und das ist das Bein, an dem ich lahm bin. Ich spürte einen heftigen Schmerz, mir wurde schwarz vor den Augen. Aber in dem Augenblick gelang es mir, meine einzige Waffe aus den Kiefern meines ersten Angreifers zu reißen, und ohne zu wissen, was ich tat, einen schrecklichen Hieb dem Tier zu versetzen, das mich am Bein festhielt. Vielleicht hatte ich ihm großen Schmerz zugefügt, ich weiß es nicht, ich spürte nur, daß ich mein Bein freibekam. Mit aller Kraft stemmte ich mich gegen die Wand, diese gab nach, und es gelang mir, an einem der Pfähle, die das Haus stützten, hinunterzugleiten und auf festen Boden zu kommen. Zu meinem Glück waren die Scheusale alle am andern Ende des Hauses, wo sie versuchten, ins Innere zu gelangen. ich sah einen Pfad vor mir, der in den Wald führte, und ging so schnell ich konnte davon. Das Bein schmerzte entsetzlich, aber trotzdem humpelte ich zu einem mächtigen Baum, der in der Nähe stand, und kletterte mit Hilfe der Hände und des gesunden Beins in seinen Wipfel hinauf, so hoch es ging. Oben schnallte ich mich mit meinem Gürtel fest, und erschöpft von dem Verlust an Blut, das in Strömen aus der tiefen Wunde an meinem Bein floß, fiel ich in einen tiefen Schlaf.

Als ich wieder zu mir kam, war heller Morgen. Aus allen Häusern gingen Mädchen mit Bambuseimern auf den

Schultern Wasser holen. Als sie an meinem Baum vorbeikamen, zeigten sie voll Staunen auf mich, und mehrere liefen schreiend zurück, vielleicht um Hilfe herbeizurufen. Tatsächlich kamen kurz darauf ein paar junge Burschen herbeigeeilt, halfen mir vom Baum herunter, trugen mich ins Dorf und legten mich auf das Ruhebett, von dem ich mich in der Nacht erhoben hatte. Von den Krokodilen war keine Spur übrig, alles war wie am Abend vorher, auch die Wand, die ich in der Nacht durchbrochen hatte, war geschickt ausgebessert. Ich wußte nicht, was ich mir denken sollte. Alle Bewohner des Hauses liefen herbei, jeder brachte etwas zur Pflege meiner furchtbaren Wunde mit, der eine heilende Salbe, ein anderer Verbandzeug. Sie beugten sich über mich, redeten in ihrer Sprache auf mich ein, als wollten sie mir etwas berichten, ich aber verstand kein Wort, und gewiß verstanden auch sie kein Wort von dem, was ich sagte. Die sorgfältige Pflege, mit der sie meine Wunden behandelten, überzeugten mich wieder völlig von ihren guten Absichten. Und so ließ ich sie gewähren und hoffte, vielleicht später zu erfahren, was eigentlich geschehen und was meinen Gefährten widerfahren war.

Dann trat plötzlich der Greis ein, der mich tags zuvor begrüßt hatte. Er hatte einen Verband um den Kopf gewickelt und stützte sich auf einen Stock. Mit gebieterischer Stimme trieb er alle, die mich behandelten, fort und beugte sich selbst über mein verwundetes Bein. Er näherte sich mir mit dem Gesicht, als wollte er die Wunde beschnüffeln, murmelte dabei vor sich hin, was wie Beschwörung klang. In mir aber stieg allmählich ein fürchterliches Entsetzen auf – ja, diese Miene kannte ich. In schneller Folge sah ich im Geist die Bilder meines nächtlichen Kampfes mit den Krokodilen vor mir, und augenblicklich war mir klar, weshalb der Alte den Verband auf dem Kopf trug! Ich nahm alle meine Kraft zusammen, um nicht ohnmächtig zu werden.

Ich will das Ohr meines erhabenen Herrn nicht mit der Schilderung belästigen, wie jener Tag verlief. Der untertänige Diener Eurer Hoheit beschränkt sich darauf zu sagen, daß er bei der ersten Gelegenheit, als man ihn allein ließ, aus dem Haus schlüpfte und so schnell es ging zum Fluß humpelte.

Als ich das Ufer erreichte, begriff ich, warum ich allein geblieben war. Unweit des Dorfs nämlich, am andern Ende der Bucht, erblickte ich einen Zug weinender Frauen. Ihre Gesichter waren mit Schlamm beschmiert. Sie beweinten einen Toten, der gerade von vier stattlichen Männern in ein schmales Boot gelegt wurde, dessen langer Schnabel mit einem geschnitzten Krokodilskopf geschmückt war. Es war gewiß das Boot, in dem die Toten an ihre Begräbnisstätte gebracht wurden. Und ich war sicher, daß ich dem Gesicht nach auch den Jüngling erkannt hätte, den sie beweinten – und mit noch größerer Eile trachtete ich, den Ort zu erreichen, wo wir am Tag vorher unser Boot an Land gezogen hatten. Die Hoffnung, meine unglücklichen Gefährten wiederzusehen, hatte ich bereits aufgegeben; ich wußte, daß sie alle von dem Schicksal ereilt worden waren, dem ich selbst in der Nacht nur um Haaresbreite entronnen war.

Das Boot war da. Es schaukelte im Schilf unweit vom Ufer, so daß ich es mit einem Stock herbeiziehen konnte. Es war freilich leer, meine Waren waren verschwunden, aber da ich meine Gefährten verloren hatte, sollte ich über den Verlust meines Besitzes klagen? Ich setzte mich auf den Boden des Bootes, um mein verwundetes Bein ausstrecken zu können, stieß mich mit dem Stock vom Ufer ab, und mit einem kurzen Gebet zu Allah vertraute ich mich der Strömung des Flusses an.

Es war eine lange Fahrt, ehe ich vom Wasser in das Dorf getragen wurde, in dem wir einen Tag vor unserer Ankunft an jenem schrecklichen Ort übernachtet hatten. Die Strömung war nicht stark, das Boot blieb an jedem Baumstamm, an jeder seichten Stelle stecken. Mit größter Mühe zwang ich meine geschwächten Glieder zur Tätigkeit, um es wieder flott zu machen. Als ich endlich das Dorf erblickte, war ich so erschöpft, daß ich dringend Pflege und Erholung brauchte. Mit größter Vorsicht vertraute ich mich den Bewohnern an. Mir wurde leichter zumute, als ich einen Menschen fand, der mich verstand und ein paar Worte in unserer Sprache redete. Er zeigte freundliche Anteilnahme und lachte freudig wie ein Kind, als ich ihm von meiner Flucht erzählte. Aber er erblaßte, als er aus meinem Munde das Wort Krokodil vernahm. Er tat, als verstände er nicht und blickte angstvoll stromaufwärts, so oft ich es aussprach. Um so sorgsamer widmete er sich meiner Verwundung und versicherte mir immer wieder, ich sei nur durch ein Wunder entkommen.

Es dauerte ziemlich lange, ehe ich mich soweit erholt hatte, daß ich meine Fahrt fortsetzen konnte. Der Mann begleitete mich und brachte mich schließlich an Bord meines Schiffes.

Ich nahm Abschied von ihm, schenkte ihm eine Menge Sachen, die er im Leben nie gesehen hatte und deren Nutzen er nicht kannte. Sogleich ließ ich die Anker lichten, und obwohl ich kaum einer Bewegung fähig war, stach ich mit dem Rest meiner Besatzung und meiner Waren in See. Und so gelangten wir, dank dem günstigen Wind, nach mehreren Tagen in unseren Heimathafen.

Schließlich möchte ich Eurer Hoheit in kurzen Worten sagen, welchen Schluß ich aus dem Abenteuer gezogen habe, dessen Folgen mich ins Grab begleiten werden. Euer ergebenster Diener hat diese Erfahrung durch zahlreiche Erzählungen in den Häfen und in gelehrten Büchern bestätigt gefunden. Ich bin zu der Überzeugung gelangt, daß ich an einem Ort geweilt habe, dessen Bewohner Krokodile waren, die tagsüber Menschengestalt annahmen, um dann um so leichter ahnungslose Reisende fressen und ihrer Habe berauben zu können. Ich kann nicht mit jenen übereinstimmen, die glauben, diese Geschöpfe seien nur in der Nacht böse und gefräßig und tagsüber liebenswürdig und gastfreundlich. Nein, im Gegenteil, ich bin sicher, daß ihre Liebenswürdigkeit bei Tage nichts anderes als Betrug und Verstellung ist, und daß ihr anfängliches Entgegenkommen nur auf ihren Blutdurst zurückzuführen war. Als Beweis dafür diente mir jener Alte, in dem ich das riesige Krokodil erkannte, das mir mein Bein verstümmelt hatte."

„Sei dir dieses Gold der Beweis unserer Gunst, Kapitän Hassan", sprach Seine Hoheit, indem er dem Lahmen einen gefüllten Geldbeutel zuwarf.

Eine verspätete Karriere

Der junge Student Su Mej-sheng entstammte einer alten Beamtenfamilie. Seine Vorfahren waren einst bedeutsame Würdenträger gewesen, doch in letzter Zeit war die Familie heruntergekommen und lebte zurückgezogen. Su Mei-sheng war ihr einziger Sohn, und da er schon von klein auf große Begabung zeigte, setzte die Familie sämtliche Hoffnung auf ihn.

Aber Su vergeudete seine Talente in leichtfertigen Unterhaltungen. Tagelang zog er mit Freunden in den Schenken umher und trank fröhlich. Anstatt sich in seinem Studierzimmer fleißig auf die Prüfungen in den klassischen Schriften vorzubereiten, verschwendete er seine Begabung an das Komponieren von Liebesliedern.

Einmal kam er wieder mit Freunden von einem lustigen Abend zurück. Berauscht vom Wein, unterhielten sie sich laut, ohne auf ihre Umgebung zu achten. Da trat ein alter kahlköpfiger Mönch auf sie zu, eine Schale für Almosen in der Hand. Die jungen Leute höhnten, er habe sich wohl nicht die Richtigen ausgewählt, da sie alles Geld bei den Sängerinnen gelassen hätten. Aber der Mönch kümmerte sich nicht um ihre Worte, trat mit strengem Blick vor Su Mei-sheng hin und sprach: „Diesem jungen Mann steht eine glänzende Karriere bevor. Er wird eine hohe Stellung erreichen und den Ruhm seiner Familie erneuern." Dann ging er, ohne abzuwarten, bis sich die trunkene Gesellschaft von der Überraschung erholt hatte, seines Weges weiter.

Die Gefährten verspotteten Su Mei-sheng, sagten heuchlerisch, er müsse nun sofort zu studieren anfangen, er aber schrie sie an: „Laßt das doch! Wenn die Weissagung zutrifft, wird sie sich erfüllen, was immer ich tue. Warum sollte ich gerade wegen der Prüfungen eilen?"

Eine Zeitlang verbrachte Su Mej-sheng den Großteil der Tage in ungebundener Gesellschaft, aber immer häufiger kehrte die Erinnerung an den sonderbaren Mönch und dessen Prophezeiung zurück. Warum sollte er schließlich nicht sein Glück versuchen und der Familie Freude bereiten? Und als dann der Prüfungskommissar wieder in die Bezirksstadt kam, um die Daten für die Examen auszuschreiben, entschloß sich Su, diesmal an ihnen teilzunehmen. Mit der Vorbereitung machte er sich keine Sorgen, denn er verließ sich auf die Weissagung des Mönchs. Als es so weit war, nahm er nur die nötigsten Sachen mit und begab sich in die Stadt.

Am späten Nachmittag gelangte er in das kleine Städtchen Jang-ku. Er entschloß sich, hier zu übernachten, da er die Bezirksstadt vor Torschluß sowieso nicht mehr hätte erreichen können. Er fand eine billige Herberge, und da er nicht gewohnt war, allein zu sitzen, ging er sofort auf die Straße hinaus, um nach einer Unterhaltung auszuschauen. In einem abgelegenen Winkel nahe den Stadtwällen erblickte er eine große Siedlung. Über den grauen Mauern ragten die weichen Linien vieler Dächer und hohe Pavillons empor, zwischen denen die mächtigen Wipfel grüner Platanen rauschten. Das war gewiß der Sitz einer reichen und vornehmen Familie. Der schöne Palast verlockte Su Mej-sheng, und als er näher trat, bemerkte er, daß das Tor offenstand; er trat also dicht davor und spähte neugierig ins Innere. Im Palast fand anscheinend ein Fest statt. Es herrschte ein reges Treiben, zahlreiche Dienerinnen liefen durch die Höfe. Su blieb neugierig vor dem Tor stehen und beobachtete, was drinnen vorging. Aus einem Nebengebäude kam mit fröhlichem Lachen ein junges Mädchen gelaufen. Als es aber den fremden jungen Mann im Tor stehen sah, wandte es verschämt das Gesicht ab und lief wieder zurück. Su war ergriffen von dessen Schönheit und rührte sich nicht, in der Hoffnung, er werde es nochmals sehen. Es kam ihm gar nicht in den Sinn, daß es unschicklich war, so vor einem fremden Haus herumzustehen.

Da kam eine alte Dienerin geradewegs auf ihn zu. Su wollte sich entschuldigen und davongehen, aber die Dienerin verneigte sich und lud ihn im Namen des Hausherrn ein. Ohne zu zögern, nahm Su Mej-sheng diese Einladung freudig an.

Das Innere des Palastes stand mit seinem Prunk dem Äußeren in nichts nach. Su wurde in den Speisesaal geführt, wo die ganze Familie versammelt war. Man feierte den Geburtstag des Hausherrn Chu, eines hohen Würdenträgers im Ruhestand. Su stellte sich vor und erklärte, er halte sich nur kurz im Städtchen auf. Er sei unterwegs zur Bezirksstadt, wo er eine Prüfung machen wolle. Er entschuldigte sich, so frech vor dem Tor gestanden zu haben, aber die Vornehmheit des Palastes und das Grün der Bäume hätten ihn verlockt. Die Gastgeber wünschten ihm Erfolg bei der Prüfung und luden ihn zu Tisch ein. Nach einer Weile kam die Unterhaltung wieder in Gang, die Kelche mit Wein machten die Runde, und die Tischgäste vertrieben sich die Zeit mit Verseschmieden. Su erregte bald die Bewunderung der ganzen Gesellschaft durch seinen Witz und die Leichtigkeit, mit der er die ungewöhnlichsten Dinge in Reime zu setzen verstand. Es wurde immer heiterer, der Wein nicht weniger, und als es spät geworden war, lud der Hausherr Su ein, bei ihnen zu übernachten.

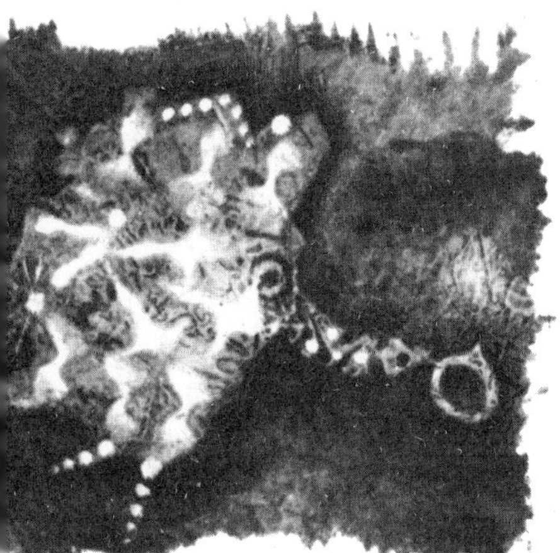

„Es wird unserem Hause zur Ehre gereichen, einem so begabten jungen Mann Unterkunft zu bieten. Bleiben Sie bei uns, solange es Ihnen gefällt.“

Und Su blieb. Die Familie schloß ihn ins Herz, und nach einigen Tagen bot ihm der älteste Sohn die Verlobung mit seiner jüngsten Schwester an, eben der scheuen kleinen Schönheit, die Su an jenem ersten Abend im Hof erblickt hatte. Su vergaß die Bezirksstadt, den Prüfungskommissar und auch das Examen und nahm das Angebot freudig an. Es wurde Hochzeit gefeiert, und Su verbrachte die Tage nur in Gesellschaft seiner jungen Frau und ihrer Familie.

Die Tage gingen dahin, er wußte gar nicht, wie. Einmal rief ihn sein Schwiegervater zu sich und ersuchte ihn, er möge in der Stadt ein Familienkleinod verkaufen. Es war ein Anhänger aus Nephrit, eine selten schöne altertümliche Arbeit. Der Schwiegervater entschuldigte sich, daß er ihn mit einer solchen Kleinigkeit belästige, aber er erwarte schon längere Zeit Boten von seinem Besitz, die ihm Geld bringen sollten. Wer weiß, was ihnen zugestoßen war, daß sie sich derart verspäteten. Ehe Nachricht eintreffe, habe er beschlossen, das Schmuckstück zu verkaufen.

Su machte sich bereitwillig zur Stadt auf, wo er einen Antiquitätenladen aufsuchen wollte. Kaum aber hatte er den Nephrit-Anhänger beim ersten Antiquitätenhändler vorgezeigt, wurde dieser ganz blaß vor Schreck und rief die Büttel herbei, die Su sogleich verhafteten. Er wurde des Diebstahls bezichtigt. Das Schmuckstück gehörte nämlich einem vornehmen Würdenträger und war vor kurzer Zeit gestohlen worden. Der Besitzer hatte die Beschreibung des Kleinods in der ganzen Gegend ausgeschickt, und so waren alle Händler gewarnt, daß sie nicht in Konflikt mit der Obrigkeit gerieten. Vergeblich erklärte Su, er habe das Schmuckstück nicht gestohlen, sondern von seinem Schwiegervater, Herrn Chu, bekommen. In der Stadt kannte ihn niemand, und er selbst konnte nicht einmal gut erklären, was er dort zu suchen hatte. Wenn er auf dem Weg in die Bezirksstadt gewesen war, warum sei er dann dageblieben? Vergebens beteuerte Su seine Unschuld, er wurde ins Gefängnis geworfen.

Nach vielen Tagen wurde er endlich zum Verhör vorgeladen. Aber weder der Richter noch einer von den Beamten kannte einen Herrn Chu, der in der Nähe des Stadtwalls einen Palast bewohnte. Su wurde immer verdächtiger, und es schien, es gebe für ihn keinen Ausweg mehr und er müsse im Gefängnis als Dieb elend zugrunde gehen. Weinend bat er den Richter, er solle mit ihm in das Haus des Schwiegervaters gehen, der werde alles aufklären. Zu dem Diebstahl bekannte er sich nicht, auch als sie ihn folterten, und er blieb bei seiner Aussage. Auch der Richter erfuhr nichts Neues über den Diebstahl und schickte Su schließlich wirklich mit den Häschern ins Haus des Herrn Chu. Su führte sie auf dem Weg, den er am Tag seiner Ankunft gegangen war, doch an dem Stadtwall, wo der

ausgedehnte, prachtvolle Palast gestanden hatte, fanden sie nur ein ödes Trümmerfeld. Unkraut wucherte zwischen den eingestürzten Mauern; nur die hohen Platanen standen wie früher an ihrem Platz. Nirgends auch nur die Spur einer Menschenseele, geschweige denn eines reichen Hauses.

Su wußte vor Überraschung weder ein noch aus. Jetzt war er also wirklich verloren, denn niemand würde ihm die Geschichte von der vielköpfigen und reichen Familie Chu noch glauben. Es blieb ihm aber nichts anderes übrig, als auf seiner Aussage zu beharren und immer von neuem zu wiederholen, er habe hier auf diesem Trümmerhaufen viele Tage in einem prunkvollen Palast gelebt. Man untersuchte alles im weiten Umkreis und fand schließlich in einem abgelegenen Winkel, zwischen Unkraut und Spinngeweben, den Ranzen mit den Sachen, die Su Mej-sheng gehörten. Und da es nur Dinge waren, die er zur Prüfung brauchte, schenkte ihm der Richter schließlich Glauben. Er sah ein, daß Su von Füchsen betört worden war, und ließ ihn frei.

Der erschöpfte und traurige Su Mej-sheng kehrte in seine Vaterstadt zurück. Es dauerte lange, ehe er sich von den Wunden und Qualen erholte, die er im Gefängnis und bei der Folter erlitten hatte. Er war nun fest entschlossen, alle seine beliebten Unterhaltungen aufzugeben, und verzichtete sogar auf die fröhlichen Trinkgelage und die hübschen Sängerinnen. Tagelang saß er in seinem Studierzimmer und bereitete sich auf die nächsten Prüfungen vor. Mit der Zeit wurde Su gesund und wieder der alte. Er konnte den Lockungen seiner Freunde nicht widerstehen und ging wieder häufig mit ihnen aus.

Eines Abends begegnete er auf dem Heimweg einem wunderschönen Mädchen. Sie weinte bitterlich. Ihr leichter Gang und ihr schönes Gesicht fesselten Su derart, daß er sie ansprach: „Kann ich Ihnen irgendwie behilflich sein, edles Fräulein? Wohin gehen Sie denn so spät und allein?"

Das Mädchen wandte das verweinte Gesicht ab und beschleunigte die Schritte. Su ließ sich aber nicht abweisen, schloß sich ihr an und drängte auf Antwort. Schließlich sagte das Mädchen, sie heiße Weißer Nephrit und sei ihrer Stiefmutter davongelaufen, die sie schlecht behandelte. Sie sei aber so kopflos geflohen, daß sie nichts anderes als ein paar Kleider mitgenommen habe und nun nicht wisse, was tun. Sie habe nicht einmal ein Nachtlager.

Su war von dem Mädchen entzückt, und er bot ihr bei sich zu Hause Unterkunft an. Zuerst weigerte sie sich, die Einladung anzunehmen, aber schon brach die Nacht herein, und sie willigte ein.

„Ich weiß nicht, wie ich Ihnen für Ihre Liebenswürdigkeit danken soll, mein Herr. Betrachten sie mich Undankbare als Ihre Dienerin. Ich werde trachten, Ihren Wünschen nachzukommen."

Und so hielt Weißer Nephrit ihren Einzug in Su Mej-shengs Studierzimmer. Sie sorgte tatsächlich für ihn, aber ihr schönes blasses Gesicht fesselte Su immer mehr, und er vergaß wieder das Lernen, legte die Bücher beiseite, bis sie ganz verstaubt waren. Er ging fast gar nicht mehr aus dem Haus, vernachlässigte seine Freunde und seine Familie. Und wenn er doch mitunter ausging, waren alle entsetzt über sein Aussehen. Seine Wangen waren eingefallen, die Augen müde, und er war furchtbar abgemagert. Aber es nützten keine Ratschläge und Ermahnungen, er versicherte allen, ihm fehle nichts, er bereite sich nur fleißig auf die Prüfungen vor. Er lebte wie in einer Betäubung und wurde von Tag zu Tag schwächer.

Sein Zustand verschlimmerte sich immer mehr, die Familie war verzweifelt. Man fürchtete, der einzige Sohn und ihre einzige Hoffnung werde vor ihren Augen ohne Hilfe zugrunde gehen. Alle waren schon ratlos, da empfahl jemand, man solle doch den berühmten Mönch rufen, der alle menschlichen Dinge und die Natur gut kannte und der als einziger vielleicht Rat wußte.

Es war ein alter, verhutzelter Mönch, der sich beim Gehen schwer auf seinen Stock stützen mußte. Als er jedoch von der rätselhaften Krankheit hörte, die Su quälte, kam er bereitwillig ins Haus. Da Su sich weigerte, mit irgend jemand

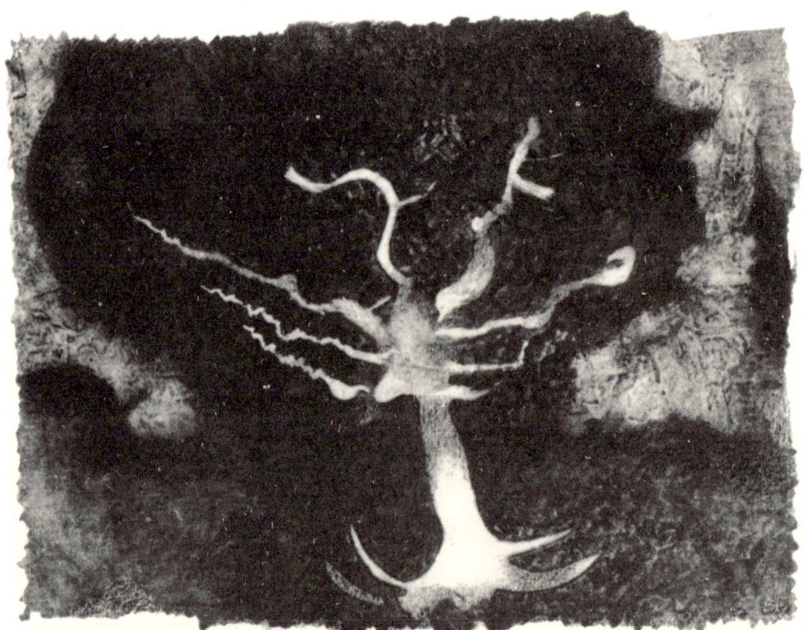

zusammenzutreffen, wartete der Mönch ruhig ab, bis sich eine Gelegenheit bot und Su ausging. Er besah sich ihn von weitem und sagte dann zu Sus alter Mutter: „Euer Sohn ist in ernster Gefahr. Sein Wesen ist von dunkler Atmosphäre umhüllt, was bedeutet, daß er unter der Herrschaft eines Vampirs steht. Sein Leben hängt an einem Faden."

Alle erschraken zu Tode. Su wurde gerufen, und man sagte ihm, was der Mönch ihnen verraten hatte. Aber Su winkte nur ab und wollte nicht den Reden eines alten, närrischen Mönchs glauben. Nach langem Zureden willigte er wenigstens ein, daß der Mönch sein Zimmer betreten durfte, um zu sehen, daß es dort keinen Vampir gab.

Und so geschah es. Der Mönch öffnete mit einem Ruck die Tür und erblickte das schöne blasse Mädchen mit den hochgekämmten schwarzen Haaren. Ihr liebreizendes Gesicht, ihre dunklen leuchtenden Augen übertrafen alle Vorstellungen. Es war Weißer Nephrit.

Als das Mädchen den Mönch erblickte, richtete sie sich erschrocken auf und wollte fliehen. Aber der Mönch zog ein hölzernes Schwert und verstellte ihr den Weg. Dann rief er ihr lautstark zu, sie solle ihr wirkliches Antlitz zeigen. Die Schöne verzog zornig den Mund, alle Schönheit wich aus ihrem Gesicht. Unter den durchdringenden Blicken des Mönchs begann ihr die Haut zu platzen. Die hochgewölbten Brauen klafften auseinander, die tiefen, leuchtenden Augen fielen auf die Wangen herunter, und aus den dunkeln Höhlen starrten blutunterlaufene, trübe Augäpfel hervor. Anstatt der kleinen Nase erschien ein gekrümmter, grüner Schnabel. Die menschliche Haut verschwand allmählich ganz, und vor dem entsetzten Su stand ein scheußliches Ungeheuer.

Su fiel vor Schreck in Ohnmacht. Der Mönch wandte nicht den Blick von dem Ungeheuer und murmelte Beschwörungen. Der Vampir wurde blasser und blasser, bis er langsam völlig verschwand. Der Mönch nahm dann Abschied und versicherte, der Vampir werde nie wieder erscheinen.

Nach diesen Erfahrungen gab Su das Lotterleben auf. Als die Zeit gekommen war, legte er die Prüfungen ab und erlangte in der Haupstadt die Doktorwürde. Sein Weg lag nun offen vor ihm, und bis an sein Lebensende versah er die höchsten Ämter im Reich.

Ein gewisser Gelehrter, der diese Geschichte hörte, meinte dazu: „Man sagt, jeder erreiche das Ziel, das ihm vorbestimmt ist, wenn auch manchmal auf Umwegen. Merkwürdig ist aber, daß Füchse, Vampire und sonstige sonderbare Wesen gerade jene aufsuchen, die vom rechten Weg abweichen."

Rivalen

In einem Dorf, tief im Gebirgstal, lebte ein junger Korbmacher, den man Manuel den Tapferen nannte. Er war ein braver Bursche, und die Leute hatten ihn gern. Plötzlich aber mieden sie ihn, und so mancher machte lieber einen Umweg, damit er ihm nicht begegnete. Es hatte sich nämlich im Dorf ein sonderbares Gerücht verbreitet.

Wenn mehrere Bauern einander auf dem Weg vom Feld oder von einem Besuch bei Nachbarn trafen, fragte sicherlich gleich jemand: „Habt Ihr schon gehört, daß der Korbmacher Manuel verzaubert wurde?"

Und ein anderer setzte dann wohl hinzu: „Der arme Manuel. Entweder wird er krank oder von irgendeinem Ungeheuer gefressen werden."

Einer der Alten warnte: „Wenn es nur das wäre! Wenn die böse Macht den Weg zu uns findet, wird sie sich ausbreiten und jeden befallen, der ihr in den Weg kommt."

Dabei aber wußte niemand, woher das Gerücht eigentlich stammte. Niemand bekannte sich dazu, jeder hatte es von einem anderen gehört, und so meinten die Leute schließlich, ein „böser Wind", der Bote des Teufels, habe es herbeigeweht.

Als Manuel schließlich selbst davon erfuhr, dachte er sich sein Teil. Er wußte mit Bestimmtheit, daß er niemandem etwas zuleid getan hatte, so daß keiner einen Grund zur Rache haben konnte, aber er wußte auch, daß ihn im Dorf gewiß jemand beneidete und ihm nichts Gutes wünschte. Er sagte sich, das Gerücht habe wahrscheinlich Jacinto unauffällig verbreitet. Jacinto, der Kukuruz genannt wurde, und Manuel bewarben sich beide schon längere Zeit um die Gunst Paolas, des hübschesten Mädchens im Dorf; sie aber schien in letzter Zeit Manuel zu bevorzugen. Jacinto war darüber so unglücklich und zornig, daß er Manuel schon mehrmals verleumdet hatte. Es wäre also nicht verwunderlich, wenn er auch das Gerücht erdacht hätte, damit die Leute, vor allen freilich Paola, vor Manuel Angst bekämen.

Manuel hatte recht. Aber er ahnte nicht, daß Jacinto nicht nur eifersüchtig und neidisch war, sondern auch ein rachsüchtiger Mensch. Eines Nachts, am Freitag, begab er sich an einen öden Platz hoch im Gebirge. Um Mitternacht vergrub er dort schwarze Kerzen und ein Stück duftendes Harz, verfluchte Manuel und lieferte ihn den bösen Mächten aus.

Eine Zeitlang geschah nichts Besonderes. Zu Manuels großer Freude gehörte Paola nicht zu den Furchtsamen und traf sich weiter mit ihm. Und Jacinto quälte sich und hatte überdies wegen seiner bösen Tat ein schlechtes Gewissen. Dann beruhigte er sich wieder und glaubte, halb hoffnungsvoll, halb bedauernd, er habe den Zauber nicht richtig ausgeführt.

Bis einmal, knapp vor Mittag, auf dem Weg zu Paolas Elternhaus der entsetzte Ruf ertönte: „Teufel! Teufel!"

Eine Nachbarin kam in den Hof gerannt, sie zitterte am ganzen Körper und bedeckte sich die Augen mit den Händen. Noch ehe sie erzählen konnte, was geschehen war, öffnete sich plötzlich ganz von selbst das Tor, und eine hohe Staubsäule wirbelte empor. Inmitten der Staubwolke sah man etwas Schwarzes, dann tauchte eine Hand mit langen Krallen auf, ganz mit harten, schwarzen Borsten bewachsen. Sie tastete in der Luft herum, als suchte sie etwas, und streckte sich in den Hof herein. Noch hatten sich die Hausleute nicht von dem Schrecken erholt, da waren Hand und Staubsäule verschwunden, und das Tor schloß sich langsam wieder.

Jacinto schlummerte währenddessen zu Hause im Schatten eines vorspringenden Daches aus Zuckerrohrblättern. Plötzlich weckte ihn ein sonderbares Rascheln. Jacinto schaute zum Dach hinauf und sah, daß sich dort etwas bewegte. Es war eine schwarze behaarte Hand mit langen Krallen – sie betastete die Blätter auf dem Dach, wurde dann hochgehoben, winkte und verschwand in einem Staubwirbel.

An jenem Mittag erschien die Hand fast überall im ganzen Dorf. Da zeigte sie sich in einer Tür, dort vor einem Fenster, streckte sich über flache Dächer, öffnete und schloß die langen Finger, als suche sie etwas und wolle es fassen. Dann verschwand sie und erschien nicht wieder. Die Bauern meinten, sie habe den verzauberten Manuel gesucht, ihn aber nicht gefunden, denn er hatte sie nicht gesehen, und es war ihm auch nichts geschehen.

Die Leute atmeten auf, doch die Unsicherheit dauerte an, obwohl niemand mehr an die Erscheinung dachte. Es war, als gehe noch immer etwas Unsichtbares zwischen den Häusern um und suche sein Ziel.

Eine Woche war vergangen, und Manuel machte sich mit ein paar Körben und Taschen in die nahe Stadt zum Markt auf. Er hatte einen guten Tag, bald war alles verkauft, was er auf den Markt gebracht hatte, und so ging er noch auf Besuch zu Freunden in der Vorstadt. Als es dunkelte, steckte sich Manuel, gut gelaunt von der angenehmen Unterhaltung, eine Blume an den Hut und begab sich mit seinem Ranzen voller Einkäufe auf den Heimweg.

Unterwegs dachte Manuel darüber nach, daß er seit dem Tag des Auftauchens der Hand und des bösen Windes Paola nur einmal, für eine ganz kurze Weile, zu Gesicht bekommen hatte. Fürchtete sie sich doch vor ihm, oder erlaubten ihr die Eltern nicht, mit ihm zu gehen, oder hatte vielleicht Jacinto am Ende ihre Gunst erworben? Manuels gute Laune war verflogen, und so hatte er keine Eile und schlenderte langsam, in Gedanken versunken, durch die helle Mondnacht.

Als er ins Dorf kam und am ersten Haus an dem Hang vorbeiging, schien ihm, als sehe er etwas Weißes vor sich. Er schaute aufmerksamer hin und sah eine weibliche Gestalt in einer weißen Bluse und in einem dunklen Rock mit einem Schal auf dem Kopf. Paola erwartet mich, dachte er, und das Herz hüpfte ihm vor Freude. Sogleich aber sagte er sich, das müsse ein Irrtum sein, denn es war doch schon sehr spät. Aber da rief sie seinen Namen, und gewiß war es die Stimme Paolas. Freudig lief er ihr mit offenen Armen nach, aber Paola lachte auf und lief ihm davon. Als er sich ihr wieder näherte, rief sie ihm zu: „Fang mich doch, Manuel!“ und lief weiter.

So lief Manuel hinter Paola drein, und sie lief ihm lachend davon. Sie kamen auch an Jacintos Haus vorbei. Jacinto schlief noch nicht, er saß auf seiner Matte unter dem Dach und dachte daran, daß sich zwar Paola durch seine Beschwörungen von Manuel entfernt hatte, aber ihm selber nicht nähergekommen war. Da hörte er Schritte und Paolas Stimme, die Manuel rief. Vor Eifersucht wurde ihm schwarz vor den Augen, er sprang auf und folgte den beiden leise.

Der Weg schlängelte sich zwischen Gärten dahin. Jacinto wollte nicht allzu dicht hinter ihnen gehen, und als sie schließlich zur Brücke kamen, die über den Fluß führte, verlor er sie aus den Augen. Kurz danach hörte er einen entsetzlichen Schrei. Gleich darauf kam ihm auf der Brücke eine Gestalt in weißer Bluse mit einem Schal auf dem Kopf

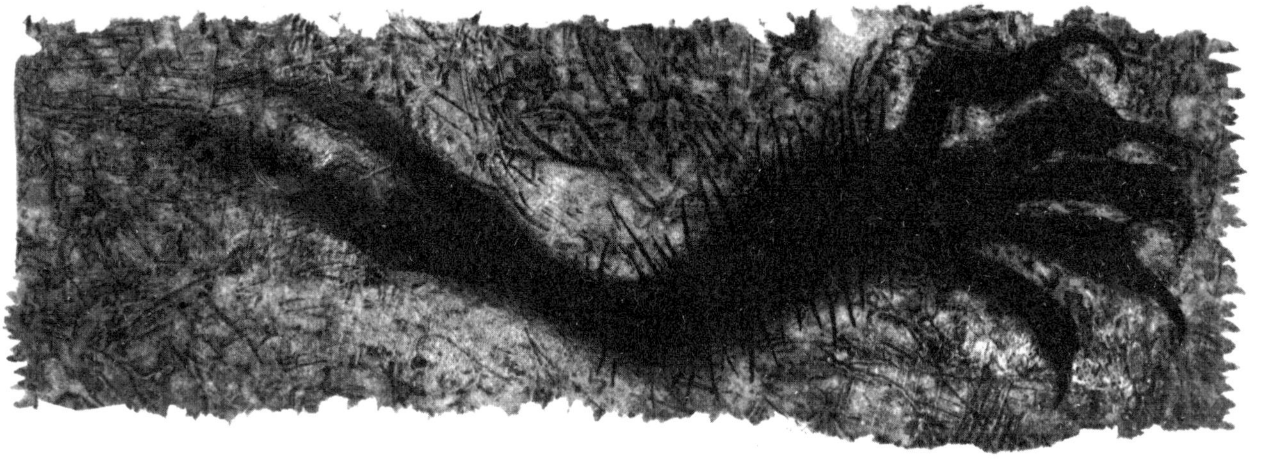

entgegengelaufen. Dann rief Paolas Stimme: „Jacinto, Jacinto, komm her!“ Erschrocken über den Aufschrei und zugleich erfreut über ihr Rufen flüsterte er „Paola!“ und lief auf sie zu.

Als er ganz nahe bei ihr war, lüftete die Gestalt den Schal, und Jacinto sah anstatt Paola eine scheußliche Fratze mit aufgerissenem Maul und gefletschten Zähnen. Dann fuhr ihm eine Hand mit langen Krallen ins Gesicht. Mit einem Schrei fiel Jacinto zu Boden und wurde ohnmächtig.

Als die ersten Leute am Morgen aus ihren Häusern kamen, fanden sie auf der einen Seite der Brücke Manuel, auf der andern Jacinto. Beide waren bewußtlos und hatten fürchterlich zerkratzte Gesichter.

Es zeigte sich, daß die Dorfältesten recht gehabt hatten – die höllische Hand hatte die böse Fee Senguanabu ins Dorf gebracht. Sie wohnte wahrscheinlich unter der Brücke, und niemand wußte, in welcher Gestalt sie demnächst die Menschen betören und überfallen würde.

„Wir müssen die Brücke niederreißen und an einer anderen Stelle eine neue bauen“, meinten die Dorfbewohner.

Der Weg über die Berge

Es war ein sonniger Frühlingssonntag, als zwei Jungen, die Brüder Ivar und Kristoff, aus der Einöde im Tal übers Gebirge in das Hafenstädtchen kamen, das von den Felsen eines Fjords eingeschlossen war.

Sie schlenderten unter den festlich gekleideten Menschen einher und ließen sich von der Sonne wärmen, die nach dem langen Winter wieder hell vom Himmel schien. Sie machten auch vor der Kirche halt, wo auf dem hohen Podest eine Musikkapelle zum Tanz aufspielte. Schließlich gingen sie noch den Hafen besichtigen. Sie setzten sich auf einen Haufen Säcke und betrachteten die Schiffe, große und kleine, Fischerboote und Schleppkähne, die still nebeneinander auf dem Wasser lagen.

„So ein Schiff möchte ich einmal besitzen", sagte Ivar. „Ich würde Matrosen anheuern und weit, weit wegfahren."

„Und ich mit dir", sagte Kristoff. „Ich wäre dein Steuermann, das ist besser als Kühe weiden."

So blieben sie den ganzen Nachmittag lang im Hafen, gingen von einem Schiff zum andern, stellten sich ihr eigenes vor und bauten Luftschlösser, wohin sie überall fahren wollten. Erst als es kühl wurde, fiel ihnen ein, daß sie eigentlich schon längst auf dem Heimweg sein sollten. Sie liefen schnell durch die Stadt und stiegen ins Gebirge hinauf.

„Vor der Dunkelheit kommen wir nicht nach Hause", sagte Kristoff.

„Wenn wir schnell gehen, erreichen wir noch bei Tageslicht den Sattel, und von dort sehen wir dann schon die Lichter in unseren Fenstern", tröstete Ivar. „Und heute ist es schön, da wird uns der Mond auf den Weg scheinen."

Der Weg führte über einen steilen Hang zum Bergpaß hinauf, gesäumt von Tannen und Kiefern. Zwischen den

Stämmen sah man zuweilen den kahlen Gipfel, der sich vom grauen Himmel abhob, auf der andern Seite ein dunkles Tal, in dem der Nebel wallte. An manchen Stellen war der Weg vom Wasser aufgewühlt oder mit dicken Wurzeln bewachsen, zuweilen mußten sie Felsblöcken ausweichen oder darüber klettern. Aber die Brüder kannten den Weg gut, und die Zeit verlief schnell.

Bald wurde es finster, da aber der Mond schien, konnten sie fast ebenso rasch weitergehen, wenngleich sie hier und da über Steine stolperten, die in den langen Schatten der Bäume verborgen waren. Sie hatten schon beinahe den Sattel erreicht, da faßte Kristoff den Bruder bei der Hand, blieb stehen und sagte: „Warte einen Augenblick, mir scheint, es kommt uns jemand nach."

„Dir klingen wohl die Ohren", erwiderte Ivar. „Wir gehen doch so schnell, daß uns sicher niemand einholen kann."

„Aber warten wir ein Weilchen. Vielleicht hat sich jemand verirrt und wird froh sein, wenn er nicht allein gehen muß. Horch!"

Aber es war nichts zu hören, und sie gingen weiter. Nur Kristoff blieb von Zeit zu Zeit ein wenig zurück und drehte sich um, denn er war ganz sicher, daß hinter ihnen strauchelnde Schritte hallten. Er blieb wiederum stehen und rief dem Bruder zu: „Horch jetzt!"

Und wahrhaftig – auch Ivar hörte jetzt deutlich von unten aus dem Dunkel schwere Tritte, unter denen Steine ins Tal rollten. Er lächelte aber nur und sagte: „Da sind wohl ein paar

Steine ins Rollen geraten. Es müßte ja ein ganzer Zug sein, der solchen Lärm macht, komm lieber schnell, damit wir bald zu Hause sind und ausschlafen können."

Kaum hatte er zu Ende gesprochen, da sahen sie beide plötzlich, daß sich in der Wegbiegung hinter ihnen etwas bewegte. Ganz gewiß aber war es kein Mensch. Hoch über den Baumwipfeln ragte etwas Riesengroßes, Schwarzes, hob sich vom dunkeln Sternenhimmel ab, breitete sich aus, wurde schmaler, teilte sich und verband sich wieder. Man hörte lautes Schnauben und trampelnde Schritte, die sich schnell näherten.

Die beiden Brüder waren starr vor Schrecken, denn was sie sahen, war größer als der größte Bär, und man konnte nichts Gutes davon erwarten. Da hörten sie ein Brummen und konnten die Worte unterscheiden: „Ich rieche, rieche Menschenfleisch!" Und kurz darauf: „Ganz in der Nähe." Und dann: „Schau dich gut um, damit wir ihn erwischen!"

Die Brüder warteten nicht länger und ergriffen die Flucht. Sie rannten, was die Beine hergaben, aber bald hörten sie die schweren Schritte und das laute Schnauben schon ganz nahe. Sie sahen ein, daß sie nicht davonlaufen konnten, und versteckten sich – der eine hinter einem dichten Wacholderstrauch, der andere hinter einem großen Stein. Da machte auch die Erscheinung halt, und eine Weile war nichts zu hören. Dann ertönten wieder mehrere Stimmen: „Ist er wirklich dort?"

„Ich habe ihn ganz bestimmt gerochen."

„Und auch gesehen?"

„Ja, aber jetzt ist er weg."

„Aber ich rieche ihn immer noch ganz in der Nähe."

„Warte mal, ich will nachschauen."

Merkwürdig war, daß die Stimmen einander widersprachen, als redeten mehrere, dabei aber klangen alle gleich, als wäre es ein und dieselbe Stimme.

Als es dann wieder still wurde und nichts geschah, konnte Ivar seine Neugier nicht überwinden, schob vorsichtig die Zweige des Strauchs auseinander, um zu sehen, wer ihnen denn nachgelaufen war. Und er sah, daß es der Berggeist, der Troll, der „scheußliche Troll" war, wie man ihn im Norden nannte. Eigentlich waren es drei Trolle, aber alle gleich, sie standen eng beieinander, und einer hielt die andern mit den mächtigen Tatzen und langen Krallen um die Schultern fest.

Auf überlangen Beinen saßen kurze, dicke Leiber, und hoch oben, über den Wipfeln der Bäume, wackelten, zwischen schmalen Schultern eingeklemmt, die unförmigen riesigen Köpfe mit hängenden Ohren. Im Mondlicht waren sie grau wie Steine, schwarze, lange Haare sträubten sich wie Borsten nach allen Seiten, vom Kinn bis auf die Knie hinunter wallten lange, schwarze Bärte wie Pferdeschwänze. Die Köpfe wackelten und drehten sich von einer Seite auf die andere. Über den Bärten blitzten scharfe weiße Stoßzähne.

Ivar schnürte das Entsetzen die Kehle zusammen, aber er beobachtete doch lieber die Trolle, um zu sehen, was sie tun würden. Da bemerkte er, daß sie doch nicht ganz gleich waren. Nur einer hatte ein großes Auge in der Mitte der Stirn, die andern beiden aber besaßen statt der Augen nur schwarze leere Höhlen. Und das eine Auge, das so groß war wie eine Teetasse, rollte hin und her, und zuweilen blickte es auf den Strauch, hinter dem sich Ivar versteckte.

Jetzt hat er mich gesehen, dachte er und zitterte vor Angst, so daß der ganze Strauch zitterte. Und da sah er auch, daß sich die Pranke des einen Trolls nach ihm ausstreckte. Schnell sprang er auf und versteckte sich auch hinter dem Stein, wo seinem Bruder vor Angst die Zähne klapperten. Die beiden anderen Trolle griffen auch mit den Pranken um sich, und einer rief dem andern zu: „Hast du ihn?“

„Beinahe, aber jetzt ist er wieder weg.“

„Du hast nicht gut nachgeschaut.“

„Dort hinunter ist er gelaufen.“

„Gib mir dein Auge, ich will ihn fangen.“

Da nahm der eine Troll sein Auge aus der Stirn und reichte es dem anderen. Der setzte es in die Höhle auf seiner Stirn ein und blickte umher, bis sein Blick auf den Stein fiel, hinter den sich die Brüder duckten. Sie waren nicht gut genug versteckt, denn der Troll rief: „Ich seh ihn schon!“ und griff nach ihnen. Aber er griff ins Leere, denn die Brüder waren rechtzeitig aufgesprungen und liefen jetzt auseinander, jeder in einer anderen Richtung. Die Trolle fragten wieder: „Hast du ihn jetzt erwischt?“

„Nein, er ist weggelaufen; da hast du, fang ihn selber!“ antwortete der mittlere Troll, nahm das Auge aus der Stirn und reichte es dem dritten. Der setzte es sich ein, schaute umher und erblickte Kristoff, der bergauf lief. Mißmutig brummte der Troll: „Du kannst nicht richtig schauen. Er ist doch dort oben! Da hast du!“ Und er reichte das Auge dem ersten Troll. Aber Kristoff war inzwischen wieder hinter dem Strauch versteckt, so daß ihn der Troll wieder nicht sah. Wieder gab er das Auge dem letzten und sagte: „Wahrscheinlich ist er bergab gelaufen. Hier ist er nicht zu sehen.“

Da ließ sich der mittlere Troll vernehmen: „Ihr beide schaut schlecht, ich hatte ihn schon beinahe gefaßt. Gib mir das Auge!“ Und er streckte die Tatze aus. Dabei stieß er gegen die Handfläche des ersten, so daß das Auge zu Boden fiel und zu Ivar hinrollte, der sich gerade nach einem neuen Versteck umschaute. Ivar ergriff flink das Auge und deckte es zur Sicherheit mit seiner Mütze zu. Inzwischen begannen die Trolle zu streiten: „Hast du ihn gefangen?“

„Du hast mir doch das Auge nicht gegeben.“

„Das Auge? Das hast du dir doch genommen!“

„Mir hast du's nicht gegeben.“

„Mir auch nicht.“

„Wenn du das Auge nicht hergeben willst, dann fang wenigstens den Menschen.“

„Ich habe es nicht.“

Ivar erkannte, daß die Trolle jetzt machtlos waren, und ihr Streit brachte ihn zum Lachen. Da riefen alle drei Trolle: „Hörst du, er ist da, schau doch schnell!“

Dann verstummten sie, und nach einem Weilchen sagten alle drei entsetzt: „Wir haben das Auge verloren!“

„Ja, ihr habt es verloren“, antwortete Ivar. „Ich habe es und werde es auch nie zurückgeben.“ Aber er lief mit dem Auge ein Stückchen weiter weg, denn die Trolle drehten sich alle sofort nach der Stimme um und versuchten Ivar zu fassen. Dann sprach der mittlere Troll: „Gib mir sofort das Auge zurück, oder es wird dir schlecht ergehen! Ich brauche dich gar nicht zu fangen, wenn ich dich bloß mit einem Barthaar berühre, erstarrst du zu Stein.“

„Das soll dir nicht gelingen!“ rief Ivar übermütig, packte das Auge und rannte davon. Aber die Trolle folgten mit wallenden Bärten dem Geräusch seiner Schritte, und als sie ihm schon nahe waren, wollte er einen Haken schlagen, stolperte und fiel hin. Da sprang Kristoff aus seinem Versteck, und die Trolle machten kehrt und liefen ihm nach. Kristoff blieb jedoch nach ein paar Schritten stehen, und so verloren die Trolle die Spur beider Brüder. Lange standen sie reglos da, lauschten und schnupperten nach allen Seiten, aber die Jungen rührten sich nicht und wagten kaum zu atmen, um nicht gehört zu werden. Inzwischen zeichneten sich am Horizont die Umrisse der Berge ab, der Himmel wurde hell, es war kurz vor Sonnenaufgang. Die Trolle wurden unruhig und ließen sich wieder vernehmen: „Bitte, gib uns das Auge zurück, wir können sonst nicht nach Haus.“

„Du bist flinker als wir, hab keine Angst, gib uns doch das Auge zurück.“

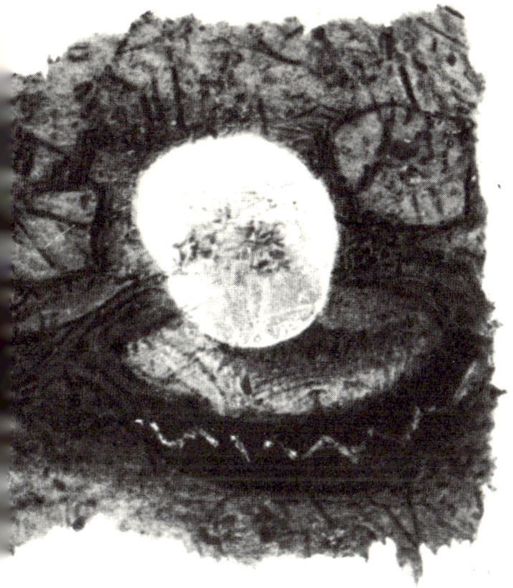

„Ohne das Auge gehen wir zugrunde, und dir nützt es nichts.“

Die Jungen antworteten nicht, und Kristoff schlich inzwischen bis an Ivar heran. Da sagte der mittlere Troll: „Gib uns das Auge, und wir wollen dich reichlich belohnen. Ich gebe dir so viel Gold, wie du tragen kannst. Schau her!“ Und aus seinem langen Bart schüttelte er einen Haufen blitzender Goldstücke. Das war ein so ungewöhnlicher Anblick, daß Kristoff den Bruder um den Hals nahm und ihm ins Ohr flüsterte: „Wie, wenn wir ihm das Auge zurückgäben? Für das Gold können wir uns das größte Schiff, ja sogar zwei Schiffe kaufen.“

Aber Ivar schüttelte den Kopf und wisperte: „Es wird uns sowieso gehören, du wirst sehen.“

Der Himmel färbte sich weiß und rosig. Da sagte der Troll: „Das alles soll dir gehören, wenn du uns das Auge wiedergibst, aber beeile dich, ehe es zu spät ist.“

Kaum hatte er zu Ende gesprochen, blitzte es hinter den Bergen auf, und der erste Sonnenstrahl traf sie. Im selben Augenblick verloren die Trolle ihre Gestalt, und ehe die Sonne über dem Horizont stand, sah man quer über dem Weg drei riesengroße graue Felsblöcke liegen. Sie reichten bis zu den Wipfeln der Kiefern, lehnten einer am andern und waren mit dichtem Moos bewachsen.

In Ivars Mütze lag ein glatter, weißer, runder Kieselstein, von dem Haufen Gold war nicht die geringste Spur übriggeblieben.

Das Haus am Sumpf

Das schöne große Haus mit dem hohen Dach war fast zur Hälfte im Sumpf versunken und ringsum von einem schlammigen Teich umgeben. Allmählich wurde es von Schilf überwuchert, und durch die eingefallene Tür konnte man sehen, daß drinnen Wasservögel nisteten. Gleich neben dem Sumpf aber rauschte merkwürdigerweise ein kristallklarer Bach, der sich hinter dem Haus zu einem ebenso reinen kleinen See verbreiterte. Die Besitzer des Hauses waren eilig in eine entfernte Provinz übersiedelt, aber im Dorf lebte noch ihre alte ehemalige Dienerin, die sich gut erinnerte, was für eine Bewandtnis es mit dem versunkenen Haus hatte.

„Heute geht niemand mehr in das Haus des Herrn Shichiro, die Leute meiden es in weitem Bogen, aber damals, als das junge Paar sein neues Heim bezogen hatte, kam jede Weile jemand auf Besuch und einen Plausch. Die Familie war überaus gastfreundlich, und Herr Shichiro, obwohl ein wenig jähzornig, im Kern ein braver Mensch, und seine Frau die Güte selbst. Und wenn jemand behauptet, ich sei an allem schuld gewesen, so ist das gar nicht wahr, denn ich konnte nichts dafür.

Das war so. Damals gab es hier freilich noch nicht das Moor – wer hätte auch ein Haus an einem Sumpf gebaut –, nur den Bach, in dem es von Fischen wimmelte, und den kleinen See. Der jungen Herrin wurde ein Söhnlein geboren, ich hatte natürlich eine Menge Arbeit mit Kochen und dem Haushalt, und so freute ich mich immer, wenn jemand zu mir in die Küche kam und mir bei der Arbeit etwas erzählte. Und damals, es war im Sommer, pflegte mich ein netter Junge zu besuchen, er mochte ungefähr acht Jahre alt gewesen sein und überdies noch ziemlich klein für sein Alter.

Er kam fast jeden zweiten Tag, schlüpfte in die Küche, ich

wußte gar nicht wie, saß eine Weile da und sprach wie ein Erwachsener. Er fragte mich nach der Familie unseres Herrn aus, nach dessen Frau und auch nach dem Kleinen, wollte wissen, wie das Haus im Innern aussah, wie viele Zimmer es hatte, kurz, nach allem. Fast jedesmal brachte er auch einen schönen Fisch mit – angeblich aus dem oberen Bach, mit einem Wort, ein sehr netter Junge. Es war allerdings sonderbar, daß ich nie erfuhr, zu wem er gehörte. Ich dachte mir, von hier ist er bestimmt nicht, sonst hätte ich ihn gekannt; vielleicht aus einem Nachbardorf. Als ich ihn einmal fragte, lachte er nur und sagte, er wohne ganz in der Nähe, wir seien beinahe Nachbarn, und dann sprach er von etwas anderem. Davon hatte ich damals noch keine Ahnung, aber es war mir nicht recht, daß ich den Jungen niemals kommen oder weggehen sah.

Eines Tages, als ich mich wieder mit dem Jungen beim Kochen unterhielt, begann er plötzlich zu betteln, ich solle ihm doch das Haus zeigen, und er möchte auch den Kleinen sehen. Das schien mir denn doch zuviel, und ich wies ihn ab, das sei doch unmöglich, wo wir ihn doch gar nicht kannten, der Herr des Hauses wäre sicherlich böse. Man sah, daß es ihm nicht recht war, fast hätte er geweint. Er machte ein trauriges Gesicht, sagte nichts, später warf er nur kurz hin: „Also gut“, und weg war er. Ich dachte, er sei beleidigt, das wollte ich nicht, und so lief ich schnell hinaus, um es ihm zu erklären. Aber von dem Jungen war keine Spur. Ich schaute mich um, wohin er verschwunden sein könnte, und da sah ich in Richtung zum Bach eine kleine Gestalt watscheln, ungefähr in seiner Größe. Aber jetzt sah er völlig verändert aus. Er war ganz grün, ein kleiner Körper, halb Mensch, halb Frosch, an Händen und Füßen Schwimmhäute, auf dem Rücken eine Art Panzer wie eine Schildkröte und auf dem Scheitel eine Vertiefung, in der Wasser plätscherte. Kurz, es war der Wasserkobold Kappa – ich erkannte ihn sofort nach dem, was ich erzählen gehört hatte, denn bis dahin war mir noch keiner zu Gesicht gekommen. Wie ich ihm so nachschaute, drehte er sich mit einem traurigen Lächeln um und winkte mir zu. Dann sprang er in den See, daß es klatschte, und war verschwunden.

Der Junge war also gar kein Junge, sondern ein Kappa, und somit war das Rätsel um ihn gelöst. Ich bekam Angst, er könnte dem Kleinen etwas zuleide tun, dann aber dachte ich daran, wie nett und lieb er war, und so sagte ich niemandem ein Sterbenswörtchen und wartete ab, was weiter geschehen würde.

Zuerst geschah gar nichts. Der Junge kam nicht mehr auf Besuch, ein bißchen fehlte mir die Unterhaltung mit ihm, aber da er doch eigentlich kein Mensch war, schien es mir besser so, und ich war froh, daß wir Ruhe hatten. Aber als ich nach ungefähr einem Monat etwas vom Dachboden holte, huschte auf den dunklen Stiegen etwas an mir vorbei. Kaum konnte ich mich umdrehen, war es weg, aber ich bemerkte trotzdem, daß er es gewesen war. Seit jener Zeit begegnete ich ihm jede Weile, auf der Treppe, auf dem Gang, in der Kammer, auf dem Dachboden, kurz überall. Aber immer tauchte er so plötzlich auf, daß ich jedesmal erschrak, und ich bekam allmählich Angst. Ich weiß zwar nicht, was er da überall machte, weil er immer wieder rasch verschwand, ehe ich ein Wort hervorbringen konnte. Schließlich hielt ich es nicht mehr länger aus und erzählte alles meiner Herrin, aber sie glaubte mir nicht, lachte mich aus und sagte, junge Mädchen hätten immer vor etwas Angst.

Aber dann geschah es. Eines Mittags, als ich gerade aus dem Brunnen Wasser holte, hörte ich meine Herrin entsetzt aufschreien. Dann erklang die zornige Stimme des Herrn: Was hast du fremder Bub da zu suchen? Dann war noch

eiliges Getrappel zu vernehmen, eine Tür wurde zugeschlagen, und dann schrie unser Herr wieder: Also du bist ein Kappa? Na warte nur, ich will dir austreiben, fremde Leute zu belästigen! Und dann sah ich, daß der Herr den Kappa auf der Veranda eingeholt hatte. Er warf ihn zu Boden, das Wasser floß dem Kappa vom Kopf, mein Herr schnallte den Gürtel ab und fesselte den Kappa an Händen und Füßen. Aber dann wußte er anscheinend nicht, was er mit ihm anfangen sollte. Er brummte nur: Dich will ich noch bestrafen! und ging ins Haus. Der Kappa lag auf dem Boden, blaß, am ganzen Körper zitternd, und man sah, daß ihm sehr übel war und daß er keine Kraft mehr hatte, weil er ohne Wasser war. Mir tat er leid, obwohl ich nicht wußte, was er angestellt hatte, und ich war auch verärgert, weil er mich immer erschreckte. Da sah ich, daß er sich krümmte und wand, schwer atmete, und plötzlich streckte er den Hals, der immer länger und länger wurde, und ehe ich mich dessen versah, hatte er den Kopf mit dem langen Hals in den Eimer gesteckt, in dem ich Wasser geholt hatte, befreite sich von den Fesseln, sprang auf, lief zum See und glitt hinein. Der Herr war sehr böse, weil der Kappa ihm meinetwegen entkommen war, er hatte ihn tüchtig verprügeln wollen, weil er die Herrin zu Tode erschreckt hatte. Als sie in der Hitze eingeschlummert war und plötzlich erwachte, beugte sich der Kappa über den Kleinen und besah sich ihn von nahe. Wer weiß, was er ihm hatte antun wollen, und überhaupt, solches Gewürm gehöre nicht ins Haus. Der Herr sagte, der Kappa werde bestimmt nicht mehr kommen, weil er Angst vor den Schlägen habe, aber zur Sicherheit ließ er den See umzäunen, und sollte sich der Kappa doch wieder zeigen, müsse ich den Herrn sofort herbeirufen.

An dem Abend, als es bereits dunkel war und der Mond aufging, hörte ich von draußen ein Rufen. Aus dem See tauchte der Kappa empor, schwenkte ein Schilfrohr wie ein Zepter und schrie zornig: Ihr wart schlecht zu mir, ohne Grund. Weil ich euch besuchte? Wir sind doch Nachbarn. Eigentlich hättet ihr als erste zu mir kommen sollen, wie es sich gehört, denn ich war früher da, ihr seid nach mir hergezogen. Ich dachte, ihr wüßtet nicht von mir, und wollte euch kennenlernen. Aber wie ich sehe, seid ihr keine guten Nachbarn, und darum will ich euch hier nicht dulden.

Das klang recht drohend, aber mein Herr fürchtete sich nicht, er lachte laut und sprach: Nun, geh weg, wenn wir dir nicht gefallen, und laß uns in Ruhe. Der Kappa antwortete nur kurz: Wir werden ja sehen! und tauchte im See unter.

Seit damals hat sich der Kappa nicht wieder gezeigt, ist auch nicht aus dem See aufgetaucht, aber wir lebten nicht mehr so glücklich wie früher. Der Herr hätte ihn wohl nicht verhöhnen sollen, denn es passierten wirklich merkwürdige Dinge. Zuerst bedeckte sich unser Brunnen mit Schlamm. Kaum hatte man ihn gereinigt, entdeckte ich eines Morgens auf dem Hof eine große Pfütze, obwohl es nicht geregnet hatte. Ich wollte hinüberwaten, sank aber bis zu den Waden in Schlamm ein. Der Herr sagte, aus dem Bade sickere das Wasser auf den Hof, und er ließ eine Rinne graben, was aber nichts nützte, denn auf dem Hof blieb das Wasser auch weiter. Eines Nachts ertönte ein furchtbares Krachen, das ganze Haus wankte. Wir dachten, es sei ein Erdbeben, aber es zeigte sich, daß die Grundpfeiler des Hauses völlig durchnäßt waren, so daß es einen guten Zoll tief in die Erde sank. Über unsere Veranda krochen Kröten und Frösche, unter der Veranda entstand ein Sumpf, aus dem Röhricht wuchs. Und er wurde immer größer, bis wir schließlich über einen hölzernen Steg ins Haus gehen mußten.

Es war klar, daß der Kappa sich rächte. Die Leute im Dorf bedauerten uns, überlegten, wie dem Kappa beizukommen wäre, der aber ließ sich nicht wieder sehen. Nur der Sumpf wuchs und wuchs, der Fußboden in der Küche war ständig naß. Als der Sumpf dann auch den Weg untergrub und sich immer mehr ausbreitete, bekamen die Leute Angst und sagten, der Kappa werde noch das ganze Dorf ertränken. Alle mieden uns; wenn unser Herr oder die Herrin ausgingen, sprach keiner mit ihnen, und schließlich verklagten sie uns noch bei der Behörde. Das war nun auch Herrn Shichiro zuviel, er ließ das Haus Haus sein und zog fort, ich weiß gar nicht, wohin, aber er sagte, es müsse weit weg vom Wasser sein. Dann breitete sich der Sumpf nicht mehr aus, nur das Haus sank allmählich tiefer, und ich wäre nicht erstaunt zu hören, daß jetzt der Kappa darin wohnt."

Die Aufzeichnungen des Derwischs Abdullah

Im Namen Allahs, des Gnädigen und Barmherzigen!

Ein Derwisch säet nicht und erntet nicht, er lebt von der unendlichen Barmherzigkeit Gottes, die endlos und ohne Grenzen ist; er leidet keinen Hunger, wenn er durch Gegenden zieht, die von gottesfürchtigen Menschen bewohnt sind, aber auch unter Menschen, die Gott nicht kennen, fürchtet er sich nicht vor dem Morgen – denn wer täte einem Mann etwas zuleide, der nichts besitzt und niemandem schadet? Nicht einmal in der Wüste quält ihn der Durst, denn überall findet er eine Quelle mit klarem Wasser. Darum habe auch ich, einfacher Derwisch Abdullah, mich zu Anfang des Sommers ohne Furcht und Sorge auf die Wanderschaft gemacht. Ich ging in südlicher Richtung ins Gebirge, einesteils um dem Staub der Wege im Tal zu entgehen, zum andern vom Drang nach Erkenntnis getrieben. Ich war entschlossen, Madinat al-Kufarah zu besuchen, jene Siedlung von Ungläubigen, über die ich schon so viel erzählen gehört hatte. Nicht ohne Angst ging ich in jene Richtung, mein Vertrauen in die Barmherzigkeit Gottes war jedoch stärker als meine Furcht, und überdies glaubte ich, meine Derwischkutte werde mich auch unter jenen Wilden schützen.

Alles ging gut, und nach kurzer Zeit nahm ich Abschied von der letzten moslemischen Siedlung in jener Gegend. Ich suchte jemanden, der die Kafiren näher kannte und mir hätte raten können. Endlich fand ich einen Mann, der jenseits der Berge Bekannte hatte. Er wollte mir von der Reise abraten, sagte aber schließlich: „Ich sehe, dein Entschluß steht fest und alles Reden darüber, was dich dort erwartet, wäre umsonst. Nun, tu, was du nicht lassen kannst, und ich will das einzige tun, was ich kann.“ Und er nannte mir den Namen eines Mannes, den er kannte, reichte mir eine kleine hölzerne Schatulle und setzte hinzu: „Zeig ihm diese kleine Schachtel, wenn du ihm begegnest, und, inschallah, sie wird dich beschützen. Du darfst sie aber niemals selbst öffnen, und hüte dich, sie zu verlieren. Sollte das geschehen, dann weiß ich nicht, was dich sonst schützen könnte.“

Ich dankte ihm herzlich und verwahrte die Schatulle sorgsam. Am nächsten Morgen schnallte ich den Gürtel fest und machte mich auf den Weg ins Gebirge.

Anfangs ging es bequem, denn ich ging auf den Pfaden der Schafherden, später jedoch verengte sich das breite Tal, ich mußte durch Sümpfe und Bäche waten und auf Steilhänge klettern, wenn ich zu den Quellen gelangen wollte. Dann folgten Bergplateaus und schließlich Steinfelder unter schneeweißen Berggipfeln. Mehrmals mußte ich frierend in Felsspalten übernachten und konnte nichts finden, um den kargen Mundvorrat zu ergänzen, den ich bei mir hatte. Endlich überschritt ich am fünften Tag meiner Wanderung einen breiten Sattel zwischen zwei Bergriesen, und vor mir lag ein grünes Tal, das sich nach Süden öffnete. Aber es dauerte noch einen ganzen Tag, ehe ich die Weideplätze erreichte und die ersten Kafiren erblickte. Es waren stattliche, schlanke Menschen, in grobes Tuch gekleidet, finster und unwirsch, aber keineswegs feindlich. Als ich mich an sie wandte, bewirteten sie mich mit Milch und Käse und gaben mir ganz von selbst noch so viel Essen mit, daß es mir auf dem Weg bis ins Tal reichte.

Kurz nachdem ich sie verlassen hatte, sah ich mich von einer Gruppe von Kafiren umringt, die wie Räuber ausschauten, was sie auch waren. Sie verstellten mir den Weg, drohten mir mit scharfen Messern, banden mir die Hände auf dem Rücken zusammen und trieben mich wie Vieh vor sich her. Als ich mich gegen diese offene Gewalttätigkeit verwahrte, grinsten sie nur und wiederholten spöttisch meine Worte, die sie sichtlich nicht verstanden.

Schon damals bedauerte ich, die Warnungen meiner Gastgeber jenseits der Berge nicht beherzigt zu haben, ahnte jedoch nicht, daß das noch kaum der Anfang der Qualen war, die mich erwarteten!

Sie nahmen mir nichts weg, so daß ich das Schächtelchen nicht verlor, auf dessen schützende Kraft ich immer sehnlicher hoffte. Mit Fußtritten und Hieben trieben sie mich vorwärts und gönnten mir keine Ruhe, bis sie mich in ihre Stadt gebracht hatten. Ich mußte lächeln bei dem Gedanken, daß ich wie ein gefesselter Sklave geschleppt wurde, wohin ich aus eigenem freiem Willen habe gelangen wollen.

Sie führten mich durch das Stadttor, dann durch schmale Gassen zwischen Häusern, die aus aufeinander gelegten Quadern errichtet waren, bis vor ein Gebäude, in dem der Herrscher jener Stadt seinen Sitz hatte. Es unterschied sich kaum von den übrigen Häusern, nur war es größer und hatte eine Art Vordach, unter dem auf einer mit Fellen bedeckten Bank ein finster dreinschauender Mann saß und eine lange Pfeife rauchte. Meine Begleiter warfen mich vor ihm auf die Knie, verneigten sich selber tief vor dem Mann und sagten etwas. Er rollte zornig die Augen, unterbrach sie jede Weile, wandte sich jedoch an mich und sprach ein Wort, das ich freilich nicht verstand. Darauf versetzte mir einer meiner Häscher einen Tritt in den Rücken, so daß ich aufs Gesicht fiel. Als ich mich mühevoll wieder aufrichtete, rief ich verzweifelt das einzige Wort ihrer Sprache, das ich kannte, nämlich den Namen des Mannes, an den mich mein Gastgeber aus dem letzten moslemischen Dorf jenseits der Berge empfohlen hatte. Meine Schergen brachen wieder in Lachen aus und sprachen mir den Namen spöttisch nach, weil sie wahrscheinlich glaubten, ich bitte um Gnade. Aber ihr Häuptling unterbrach sie wieder und sprach den Namen selbst aus, jedoch mit einer Betonung, die ich nicht nachzuahmen verstand. Ich bedeutete ihm eifrig meine Zustimmung, ja, das sei der Name, den ich nennen wollte. Darauf schickte der Häuptling einen Boten nach dem Genannten.

Nach einer Weile erschien ein Mann, noch größer und schlanker als die übrigen, und fragte mich auf persisch, was ich von ihm wolle. Freudig sprudelte ich hervor, daß ich von seinem Freund zu ihm geschickt worden sei, und ich erwähnte dabei auch die Schatulle. Der Mann wandte sich mit einigen Worten an den Häuptling, worauf dieser befahl, man solle mir die Hände freimachen, denn ich spürte, daß jemand meine Fesseln löste. Meine Hände waren aber so verkrampft, daß ich sie nicht bewegen konnte. Nach einer Weile hatte ich mich jedoch so weit erholt, daß es mir gelang, die Schatulle aus meinem Halsausschnitt hervorzuziehen und sie dem Mann zu zeigen. Der nahm sie, wog sie in der Hand, öffnete sie und zeigte sie mit hocherhobenem Arm den übrigen. Ein lauter Ruf des Staunens ertönte, und ich spürte, daß sich meine Stellung unter diesen Menschen verändert hatte. Sie betrachteten mich auf einmal ganz anders, zwar nicht freundschaftlich, aber immerhin mit einer gewissen Achtung.

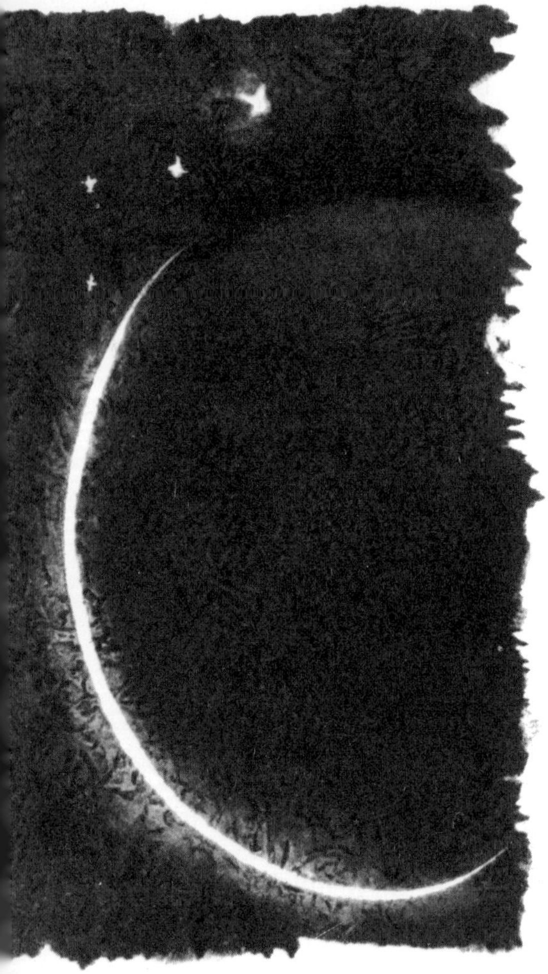

Darauf gab mir der Mann die Schatulle wieder und führte mich, nachdem er die Erlaubnis des Häuptlings eingeholt hatte, in sein Haus.

Dort verbrachte ich einige Wochen und wurde ziemlich gut behandelt. Man gab mir zu essen und wehrte mir nicht, wenn ich betete. Ich lernte während der Zeit auch ein paar Wörter ihrer Sprache und trachtete, ihnen meine Freundschaft zu bekunden, aber trotz allem sprach keiner jemals ein freundliches Wort zu mir. Wenn sie untereinander redeten, schienen sie fröhlich und mitteilsam, mir aber zeigten sie nur finstere Mienen.

Eines Tages trat mein Gastgeber an mich heran und sagte: „Diese Stadt darf kein Fremdling betreten, und betritt er sie, darf er sie nicht wieder lebend verlassen. Dich hat bis jetzt die Schatulle beschützt, die du mitgebracht hast. Hättest du sie nicht, du würdest in die Grube des Tigers geworfen. So aber mußt du nur die Schlucht der Schlangen durchqueren."

Ich erschrak furchtbar und fragte, was das bedeutete. Der Mann aber sagte: „Forsche nicht vorzeitig. Wenn die Zeit kommt, wirst du alles erfahren. Und wisse, ich will alles tun, um dich zu schützen. Nicht deinetwegen, aber aus Achtung vor meinem Freund, der dich zu mir gesandt hat."

Ich hatte große Angst, dachte an Flucht, sah aber bald ein, daß diese ohne fremde Hilfe unmöglich wäre, denn die Bewohner der Stadt ließen Tag und Nacht kein Auge von mir und verfolgten jeden meiner Schritte. Ich dachte an die Worte meines Gastgebers, daß er mir helfen wolle, und ich meinte, vielleicht sei das auch eine Andeutung, daß ich möglicherweise fliehen könnte. Als ich aber nur flüchtig meine Absicht vor ihm erwähnte, sagte er, ich sei ein Feigling wie alle Moslems, und er würde mich eigenhändig in die Grube des Tigers werfen, sollte ich so etwas versuchen.

„Ich habe versprochen, dich zu schützen, das heißt aber nicht, daß ich deine feige Gesinnung unterstützen will", sagte er zu mir. „Sei froh, wenn du der Grube des Tigers entgehst – der Schlucht der Schlangen entgehst du nicht. Der Mond ist jetzt im letzten Drittel. Bei Neumond findet in der Schlucht der Schlangen die Königswahl statt. Zu dieser Zeit wirst du hingeschickt."

Schließlich kam der Tag, auf den sich die ganze Stadt vorbereitete und dessen Hauptfigur leider ich sein sollte. Schon am Vorabend bekam ich ein üppiges Mahl, und man bot mir eine Flasche Schnaps an. Ich aber konnte keinen Bissen hinunterbringen, und mit dem Schnaps benetzte ich kaum meine Lippen, obwohl ich mich an dem Tag, ungeachtet des göttlichen Verbots, am liebsten betrunken hätte. Morgens, noch vor Sonnenaufgang, erschien vor dem Haus ein Zug weißgekleideter Mädchen, die mich singend umringten und tanzend durch die Straßen bis vor den Sitz ihres Häuptlings führten. Dort traf ich erst wieder meinen Gastgeber, auf dessen Hilfe ich unaufhörlich vertraute. Auf einen Wink des Häuptlings sprach er mich persisch an und sagte, dank seiner Fürsprache und dem Umstand, daß ich in dem Besitz der Schatulle sei, würde mir eine Gnade zuteil, die noch keinem Fremdling gewährt wurde: Ich würde nicht den Tigern zum Fraß vorgeworfen, sondern dürfe meinen Mut dadurch beweisen, daß ich, in Vertretung der schönsten Jungfrau der Stadt, die Schlucht der Schlangen durchschreite und als Abgesandter an der Königswahl teilnehme. Er erklärte mir dann noch den verborgenen Sinn dieses Festbrauchs, ich aber begriff nichts anderes als die ungeheure Gefahr, die mir drohte, und konnte kaum meine Gedanken zusammenhalten. Schließlich setzte er noch laut hinzu: „Ich sehe, daß du Angst hast, und so wird dir mein Rat nicht viel nützen. Aber ich habe dir meine Hilfe versprochen und muß Wort halten. Keiner von diesen Leuten versteht persisch, darum darf ich dir das Folgende sagen: Wisse, daß sich in der Schatulle, die du immer noch besitzst, das Krönungskleinod des Schlangenkönigs, ein großer Smaragd, befindet. Es war dir verboten, auch nur einen Blick auf ihn zu werfen, und es ist gut, daß du es nicht getan hast. Du könntest nicht widerstehen und so lange nicht die Augen von seinem strahlenden Leuchten abwenden, bis du erblindest und den Lebenswillen verlierst. Jetzt aber paß gut auf: Du betrittst die Schlucht zu einer Zeit, da sie noch im Schatten liegt, und die Schlangen werden, wenn sie auch nicht mehr schlafen, noch von der nächtlichen Kühle erstarrt sein. Geh schnell und hüte dich, auf eine Schlange zu treten oder sie durch Lärm aufzustören. Wenn du dich beeilst, erreichst du das Ende der Schlucht, noch ehe die Sonnenstrahlen ihren Boden berühren. Dann bist du gerettet. Dort wirst du erwartet, man wird dich auf einem anderen Weg in die Stadt zurückführen, und du kannst sie als freier Mensch verlassen. Wenn du dich aber aufhältst, werden die Schlangen, von der Wärme der Sonne geweckt, sich auf dich stürzen. Dann bleibt dir nur eines – die Schatulle zu öffnen und ihren Inhalt den Schlangen vorzuwerfen. Dann liegt nicht mehr viel daran, ob du auf eine trittst oder nicht, dann entscheiden die Schlangen selbst, ob sie dich ungeschoren weglassen."

So sprach er und wandte sich ab. Nun setzten sie mich in

eine bereitstehende Sänfte und trugen mich schnellen Schrittes zu den nahe gelegenen Felsen. Als sie die Sänfte niederstellten, sah ich einen Felsspalt vor mir, der den Eingang in die Schlucht der Schlangen bildete.

Noch immer umtanzten mich die weißgekleideten Mädchen, und man hörte das dumpfe Dröhnen der Trommeln. Ich wandte mich nach meinen Begleitern um, aber ich sah nichts als eine Reihe gezückter Messer, und mein Gastgeber, der in der Nähe stand, gab mir einen Wink, ich solle keine Zeit verlieren. Die Sonne stand schon über dem Horizont. Mit einem Seufzer schritt ich aus und berührte die Schatulle, die ich auf der Brust trug.

Der erste Abschnitt der Schlucht der Schlangen war ziemlich gangbar, und ich durchschritt ihn schnell. Schlangen waren nirgends zu sehen, vielleicht hatten sie sich in die Felslöcher verkrochen. Dann aber verengte sich die Schlucht, und ihre zerklüfteten Wände berührten fast meine Lenden. Hier und da bemerkte ich eine zusammengeringelte Schlange auf dem Weg oder andere, die wie tot von den überhängenden Felsen über meinem Kopf baumelten; sie glotzten mich starr an, rührten sich aber nicht, und allmählich schwand meine Angst. Aber plötzlich verbreiterte sich die Schlucht, und eine der Felswände lag von oben bis unten im prallen Sonnenschein. Da blieb ich wie versteinert stehn: aus jedem Felsspalt krochen große Schlangen hervor, schauten mich an und zischten mit den gespaltenen Zungen. Ich konnte den Blick nicht abweden und achtete nicht darauf, wohin ich trat. Voll Schrecken stellte ich fest, daß ich meine Füße kaum ein

Haarbreit von nicht weniger fürchterlichen Schlangen setzte, die sich rings um mich wanden. Ich folgte einem plötzlichen Trieb und begann zu laufen. Steine rollten unter meinen Füßen, stießen aneinander und flogen beiseite. Von dem Lärm wurde die ganze Schlucht lebendig. Schlangen waren plötzlich überall, zu beiden Seiten, vor mir und hinter mir. Sie wiegten zischend die aufgerichteten Köpfe, auf denen man die Zeichnung der Brillen sehen konnte. Schon lag das Ende der Schlucht vor mir, die sich plötzlich weit öffnete, aber ich sah auch, daß der ganze Weg vor mir von Sonnenschein überflutet war und daß von allen Seiten noch mehr Schlangen herbeikrochen. Es war ein Wald von Schlangenkörpern und -häuptern, und alle zischten so laut, daß mir Hören und Sehen verging. Gebannt von ihren starren Blicken ging ich immer näher und näher an sie heran, plötzlich spürte ich gar nicht mehr, daß ich ging, als trüge mich etwas übermächtig diesen starren glänzenden Augen und schrecklichen Giftzähnen entgegen. So näherte ich mich unabwendbar meinem eigenen Verderben.

Aber ich betete zu Allah, dem Allgegenwärtigen, und rief ihn bei seinem allerheiligsten Namen. Im letzten Augenblick, kaum eine Handbreit von einer der furchtbarsten Brillenschlangen entfernt, griff ich blitzschnell nach der Schatulle auf meiner Brust. Kaum hatten die Schlangen sie erblickt, zischten sie so laut auf, daß es wie das Brausen eines Gewitters klang, und von allen Seiten hörte ich das Rascheln ihrer gleitenden Körper. Ich öffnete die Schatulle, ohne hineinzuschauen, tastete mit den Fingern nach dem kühlen Stein in ihrem Innern und schleuderte ihn mit mächtigem Schwung weit weg von mir. Mit ausgestreckten Armen lief ich dann wie ein Blinder vorwäts, ohne auf die Schlangen zu achten, deren Leiber ich unter meinen Sohlen spürte.

Aber die Schlangen kümmerten sich nicht mehr um mich. Alle krochen überstürzt zu der Stelle, wohin der Stein gefallen war, und schnappten wütend um sich, wobei sie einander blutig bissen. Ich erreichte atemlos den Ausgang der Schlucht und blieb erst stehen, als ich feststellte, daß keine Schlange mehr in der Nähe war. Immer noch glaubte ich sie zu hören und wollte kaum meinen Augen trauen. Dann schaute ich zurück und sah, wie sich die Schlangen wütend in einem Knäuel balgten, während eine den Kopf hochhob, wobei zwischen ihren Zähnen feurig und golden ein großer Smaragd gleißte.

Eine Weile schaute ich hin, aber dann sah ich mich plötzlich von Kafiren umringt, die sich vor mir verneigten und mir

Ehre erwiesen. Erschöpft ließ ich mich in ihre Arme fallen und zur Sänfte tragen, in der sie mich in die Stadt zurückbrachten.

Dort herrschte festliches Treiben, es wurde getanzt und gelacht, jeder wollte mich bewirten. Ich aber hatte genug von allem und sehnte mich nach nichts anderem als nach einer zivilisierten Gegend, in der friedliche und freundliche Menschen lebten und wo die Schlangen keinen König aus ihrer Mitte wählten, sondern – bereits ohne Zähne – auf dem Markplatz nach der Pfeife eines indischen Fakirs tanzten.

Man hielt mich auch nicht zurück. Bald stieg ich ins Tal hinunter, von wo ich dann, teils allein und zu Fuß, teils auf einem Kamel mit einer Karawane, die Heimat erreichte.

Vom Wandern habe ich jetzt genug – ich habe viel, allzuviel gesehen. Möge Allah mir helfen, meine Tage in der Stille eines schattigen Klosters zu beschließen.

Das Waisenkind

Es war einmal ein Dorf am Fuße des Himalaja, dort wurden mehr Mädchen als Knaben geboren. Die meisten Mädchen heirateten weg, und bald gab es kaum jemanden, der die Felder bestellt und das Vieh gehütet hätte. In Gegenden, wo wenig Männer sind, vermehren sich Tiger und Wölfe, das Vieh wird rar, und die Armut wächst und wird immer dreister, bis sie schließlich die Menschen überwindet. Die Felder liegen brach, denn auch der fruchtbarste Boden trägt keine Ernte, wenn er nicht gepflügt wird.

Vielleicht war es so oder anders. Vielleicht gab es Mißernten, oder die Menschen wurden von einer Seuche hinweggerafft. Vielleicht zog ein mächtiger König mit seinem Heer durch das Land und ließ Asche und Trümmer zurück. Ja, am ehesten muß es so gewesen sein, denn überall wimmelte es von Dämonen. Und Waisenkindern.

Eines Tages kam ein Knabe, fast noch ein Kind, in die Gegend. Wer weiß, woher der Schurz stammte, den er trug, und wie das Stückchen Fetzen an den mageren Hüften festhielt. Vielleicht glaubte der Junge, in dem Dorf Verwandte zu finden, oder leitete nur der Zufall seine Schritte – Verwandte fand er keine, und betteln konnte er nirgends, denn die Bewohner waren selber nur Bettler. So watete er umsonst barfuß im Straßenstaub und suchte zur Nacht eine Zuflucht unter den breit ausladenden Bäumen auf dem Totenacker. Die Toten sind nicht böse, sagte sich das Kind, und was könnte mir denn noch Schlimmes begegnen? Und es legte sich ruhig auf den Totenacker schlafen.

Und die Nacht verging, ohne daß es in seinen Träumen gestört wurde. Vielleicht träumte ihm von den lustigen

Geschwistern, den vollen Schüsseln zu Hause, aber ganz gewiß von der Mutter, die es verhätschelt und ihm zärtlich übers Haar gestrichen hatte, denn es lächelte im Schlaf.

Zu der Zeit, da schwer zu entscheiden ist, ob die Nacht noch andauert, oder der Tag schon beginnt, zu der Stunde, da die Sterne am Firmament noch nicht erloschen sind, obwohl man bereits die Sonne dicht unterm Horizont ahnt, zu dieser Zeit also ließen sich auf dem Baum über dem Kind zwei Dämonen nieder – ein männlicher und ein weiblicher Rakschas.

„Was machst du da?" fragte Frau Rakschas. „Die Nacht gehört mir, wie vereinbart."

„Ich kenne unsere Vereinbarung besser als du, darum bin ich bei Morgengrauen gekommen. Du verletzt die Übereinkunft, es ist nicht mehr Nacht."

„Wieso ist nicht mehr Nacht, wenn die Sterne am Himmel leuchten?"

„Schau nur gen Osten – siehst du nicht die Sonnenstrahlen? Seit wann scheint nachts die Sonne?"

„Auch wenn wirklich schon Tag wäre, gehörte der Körper, der da unten liegt, nicht dir. Wir haben doch vereinbart, du frißt die Toten, die tagsüber unbehütet draußen liegen, und ich die Lebenden, die in der Nacht im Freien liegen. Und dieses Kind ist lebendig, schau, wie es lächelt."

„Daß es lächelt, ist kein Beweis", sagte der männliche Rakschas. „Hast du noch nie das Lächeln auf den Lippen der Menschen gesehen, die von der Pest dahingerafft wurden? Hauptsache, der Körper liegt auf dem Friedhof. Liegen Lebende etwa auf dem Friedhof?"

„Auch wenn er tot ist, gehört er nicht dir. Das ist auch in unserm Vertrag enthalten. Schau, es ist ein Junge, und die Jungen gehören doch alle mir!"

„Wieso ein Junge? Es hat doch ein Röckchen an! Und siehst du vielleicht nicht die langen Locken? Es ist ein Mädchen, und du kannst nicht leugnen, daß Mädchen zu Recht mir gehören!"

„Und wenn es auch ein Mädchen wäre – es ist Nacht, also gehört es mir!"

„Und wenn auch Nacht wäre, es lebt, und darum ist es mein!"

„Und wenn es auch lebte, es ist ein Junge, und auf Jungen habe ich ein Anrecht!"

„Und wenn es auch ein Junge wäre, es ist nicht mehr Nacht, sondern Tag, und du kannst mir mein Recht auf ihn nicht absprechen!"

„Auf lebende Körper habe ich ein Anrecht!"

„Und wenn es auch ein lebender Körper wäre, es ist ein Mädchen. Willst du unsere Vereinbarung so verletzen?" schrie der Rakschas.

„Schrei mich nicht an; nicht ich, sondern du verletzt die Vereinbarung. Übrigens bist du nichts anderes als ein kahlköpfiger Leichenfresser!"

„Wenn ich ein Leichenfresser bin, was bist dann du, du Entweiherin der Ruhestätten?"

„Ich – eine Entweiherin der Ruhestätten? Dir, nur dir allein ist nichts heilig, du mißachtest alle ewigen und zeitlichen Gesetze!"

„Und wer von uns beiden verletzt Vereinbarungen?"

„Du natürlich, wer denn sonst?"

„Ich sehe, wir können uns nicht einigen", sagte der Rakschas schließlich. „Komm vor den Richter, er soll entscheiden. Er wird unsern Streit nach dem Gesetz prüfen, dann wird sich zeigen, wer recht hat – du oder ich."

Damit waren beide einverstanden, und sie gingen zum Richter, daß er entscheide.

Was aber tat das Kind inzwischen? Nun, es erwachte – und machte sich auf den Weg, um den Hunger zu stillen.

Die beiden Dämonen traten inzwischen vor den weisen Richter, der in der Gegend über die Gesetze wachte. Sie trugen ihm ihren Streit vor, der Richter hörte zu und sprach: „Ich bin mit dem Schutz der Gesetze im Lande betraut, und es ist meine Pflicht, darauf zu achten, daß jedem Gerechtigkeit widerfahre, ob Mensch oder Dämon. Euer Streit scheint mir ein wenig unklar. Ich höre da von einer Vereinbarung, die ihr getroffen habt, deren Sinn ich aber nicht ganz begreife. Du behauptest", sagte er an den männlichen Rakschas gewandt, „du habest das Recht, jeden Körper zu fressen, den du bei Tag findest?"

„Jawohl, Herr Richter", sagte der Rakschas. „Jeder Körper, den ich tagsüber finde, gehört mir."

„Du hingegen behauptest", wandte sich nun der Richter an den weiblichen Rakschas, „jeder lebende Körper, den du im Freien findest, gehöre dir."

„Jawohl, Herr Richter", antwortete sie. „Wie Ihr selbst seht, bin ich im Recht."

„Warte", sagte der Richter, „der Streit ist damit noch nicht entschieden."

„Gewiß, Herr Richter", sagte der Rakschas, „und da es sich ganz sicher um ein Mädchen handelt, gehört der Körper zweifellos mir."

„Euer Streitfall ist sehr verwirrend", bemerkte der Richter, „denn gewiß lag der Sinn eurer Vereinbarung darin, alle Körper, die ihr findet, gerecht aufzuteilen. Nun, wenn ich richtig verstehe, was ihr sagt, gehören dir", er sprach zur Frau, „nur lebende Männer, die du nachts im Freien findest, während dir", jetzt wandte er sich an den Mann, „nur tote Frauen zufallen, die du bei Tag findest. Wie ihr seht, bleiben noch eine Menge Falle übrig, die ihr nach eurer Vereinbarung nicht entscheiden könnt."

„Der Körper, den wir fanden, kann aber nicht zu diesen Fällen gezählt werden", sagte der Rakschas, „denn es war Tag, und es ging um ein totes Mädchen."

„Im Gegenteil", rief die Frau, „es war Nacht, und es ging um den Körper eines lebenden Knaben."

„Tragen Knaben vielleicht Röckchen? Liegen Lebende vielleicht auf der Leichenstätte? Scheint vielleicht in der Nacht die Sonne?" unterbrach sie der Rakschas.

„Freilich leuchten bei Tag keine Sterne", rief die Frau, „und ebensowenig lächeln Tote im Traum. Und das Röckchen? Wieso bist du so sicher, daß der zerfetzte Schurz, der den Körper einhüllte, ein Röckchen war?"

„Ich sehe", sagte der Richter, „es ist nicht leicht, euren Streit zu entscheiden. Heute gibt es viele Waisenkinder, die solche Not leiden, daß sie weder tot noch lebendig und so arm sind, daß sie jeden beliebigen zerrissenen Fetzen um die Lenden binden, nur um ihre Nacktheit zu verdecken. In einem solchen Fall ist schwer zu erkennen, ob es sich um ein Mädchen oder einen Knaben handelt. Wenn sie überdies niemanden haben, sind sie bei Morgengrauen unschwer auf der Leichenstätte zu finden. Darum entscheide ich folgendermaßen: Ihr nehmt jeder einen Beutel mit Gold und legt ihn beim Kopf jenes Körpers nieder. Wenn er noch zu Mittag dort liegt und die Geldbeutel unberührt sind, ist es klar, daß er tot ist und dem Rakschas gehört. Steht er aber auf und nimmt das Geld, muß abgewartet werden, was er damit anfängt. Wenn er sich Männerkleidung kauft, ist es ein Knabe und gehört der Frau. Sollte er sich jedoch wie ein Mädchen anziehen und bei Tag auf dem Totenacker gefunden werden, gehört er dem Mann, und er kann mit ihm gemäß eurer Vereinbarung verfahren. Ehe sich das alles jedoch klar zeigt, gehört der Körper keinem von euch, und niemand darf ihn auch nur berühren."

„Das ist ein gerechtes Urteil", stimmten beide Dämonen zu, „nur so können wir ohne Streit zu unserem Recht kommen."

Und sie bedankten und verabschiedeten sich und gingen auf den Totenacker zurück, von wo sie gekommen waren.

Der Weg war weit, und ehe sie dort anlangten, war es wieder Nacht. Das Kind war inzwischen von Haus zu Haus gegangen, hatte aber auch diesmal kein Nachtlager gefunden. Also ging es wieder auf den Totenacker und legte sich unter demselben Baum zur Ruhe. Kaum war es eingeschlafen, legte jeder der zwei Dämonen einen Beutel mit Goldstücken zu beiden Seiten seines Kopfes nieder. Dann setzten sie sich in der Baumkrone zurecht und warteten, was geschehen würde.

Als morgens der Tau fiel, erwachte das Kind, reckte sich, gähnte – und was sah es? Zu beiden Seiten seines Kopfes lag je ein schwerer Beutel mit Gold. Ohne lange Überlegung nahm es beide Beutel und lief damit ins Dorf.

„Das bedeutet gar nichts", sagte der Rakschas. „Es bleibt abzuwarten, was es sich für das Geld kaufen wird."

„Der Richter hat gerecht geurteilt", stimmte die Frau zu, „aber du wirst sehen, es ist ein Junge, und er wird sich Männerkleidung kaufen. Und dann ist er von Rechts wegen mein."

Es war ein Junge, und er kaufte sich Männerkleidung. Aber er war nicht mehr arm, und die Leute im Dorf nahmen sich seiner an. Sie ließen ihn lernen, und er wurde ein weiser Mann. Und weil er klug war, kaufte er sich in dem Dorf ein Haus und Felder, bestellte sie gut und machte dem Dorf Ehre. Er gründete einen eigenen Hausstand, hatte eine schöne Frau und gesunde, fröhliche Kinder.

Aber niemals mehr schlief er im Freien, und auf den Totenacker kam er erst nach langen, langen Jahren eines glücklichen und zufriedenen Lebens.

Von den beiden Dämonen war keiner mehr da. Sie waren Hungers gestorben.

Der Leopardenmensch

Es war einmal ein Jüngling, der sich das Ziel setzte, der größte Jäger seines Stammes zu werden. Er übte fleißig, den Jagdspeer zu werfen, kannte die Spuren aller Tiere, aber er war von Pech verfolgt. Und so geschah es, daß er fast immer ohne Beute heimkam, und wenn es ihm auch hier und da glückte, etwas zu erjagen, wurde er von seinen Altersgenossen ausgelacht, da sie zumeist viel mehr nach Hause brachten als er.

Mehr als einer Schönen gefiel der Jüngling gut, mehr als eine wäre mit Freuden seine Frau geworden, aber welcher Vater hätte seine Tochter einem solchen Pechvogel gegeben! Man zeigte doch mit Fingern auf ihn. Der Bursche glaubte schon, ihm sei vom Schicksal bestimmt, sein Leben lang ein Pechvogel und ledig zu bleiben, da riet ihm eines Tages seine kluge alte Großmutter, er solle ins Nachbardorf gehen und dort den berühmten Zauberer aufsuchen.

„Vielleicht ist die Heimtücke der Kobolde oder die Bosheit der Waldgeister schuld an deinem Pech, aber sei es wie es sei, der mächtige Zauberer wird sicherlich Rat wissen und dir helfen", sagte sie.

Es gab also doch noch eine Hoffnung für den Jüngling, der natürlich nicht sein Leben lang der Ungunst der Naturkräfte ausgeliefert bleiben wollte. Und er bereitete einige Geschenke für den Zauberer vor und machte sich auf den Weg zu ihm.

Der Zauberer empfing ihn freundlich und fragte, was er von ihm wolle.

„Ich möchte ein berühmter Jäger werden, damit ich jedes Tier erlegen kann", sagte der Jüngling.

„Da ist es am besten, du lernst Spuren lesen und richtig Speerwerfen", sagte der Zauberer.

„Das alles kann ich schon", sagte der Jüngling, „aber ich

werde von Pech verfolgt. Vielleicht haben die heimtückischen Kobolde oder die boshaften Waldgeister einen Zorn auf mich – ich mag tun, was immer ich will, ich bin jedesmal der letzte unter meinen Gefährten. Ich kann nicht einmal eine Frau bekommen."

„Ich kenne ein Mittel", sagte der Zauberer, „aber es ist sehr gefährlich. Vor allem muß ich wissen, welche Tiere du jagen willst und wie deine Entschlossenheit ist. Wenn du nur ein wenig zögerst oder ein bißchen Angst hast, kann ich nichts für dich tun."

„Ich will jedes Wild jagen", sagte der Jüngling, „und ich will auch eine Braut bekommen. Ich bin zu allem entschlossen und fürchte mich vor nichts auf der Welt."

„Ich kenne viele tapfere Kämpfer und tüchtige Jäger, aber jeder würde zörgern, darauf einzugehen, was ich dir vorschlage", sagte der Zauberer.

„Wenn sie mutige Kämpfer und tüchtige Jäger sind, was wünschen sie dann noch von dir? Aber ich, der erst ein solcher werden will, ich darf nicht zögern", sagte der Jüngling.

„Jeder", setzte der Zauberer fort, „fürchtet zumindest eines: sich selbst."

„Sich selbst?" fragte der Jüngling verwundert. „Bei meinem Pech fürchtet sich nicht einmal das Wild vor mir, und meine Gefährten verspotten mich. Wenn ich erst einmal ein tüchtiger Jäger bin, werde ich doch nicht die Waffe gegen mich selber richten – warum sollte ich also Angst vor mir selbst haben?"

„Mit meinen Warnungen wollte ich dich dazu bringen, daß du dir deinen Wunsch noch überlegst. Aber ich sehe, bei dir kann ich nichts erreichen. Also gut – ich will dich zum erfolgreichsten Jäger im Land machen. Wenn du auch dann nicht Angst vor dir selbst bekommst, wirst du zufrieden und glücklich sein. Solltest du aber einmal dich selbst fürchten, dann gibt es wohl keinen, der dir helfen kann. Denn es gibt Mittel gegen jedes Übel, gegen jede Kraft, aber es gibt weder Macht noch Kraft gegen sich selbst", sagte der Zauberer.

Dann braute er dem Jüngling einen Trank und schläferte ihn ein. Im Schlaf sah der Bursche dann mehr als im Wachen, hörte Stimmen, die sonst niemand hören kann.

Als er erwachte, sagte der Zauberer zu ihm: „Geh in dein Dorf zurück und lebe wie früher. Aber geh nicht auf die Jagd mit den übrigen. Du wirst selbst erkennen, wann du gehen mußt, und du wirst der erfolgreichste Jäger sein, aber ich fürchte, du kannst der Erkenntnis nicht entgehen, was es heißt, Angst vor sich selbst zu haben."

Der Jüngling bedankte sich und ging nach Haus. Während mehrerer Tage bemerkte er keinerlei Veränderung. Er ging nicht mit seinen Gefährten auf die Jagd, aber auch sie bemerkten nichts, – sie verspotteten ihn noch mehr als sonst und meinten, er schäme sich.

Eines Nachts aber verspürte der Jüngling einen unwiderstehlichen Drang, seine Hütte zu verlassen. Es war stockfinster, eine Nacht, in der niemand das Dorf zu verlassen wagte, aber der Jüngling empfand weder Angst noch Beklommenheit, er hatte nur das Gefühl, er sehe so scharf wie noch nie, und alle seine Muskeln strafften sich. Kaum hatte er die Schwelle seines Hauses überschritten, zwang es ihn mächtig, sich auf allen vieren zu bewegen, und er erkannte, weniger mit Schrecken als mit Freude, daß er sich in einen Leoparden verwandelt hatte. Lautlos lief er aus dem Dorf in die Steppe hinaus. Kurz darauf hörte er das Getrampel einer Gazellenherde. Er folgte ihr, holte sie ein, obwohl die Tiere vor ihm mit dem Wind um die Wette flohen, suchte sich das beste aus, sprang ihm mit einem Satz an die Kehle und biß sie durch. Die Gazelle kämpfte zwar um ihr Leben, schlug mit den Hufen um sich, konnte sich aber nicht mehr retten. Der in einen Leoparden verwandelte Jüngling schleppte sie nach Haus.

Aber seine Jagdleidenschaft war noch nicht erloschen. Noch einmal lief er in die Steppe hinaus und erbeutete noch eine Gazelle. So jagte er bis zum Morgengrauen, kehrte dann ins Dorf zurück und schlüpfte lautlos, von niemandem gesehen, in seine Hütte.

Als er am Morgen aufstand, war er wieder ein Mensch. Er war später aufgewacht als sonst und fühlte eine ungewöhnliche Müdigkeit. Nur matt erinnerte er sich an die nächtliche Jagd und war darum überrascht von den lauten Ausrufen der Bewunderung, mit denen ihn seine Gefährten begrüßten. Ja, er war es wirklich gewesen, der diese Menge Wild erbeutet hatte, die vor der Schwelle seiner Hütte lag!

Von jenem Tag an wagte niemand mehr, spöttisch über ihn zu reden. Niemand sah ihn zwar, wenn er jagte, aber alle sahen die Beute, die von Zeit zu Zeit vor seinem Hause auftauchte, und so gab es nichts mehr zum Lachen. Im Gegenteil, man bewunderte ihn, denn ohne Zweifel war er der erfolgreichste Jäger im Dorf, ja, in der ganzen Gegend!

Oft und oft baten ihn die Nachbarn, er solle sie doch auf die Jagd mitnehmen, damit auch für sie etwas von der Beute abfiele und damit sie Zeugen seiner ungewöhnlichen Geschicklichkeit würden, der Jüngling aber, eingedenk der

Worte des Zauberers und auch dessen, daß er nicht in Menschengestalt, sondern als Leopard jagte, willigte niemals ein.

Sein Ruhm als Jäger wuchs, und er wurde ein begehrter Bräutigam. Er konnte es wagen, seine Brautwerber zum Vater des schönsten Mädchens in der Gegend zu schicken und wurde nicht abgewiesen.

Dann kam der Tag, an dem er selbst der Braut seine Aufwartung machen sollte. Er zog den besten Anzug an, den er hatte, nahm viele schöne und wertvolle Geschenke für die Braut und die Brautjungfern mit und machte sich fröhlich auf den Weg. Er ging leicht und freudig, fühlte sich beschwingt und kräftig, er hatte Lust zu laufen, und der Korb, den er trug, schien ihm eine überflüssige, lästige Bürde. Er dachte an seine Braut und die übrigen hübschen Mädchen, aber die Seine überragte alle an Schönheit und war gewiß die Begehrenswerteste. Im Geist sah er ihren hübschen Hals, durch dessen dunkle Haut die feinen Äderchen schimmerten, die Beine liefen ihm wie von selbst, er warf den Korb weg, ohne zu wissen wie – und rannte. Mit leichten, flinken Sprüngen erreichte er die Bucht am Flußufer, wo die Mädchen badeten. Schon von weitem hörte er ihre fröhlichen Stimmen, beschleunigte die Schritte, denn er konnte es kaum mehr erwarten, am Ziel zu sein. Und schon sah er sie. Sie planschten im seichten Wasser, schwammen und tauchten zwischen den Steinen. Ihre nassen Körper glänzten, die weißen Zähne blitzten. Und seine Braut war die Schönste von allen und lachte am fröhlichsten.

Ungesehen kam er ans Ufer gelaufen, wollte den Mädchen zurufen – aber da bemerkte ihn eine der kleinsten, die nahe am Ufer badete, und schrie auf. Er hörte nicht, was sie schrie, sah aber, daß alle Mädchen plötzlich starr stehenblieben und ihn mit entsetzten Blicken anschauten. Dann begannen sie alle laut zu schreien und stürzten Hals über Kopf zum gegenüberliegenden Ufer, wo sie ihre Kleider hatten, und indem eine über die andere kroch, suchten sie das steile Ufer zu erklettern. Aber auch er zögerte nicht. Mit flinken Sprüngen lief er flußaufwärts weiter, wo zwischen großen Steinen das seichte Wasser wirbelte, sprang über die Steinblöcke hinüber und verstellte den Mädchen den Weg. Sie hatten aufgehört zu schreien. Jede trachtete mit allen Kräften, aus seiner Reichweite zu entkommen. Und da sah er, wie seine schlanke, schöne Braut in die Steppe flüchtete. Er lief ihr nach, seine Füße berührten kaum das Gras, schon sah er ihre Fersen vor sich, schon sehnte er sich nach der glatten Stelle an ihrem Hals. Ein Sprung – und sie ist sein. Da hielt er inne. Er verlangsamte seinen Lauf und blickte an sich hinunter. Und er sah, daß nicht er, sondern der Leopard in ihm das Mädchen verfolgte, daß er sie nicht zu seiner Frau, sondern zur Beute machen wollte, daß er sie nicht als Gattin an seiner Seite, sondern als Tote vor seinen Füßen begehrte.

Aber er konnte nicht mehr einhalten. Die Beute lief vor ihm her, er mußte sie einholen. Er spürte, wie sich sein ganzer Körper zum letzten Sprung straffte.

„Aber das darf ich doch nicht!“ schrie er, aus seiner Kehle jedoch schallte nur ein kurzes Brüllen. Er sah, daß sich seine Braut umblickte, sah ihre vor Entsetzen geweiteten Augen, ihre schlanken Arme und zarten Hände, die sie vors Gesicht hielt. Dann strauchelte sie, fiel hin, duckte sich ins Gras und wartete auf den tödlichen Biß.

„Nein, ich darf nicht, das darf ich nicht!“ wollte er wiederum schreien und nahm seinen ganzen Willen zusammen, um im Sprung einzuhalten. Ihm wurde schwarz vor den Augen, er machte einen Satz, stürzte jedoch wie ohnmächtig nieder.

Als er nach einer Weile zu sich kam, war er wieder ein Mensch. Er fühlte sich schwach, konnte kaum auf den Füßen stehen, blickte umher, aber seine Braut war weg. Er wagte nicht, in die Richtung zu schauen, in der sie, wie er glaubte, geflohen war, kehrte um und ging langsam, mit gesenktem Kopf den Weg zurück, den er gekommen war. Er wußte nicht, wie er ans andere Ufer gelangte. Langsam schritt er seinem Dorf zu, kam zu der Stelle, wo er den Korb weggeworfen hatte, und ließ die mitgebrachten Geschenke traurig durch die Finger gleiten. Dann raffte er sich auf und kehrte nach Sonnenuntergang heim.

Mehrere Tage lang verließ er nicht das Haus und lag im Bett. Er sprach nicht mit seinen Freunden, die ihn anredeten, schwieg verstockt auf alle Fragen und hatte schreckliche Angst vor der Finsternis. Aber er fürchtete nicht die Finsternis, er hatte Angst vor sich selbst, vor seiner Gier und vor der Kraft, die in ihm schlummerte.

Nach ein paar Tagen erholte er sich ein bißchen, und sein erster Gedanke galt dem Zauberer. Jetzt hatte er dessen Warnung begriffen, jetzt wußte er, was es heißt, sich vor sich selbst zu fürchten!

Und er machte sich zu ihm auf, sobald er fähig war, den Weg zu unternehmen. Der alte Zauberer begrüßte ihn lächelnd an der Schwelle seines Hauses: „Ich weiß, mein Junge, was dich zu mir führt. Ich wußte schon damals, du die Angst kennenlernen werdest, dieses fürchterlichste Gefühl des Menschen. Aber ich sagte dir auch, daß es für dich keine Hilfe geben wird. Ich kann nichts für dich tun."

„Gibt es denn gar kein Mittel, das mich von dem Fluch befreit, von dem ich dachte, er sei ein Segen?" stöhnte der Jüngling.

„Es gibt ein Mittel, aber sein Preis ist noch höher. Ich weiß nicht, ob du bereit sein wirst, ihn zu zahlen."

„Ich verzichte auf den Ruhm des großen Jägers und möchte wieder der Bursche von früher sein, den alle verhöhnten", sagte der Jüngling.

„Du bietest zu wenig", sagte der Zauberer mit einem traurigen Lächeln, „aber auch diesen geringen Preis kannst du nicht bezahlen. Du weißt doch, den Ruf, den ein Mensch einmal erlangt hat, kann er nicht mit einem Wort wieder loswerden, sei er gut oder schlecht. Sie haben aufgehört dich zu verhöhnen, weil sie sahen, daß du ein tüchtiger Jäger bist. Und als tüchtigen Jäger werden sie dich noch lange nach deinem Tode im Gedächtnis behalten."

„Und welchen Preis soll ich also zahlen?" fragte der Jüngling.

„Nur mit deinem Leben kannst du die ewige Angst

aufwiegen, jenen, die du liebst, ein Leid anzutun", sagte der Zauberer.

„Mit meinem Leben?" fragte der Jüngling nachdenklich.

„So sagte ich", antwortete der Zauberer.

„Gut", sagte der Jüngling, „ich will den Preis bezahlen. Lieber will ich sogleich sterben, als in Unsicherheit leben, wann es mich überkommt, den Menschen, die ich liebe, weh zu tun."

Da verabreichte ihm der Zauberer wieder einen Trank aus scharfen Gewürzen und schläferte ihn ein. Und im Schlaf sah der Jüngling mehr als im Wachen, und er hörte Stimmen, die sonst keiner hören kann, und der Zauberer sprach Beschwörungen über ihm und rief Geister und Götter mit ihren geheimen Namen an.

Als der Jüngling dann erwachte, sagte er zu ihm: „Kehre in dein Dorf zurück und lebe so wie vorher. Du wirst kein Jäger mehr sein, was du jedoch seinerzeit errungen hast, wirst du nicht mehr verlieren. Dir bleibt die Erfahrung und mit ihr der Ruf eines weisen Mannes. Aber du mußt ein rechtschaffenes Leben führen – das ist der Preis, den du bereit warst zu bezahlen."

Und der Jüngling kehrte nach Hause zurück und verlangte nie wieder danach, ein großer Jäger zu werden. Man sagte von ihm, daß er weise sei, und die Leute vertrauten ihm ihren Besitz an. Und er verdiente dieses Vertrauen. Bald konnte er große Herden sein eigen nennen, und er bekam auch die ersehnte Braut, nachdem sie sich von dem Schrecken und den Wunden erholt hatte. Er bekam sie aber nicht als Beute, sondern als Belohnung.

Die Pagode am Donnerberg

An jenem Frühlingstag herrschte an den Ufern des Westlichen Sees reges Treiben. Fischerboote kreuzten auf dem Wasser, um die Pilger ans jenseitige Ufer zu befördern, wo sich zwischen Kloster- und Tempelbauten die Pagode am Donnerberg erhob. Es war gerade der fünfte Tag des vierten Monats, das Fest des Lichts. Festlich gekleidete Menschen opferten in Tempeln und Klöstern Papiergeld oder duftende Kerzen zur Erinnerung an die Verstorbenen.

Unter den Pilgern befand sich auch Sü Hsien, ein stiller, feiner und bescheidener Jüngling. Schon im frühen Kindesalter hatte er die Eltern verloren und wuchs in der Familie seiner Schwester auf, die auch jetzt noch für ihn sorgte, obwohl er bereits als Gehilfe in einer Apotheke angestellt war. Für heute nachmittag hatte er sich Urlaub erbeten, um ebenfalls das Andenken seiner verstorbenen Eltern zu ehren. Da er aber wußte, daß es in der Apotheke gerade an diesem Tag viel Arbeit gab, trat er sofort, nachdem er im Kloster geopfert und sich die Gebete der Mönche angehört hatte, den Rückweg an. Schnell ging er zum See hinunter und hielt ungeduldig nach einem unbesetzten Boot Ausschau. Endlich erblickte er einen bekannten Schiffer und rief ihn herbei. Als das Boot am Ufer anlegte und Sü Hsien einstieg, erhob sich plötzlich ein heftiger Sturm, und ein dichter Regenguß setzte ein. Sü Hsien war froh, daß er das Boot noch gerade zur rechten Zeit erwischt hatte. Es war jedoch noch kaum vom Ufer abgestoßen, als der Fährmann zwei junge Mädchen ohne Regenschirm am Ufer erblickte. Die jüngere, anscheinend eine Dienerin, winkte verzweifelt, der Fährmann solle sie auch noch mitnehmen. Sü Hsien willigte ein, und die Mädchen setzten sich unter Entschuldigungen und Dankesbezeigungen ins Boot.

Beide waren von ungewöhnlicher Schönheit. Die ältere hatte hell leuchtende Augen, eine hohe weiße Stirn und schwarze Haare, die auf komplizierte, etwas altertümliche Art frisiert waren. Die jüngere war in bunte Farben gekleidet und trug das Haar auf die Art junger Mädchen in zwei Zöpfchen mit roten Schleifen. Sie war anscheinend nicht nur die Dienerin, sondern auch die Freundin ihrer Herrin.

Der Regen fiel immer dichter. Es war, als gäbe es nichts anderes auf der Welt als Wasser, Regen und das kleine Boot. Sü Hsien und die junge Dame schwiegen scheu und tauschten nur von Zeit zu Zeit flüchtige Blicke aus. Noch nie war Sü Hsien einer solchen Schönheit begegnet. Um so weniger jedoch wagte er, sie anzusprechen. Da begann das unbefangenere junge Mädchen mit zahlreichen Worten der Entschuldigung selber ein Gespräch und erfuhr allmählich nicht nur seinen Namen, sondern auch daß er keine Eltern mehr hatte und in einer Apotheke arbeitete. Sie selbst erzählte dann, daß ihre Herrin, Fräulein Pai Su-chen, ebenfalls verwaist sei. Die Mutter habe sie schon in früher Jugend verloren. Der Vater sei ein hoher Beamter in der Hauptstadt gewesen. Vor kurzer Zeit habe er sich in der Stadt Hang-chou in den Ruhestand zurückgezogen, sei aber bald darauf gestorben, und von der ganzen Familie seien nur Fräulein Pai und sie selbst übriggeblieben. Sie heiße Hsiao Ch'ing. In Hang-chou hätten sie niemand und lebten wie Fremde.

Im Gespräch verlief die Zeit so schnell, daß sich alle wunderten, als das Boot landete. Aber der Regen hatte noch immer nicht nachgelassen, und die beiden Mädchen überlegten, ob sie weitergehen sollten. Sü Hsien bot ihnen höflich seinen Regenschirm an. Nach langen Weigerungen nahmen sie ihn schließlich an und baten, er möge sich ihn in ihrem Haus am Tor der Klaren Wellen abholen kommen.

An dem Abend konnte es Sü Hsien kaum erwarten, daß der Apotheker endlich den Laden schließen ließ. Sofort lief er ans Tor der Klaren Wellen. Er war noch niemals in dem Stadtviertel gewesen und überlegte, wen er nach dem Haus des Herrn Pai fragen sollte. Ratlos irrte er durch die Gasse und wußte nicht, an welcher Tür er klopfen sollte, da guckte aus einem Haustor Hsiao Ch'ing hervor.

„Ach, da seid Ihr, junger Herr", begrüßte sie ihn fröhlich. „Hoffentlich habt Ihr nicht allzuviel von Eurer kostbaren Zeit mit Suchen verloren. Bitte, kommt weiter, das Fräulein wartet schon."

„Ich will nicht stören, ich wollte nur meinen Regenschirm holen", lehnte Sü Hsien die Einladung bescheiden ab, aber die fröhliche Hsiao Ch'ing überredete ihn. „Wir leben hier so einsam, kennen in ganz Ch'ang-chou keine Seele, aber Ihr seid doch bereits ein Bekannter", erklärte sie.

Sü Hsien wurde in ein Empfangszimmer geführt. Hsiao Ch'ing brachte Tee und Süßigkeiten, und dann erschien auch Fräulein Pai und dankte Sü Hsien noch einmal für die erwiesene Freundlichkeit. Das Gespräch kam langsam in Gang, Pai Su-chen und Sü Hsien verloren allmählich ihre Scheu und redeten ungezwungener. Sie gefielen einander immer besser. Aber Sü Hsien begann leise zu seufzen. Ihm war, als habe er Pai Su-chen schon immer gekannt, gleichzeitig aber war ihm klar, daß er weggehen mußte, – und war er einmal weg, gab es für ihn keinen Grund mehr wiederzukommen. Das Gespräch stockte, schließlich griff wieder Hsiao Ch'ing ein: „Geehrter junger Herr, Ihr wißt, wir leben hier einsam und kennen niemanden in der Stadt. Wir können uns also an niemanden um Vermittlung wenden. Verzeiht, wenn ich die Regeln der Höflichkeit nicht streng einhalte, aber ich glaube, unter den gegebenen Umständen, darf ich selbst den Vermittler spielen"

Sü Hsien schaute sie überrascht an und brachte kein Wort hervor. Hsiao Ch'ing setzte fort: „Das Fräulein ist eine Vollwaise, auch Ihr habt keine Eltern mehr, ich darf also offen mit Euch reden. Fräulein Pai Su-chen hat gleich gestern auf dem Boot Gefallen an Euch gefunden, und ich hoffe, auch Ihr habt nichts gegen sie. Wie wär's, wenn ihr beiden Waisenkinder euch verlobtet?"

Sü Hsien war starr über den unerwarteten Antrag. Sü Hsien wandte sich ganz rot vor Verlegenheit an Hsiao Ch'ing: „Ich wage nicht daran zu denken, daß ich der Gatte Eures Fräuleins werden könnte. Ich bin doch nur ein armer Bursche und besitze gar nichts."

Darauf erwiderte Hsiao Ch'ing, Fräulein Pai Su-chen suche keinen reichen Mann. Sie hätten beide bei ihrer kurzen Begegnung erkannt, wie bescheiden, aufrichtig und rechtschaffen Sü Hsien sei, und sie, Hsiao Ch'ing, sei vollkommen einverstanden, daß Pai Su-chen solches Gefallen an ihm fand. Überdies hätten sie selbst doch alles, was zum Leben nötig sei, und sollte Sü Hsien einwilligen, blieben sie wenigstens nicht so schutzlos und allein.

Und so entschlossen sich die beiden jungen Leute schließlich noch am selben Abend zu heiraten. Sie leerten also miteinander den Hochzeitsbecher, verneigten sich voreinander, ehrten das Andenken ihrer Eltern, und Hsiao Ch'ing erklärte sie für Mann und Frau.

Sü Hsien stellte am nächsten Tag Pai Su-chen seiner Schwester und seinem Schwager vor. Die Schwester freute sich sehr, daß ihr Bruder eine so schöne Braut gefunden hatte. Und Pai Su-chen gefiel ihr gleich auf den ersten Blick. Dann berieten sie gemeinsam, wie sie ihr Leben gestalten sollten. Pai Su-chen schlug vor, Sü Hsien sollte sich eine eigene Apotheke einrichten.

„Als Gehilfe hast du gewiß viele Kenntnisse erlangt, und ich habe so manches über Heilkräuter bei meinem Vater gelernt, der sich zu seinem Vergnügen mit dem Studium der Naturwissenschaften befaßte."

Die jungen Eheleute fanden am andern Ende der Stadt ein verlassenes Haus, weit und breit in der Umgebung gab es keine Apotheke.

Sie richteten sich dort ein, und ihren Laden nannten sie „Ruhespendende Halle". Dank dem Fleiß Sü Hsiens und der Klugheit Pai Su-chens, die Rat und Abhilfe bei allen möglichen Krankheiten wußte, wurde die Apotheke ein blühendes Geschäft.

Oft und oft dankte Sü Hsien im Geiste dem heftigen

Regenguß am Westlichen See. Sein Glück erreichte den Höhepunkt, als ihm Pai anvertraute, sie erwarte ein Kind.

Weder Pai Su-chen noch Hsiao Ch'ing kannten sich in der Stadt Hang-chou und deren Umgebung aus, und so machte Sü Hsien mit ihnen kurze Ausflüge in die malerische Landschaft und mitunter in entferntere Teile der Stadt. Besonders auf den Marktplätzen konnten sich Pai und Hsiao Ch'ing an dem regen Treiben kaum satt sehen. Entzückt schlenderten sie von einem Laden zum anderen und kauften die unnützesten Dinge! Hingerissen lauschten sie den Geschichten der Erzähler und bewunderten die Kunststücke der Akrobaten.

Eines Tages gingen alle wieder auf einen entfernten Marktplatz, mischten sich unter die lärmende Menge und unterhielten sich fröhlich. Da traten die Leute plötzlich ehrerbietig auseinander, um einem alten Mönch mit kahlgeschorenem Kopf Platz zu machen. Der Greis hielt die Lippen fest geschlossen und blickte mit stechenden, kleinen Augen streng vor sich hin. Plötzlich machte er halt, richtete seinen durchdringenden Blick auf Sü Hsien, hob den Zeigefinger und sagte laut: „Du Unglücklicher, ich sehe, dich umgibt ein schwarzes Leuchten. Du lebst mit Dämonen und bist in Lebensgefahr!"

Die lärmende Menge ringsum verstummte vor Entsetzen, Sü Hsien erblaßte und erwiderte mit zitternder Stimme: „Geehrter Mönch, Ihr redet Unsinn. Ich lebe nur mit meiner Frau und ihrer Dienerin. Woher sollten denn Dämonen kommen!"

Der Mönch sagte barsch: „Dann sind sie eben Dämonen. Ich sage dir nur, was ich sehe."

Der Mönch war niemand anders als der berühmte Fa-hai aus dem Kloster auf dem Goldenen Berg, der in der ganzen Gegend den Ruf eines erbarmungslosen Feindes und Verfolgers aller Geister und Dämonen genoß.

Sü Hsien war entsetzt und wußte nicht, was tun. Der Gedanke, seine geliebte Gattin sei ein Dämon, verschlug ihm den Atem. Es fuhr ihm durch den Kopf, daß er über seine Frau und Hsiao Ch'ing eigentlich nichts anderes wußte, als was sie ihm selbst erzählt hatten. Schon schien es, als wollten sich die Leute schreiend auf Pai Su-chen stürzen. Fa-hai stand reglos da und lächelte verächtlich. Da trat Pai Su-chen einige Schritte vorwärts und blickte ihm starr in die Augen. Mit grenzenlosem Staunen sahen dann alle Zuschauer, wie sich Fa-hai auf einmal still in die Luft erhob, und solange ihn Pai Su-chen anschaute, oben schweben blieb, mochte er auch zappeln wie er wollte. Pai Su-chen wandte sich nach einem Weilchen ruhig ab. Fa-hai sank wieder auf die Erde herunter und ging wütend davon.

„Seht, ich bin ein gewöhnlicher Mensch wie ihr. Mein Körper wirft einen Schatten, meine Kleider haben Nähte. Mein Vater studierte Magie, und er hat mich auch so manches gelehrt. Was der Mönch kann, das kann ich auch."

Die Leute beruhigten sich und gingen, nachdem sie die Begebenheit von allen Seiten besprochen hatten, wieder ihrer Wege. Sü Hsien blieb stumm. Noch hatte er sich nicht von Fa-hais Beschuldigung erholt, da überraschte ihn seine Frau mit ihren unglaublichen Künsten. Schließlich ließ er sich aber von Pai Su-chens Erklärung überzeugen, und sie gingen alle heim.

Noch viel größer wäre freilich seine Überraschung gewesen, hätte er den wahren Sachverhalt gekannt.

* * *

Weit von der Stadt Chiang-chou entfernt erhebt sich das Gebirge O-mej. Seine tiefen Täler und himmelhohen Gipfel waren seit alters ein Zufluchtsort für alle, die die Geheimnisse der Natur zu enträtseln und den Sinn des Lebens zu erkennen suchten. An den Berghängen entstanden berühmte Klöster, und wer die Mühe nicht scheute und bis zu den am höchsten gelegenen hinaufstieg, wurde durch den Anblick des liebevollen Antlitzes Buddhas belohnt, das sich in den Wolken über den dunklen Tälern widerspiegelte. Die Bergkämme waren der Sitz der Unsterblichen, die auf ihren weltweiten Wanderungen auf den Wolken ritten. Etwas tiefer unten wohnten die Einsiedler. In der dunklen Höhle nahe den Berggipfeln lebte auch die Weiße Schlange, die sich entschloß, den Weg Buddhas zu gehen. Sie entsagte jeder Gewalt und gab es auf, das Leben anderer Wesen zu bedrohen. Ganze tausend Jahre verbrachte sie in sinnenden Meditationen, trachtete, ihren Körper und Charakter zu beherrschen und so der Erkenntnis des Alls näherzukommen. Schließlich erlangte sie einen solchen Grad von Erkenntnis, daß ihr menschliche Gestalt verliehen wurde.

In ihrer neuen Gestalt eines schönen jungen Mädchens suchte sie eifrig weise Gelehrte auf, um ihr Wissen und ihre Bildung noch zu vertiefen. Auf einer solchen Reise lernte sie ein anderes junges Mädchen kennen, das ebenfalls durch meditierende Betrachtungen und geistige Übungen menschliche Gestalt erlangt hatte.

Beide Mädchen schlossen schwesterliche Freundschaft miteinander. Die Weiße Schlange nahm den Namen Pai

Su-chen an, das bedeutet Reinweiße Wahrhaftigkeit, und die grüne Schlange nannte sich Hsiao Ch'ing, das heißt Kleine Grüne. Seit jener Zeit blieben die beiden zusammen und halfen einander in ihrem Streben. Allmählich wurde in ihnen die Neugierde wach, sie wollten die Welt der Menschen kennenlernen. Ihre Lehrer hatten zwar der Welt der menschlichen Sorgen entsagt, aber sie nicht vergessen, und erwähnten sie häufig in Gesprächen, so daß die Sehnsucht der jungen Mädchen geweckt wurde.

Und so verließen Pai Su-chen und Hsiao Ch'ing eines Tages die heimatlichen Berge und gingen geradewegs in die Stadt Hang-chou. Hingerissen von der wunderschönen Landschaft, dem Prunk der Bauten sowie dem regen Leben der Menschen, gingen sie am Ufer des Westlichen Sees spazieren. Da erblickten sie Sü Hsien und Pai Su-chens Herz entbrannte in Liebe zu ihm. Sie faßte den Entschluß, nicht in die frostigen Berge zurückzukehren, sondern ein Leben unter Menschen, mit all seinen Freuden und Leiden zu versuchen. Hsiao Ch'ing wollte die Freundin nicht verlassen, und so wählten sie also die Rollen von Herrin und Dienerin. Und da sie nicht wußten, wie sie mit Sü Hsien ins Gespräch kommen könnten, rief Pai Su-chen den plötzlichen Regenguß herbei, der schließlich bis zu der Begegnung am See führte.

In dem jungen Haushalt war anscheinend alles in bester Ordnung. Sü Hsien hatte zwar einen Monat lang gezweifelt, doch bald glaubte er wieder fest an die Aufrichtigkeit der Gefühle und Gedanken seiner Frau Pai Su-chen. Jede ihrer Handlungen widersprach doch den bösen Worten des Mönchs Fa-hai! Es war doch gerade das Gegenteil – sie half den Menschen und brachte ihnen Heilung und Erleichterung!

Als aber der verärgerte Fa-hai vom Markt ins Kloster auf dem Goldenen Berg zurückkehrte, richtete er sein ganzes Streben darauf, herauszufinden, wer Pai Su-chen und Hsiao Ch'ing wirklich waren. Er erfuhr von ihrer ursprünglichen Gestalt und auch davon, daß sie schon vor mehreren Jahrhunderten den Weg des Guten beschritten hatten. Ebenso hörte er, daß Pais Liebe zu Sü Hsien wahrhaftig und aufrichtig war, und daß sie den Menschen schon viel Nützliches erwiesen hatte. Vielleicht hätte sich der Mönch damit zufriedengeben und Sü Hsien und dessen Haus in Ruhe lassen können. Aber das war nicht Fa-hais Art zu denken. Er hatte nun einmal erfahren, daß Pai Su-chen und Hsiao Ch'ing keine gewöhnlichen Menschen waren, und sein Entschluß, die beiden zur Rückkehr in die Berge zu zwingen, stand felsenfest. Er mußte doch die wahren Gesetze achten, die für

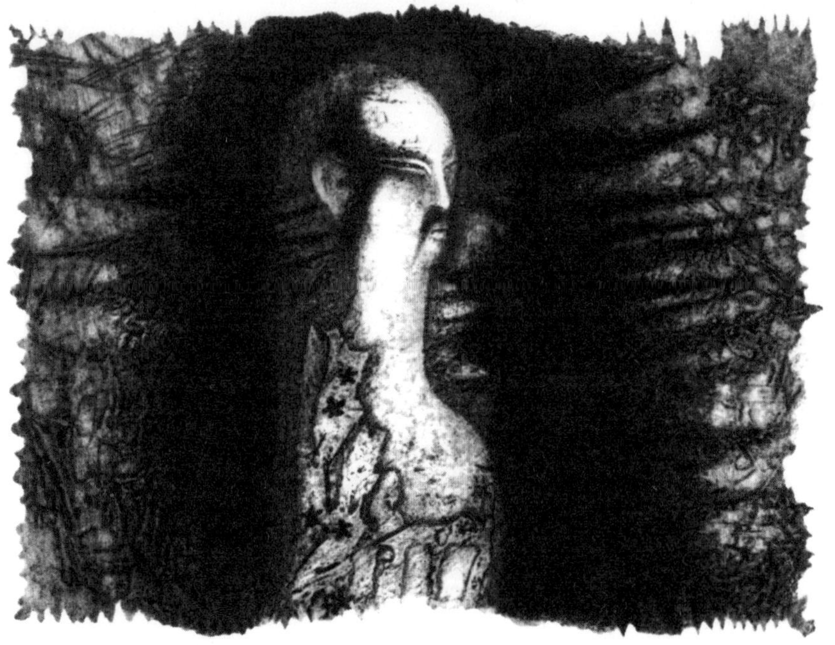

alle galten. Er wird allen seine Macht und Kraft beweisen und Pai Su-chen dafür bestrafen, daß sie ihn vor den Leuten lächerlich gemacht hatte!

Und Fa-hai zögerte nicht, stieg von den Bergen herunter, begab sich schnurstracks in die „Ruhespendende Halle" und ersuchte einen Gehilfen, Sü Hsien herbeizurufen.

Sü Hsien war beunruhigt, als man ihm den Besuch des Mönchs Fa-hai meldete. Er erinnerte sich an den Vorfall auf dem Markt und wäre dem Mönch am liebsten ausgewichen, aber er wußte nicht wie. Er empfing ihn also und fragte, was er wünsche.

Fa-hai sagte mit ernster Miene: „Ich bin nur gekommen, um dich zu überzeugen, daß du in Lebensgefahr schwebst. Deine Frau und ihre Freundin sind tatsächlich Dämonen. Bedenke meine Worte und hüte dich vor den beiden."

Sü Hsien wurde totenblaß, beschloß aber, den Worten des Mönchs nicht zu glauben. Und Fa-hai drängte nicht in ihn. Er setzte nur mit ebenso ruhiger und kühler Stimme fort: „Du wirst dich selbst überzeugen, daß ich recht habe. Wenn du mir folgst, kannst du noch gerettet werden. Das Fest der Doppelten Fünf nähert sich. Laß deine Frau an diesem Tag ein Glas starken gelben Wein trinken, und du wirst sie in ihrer wahren Gestalt sehen!"

Der fünfte Tag des fünften Monats kam heran, das Fest der Doppelten Fünf, an dem der Höhepunkt des Sommers gefeiert wurde. Die Tür der Apotheke stand keinen Augenblick still. Anstatt Arzneien kauften die Leute duftende Gewürze und Kerzen, oder sie brachten Pai Su-chen

Körbchen mit Obst und Bambustrieben zum Dank für ihre Hilfe bei verschiedenen Krankheiten. Bei dem regen Treiben erinnerte sich Pai Su-chen erst am letzten Tag vor dem Fest, daß nach den unabänderlichen Gesetzen der Natur jedes Lebewesen an diesem Festtag zur Mittagsstunde seine wahre Gestalt zeigt. Aber sie tröstete sich mit dem Gedanken, daß sie doch schon tausend Jahre strengster Übungen hinter sich hatte, und hoffte, sie werde auch in jener Schicksalsstunde ihre menschliche Gestalt beibehalten können. Aber wie wird es Hsiao Ch'ing ergehen, die doch viel weniger Erfahrung hatte? Sie riet ihr also, sich in ihrem Zimmer einzuschließen und zu sagen, sie sei krank. Ihr selbst blieb nichts anderes übrig, als auf ihre eigene Kraft zu vertrauen. Wenn sie versuchte, sich zu verstecken, erweckte sie nur neue Zweifel in Sü Sien.

Der fünfte Tag des fünften Monats war angebrochen. Hsiao Ch'ing schützte eine plötzliche Erkrankung vor und blieb seit dem Morgen in ihrem Zimmer, Pai Su-chen pflegte sie. Auch sie selbst hielt sich so viel wie möglich in ihrem Zimmer auf. Es war furchtbar heiß, und sie war erschöpft von der vorhergegangenen Arbeit.

Es wurde Mittag. Sü Hsien sperrte den Laden zu und entließ die Gehilfen, damit sie nicht das schöne Schauspiel der Auffahrt der Drachenboote auf dem See versäumten. Auch er freute sich auf das Schauspiel. Aber Pai Su-chen lag auf dem Ruhebett und klagte über Müdigkeit von der großen Hitze. Sü Hsien sollte allein vorausgehen. Wenn sie sich besser fühlte, könnte sie nachkommen. Sü Hsien war enttäuscht. Die plötzliche Erkrankung Hsiao Ch'ings und jetzt das Unwohlsein Pai Su-chens erweckte sein Mißtrauen. Er dachte an den Rat des Mönchs Fa-hai. Dann wollte er den Gedanken verscheuchen. Es ist doch nichts Ungewöhnliches, wenn sich eine Frau, die ein Kind erwartet, bei solcher Hitze nicht wohl fühlt. So saß er allein vor dem Wein, der zum heutigen Fest bereitstand, und überlegte, ob er Pai Su-chen zwingen sollte, mit ihm zu trinken. Schließlich entschloß er sich.

„Ach was, das sind lauter dumme Gedanken. Wenn der Mönch recht hat, werde ich wenigstens sehen, woran ich bin, und wenn nicht, dann wird ein Gläschen Wein Pai Su-chen nicht schaden."

Sü Hsien nahm die Weinflasche und Schalen und ging zu Pai Su-chen ins Zimmer. Sie lag noch immer auf dem Ruhebett, und man merkte ihr an, daß sie leidend war. Sü Hsien trat mit einer vollen Schale vor sie hin und nötigte sie zu trinken. Pai Su-chen wagte nicht abzulehnen. Sie fühlte, daß

Sü Hsien dann noch mißtrauischer würde, und so leerte sie entschlossen die Schale mit dem gelben Wein. Sie spürte, daß sie von Schwäche befallen wurde, und bat Sü Hsien, sie ein Weilchen allein zu lassen. Sie möchte ein wenig schlafen, und dann werde alles in Ordnung sein.

Sü Hsien saß dann allein in seinem Laden, den restlichen Wein vor sich. Er hatte Angst um Pai Su-chen und horchte, ob er sie nicht aufstehen hörte. Oben aber blieb alles still. Ihm schien das kein gutes Zeichen, und er entschloß sich, noch einmal nachzusehen, wie es ihr ging. Vorsichtig stieg er die Treppe hinauf, um sie nicht zu wecken, und öffnete leise die Tür zu ihrem Schlafzimmer.

Plötzlich stieß er einen Schrei des Entsetzens aus und stürzte zu Boden. Im dem verdunkelten Raum lag auf dem Ruhebett der weiße Leib einer riesigen Schlange!

Es herrschte Stille. Die Sonne sank herab, in der Stadt legte sich allmählich der Verkehr. Gegen Abend erwachte Hsiao Ch'ing, und sie ging zu Pai Su-chen. Wie groß war ihr Entsetzen, als sie vor der Tür den toten Sü Hsien liegen sah und auf dem Ruhebett die schlafende blasse Pai Su-chen!

Schnell weckte sie die Freundin und sagte ihr, was geschehen war. Pai Su-chen begann bitterlich zu weinen und erzählte Hsiao Ch'ing schluchzend, daß Sü Hsien gelben Wein gebracht und sie mit ihm getrunken habe. Dann sei sie so schwach geworden, daß sie einschlief. Und zu Mittag habe sich ihre wahre Gestalt gezeigt, wahrscheinlich gerade in dem Augenblick, da Sü Hsien habe eintreten wollen. Ach, Pai Su-chen hatte ihn eigentlich selbst getötet, der Mönch hatte recht gehabt, daß er Sü Hsien warnte. Was nützte alle ihre große Liebe! Pai Su-chen war untröstlich. Sie hoben Sü Hsien aufs Bett und überlegten unter Tränen, wie sie ihm helfen könnten. Pai Su-chen rief sich alle möglich Heilverfahren ins Gedächtnis, von denen sie bei den Gelehrten in den Bergen gehört hatte. Die ganze Nacht pflegte sie Sü Hsien unermüdlich, bis es ihr gegen Morgen tatsächlich gelang, sein Blut erneut zum Kreisen zu bringen, und allmählich begann er wieder zu atmen.

Morgens erwachte Sü Hsien mit schwerem Kopf. Er suchte sich zu erinnern, was geschehen war, und plötzlich stand ihm von neuem die große, weiße Schlange auf dem Ruhebett vor Augen! Dort, wo sonst seine Frau gelegen hatte! Vor Grausen stockte ihm wieder das Herz, und alles Blut wich aus seinem Gesicht. Er dachte an die Warnung des Mönchs Fa-hai und dessen Rat mit dem Wein. Sicherlich befand er sich in der Macht merkwürdiger Kräfte. Sü Hsien wälzte sich unruhig im

Bett hin und her, durch den Kopf zog ihm die Erinnerung an seine erste Begegnung mit Pai Su-chen. Alles zeigte sich jetzt verdächtig und schien die schlimmste Erklärung zu rechtfertigen. Kaum aber hatte er das zu Ende gedacht, erinnerte er sich an das schöne und gütige Gesicht seiner Pai Su-chen, an ihre Liebenswürdigkeit, an alles Gute, das sie während der kurzen Zeit ihres Zusammenseins für ihn getan hatte. Und Pai Su-chen erwartete ein Kind, auf das sie sich beide so sehr freuten! Aber im Nu verscheuchte das Bild der fürchterlichen weißen Schlange auf dem Ruhebett all die guten Gedanken.

Von grausamen Zweifeln gepeinigt, blieb Sü Hsien den ganzen Vormittag im Bett. Mehrere Tage vergingen. Sü Hsien, blaß und unzufrieden, quälte sich mit Grübeleien, was er tun sollte. Er hatte Angst vor Pai Su-chen und auch vor Hsiao Ch'ing und blieb darum ganze Tage und Nächte lang im Laden. Zugleich versuchte er sich mit dem Gedanken zu trösten, er habe an dem Tag zuviel getrunken und alles sei nur ein böser Traum gewesen. Pai Su-chen wußte, was in seinem Herzen vorging, aber nicht, wie sie ihn hätte beruhigen können. Alle ihre Versuche wurden von Sü Hsien mit noch größerem Mißtrauen zurückgewiesen.

Und Sü Hsien quälte sich immer mehr. Schließlich beschloß er, Fa-hai aufzusuchen und um Rat zu bitten. Er wollte ihm nicht nur davon erzählen, was er an dem Festtag gesehen hatte, sondern auch von Pai Su-chens Güte zu ihm und zu den andern. Vielleicht konnte der weise Mönch ihm raten, wie er sich verhalten sollte.

Ohne zu Hause etwas zu sagen, machte er sich eines frühen Morgens auf den Weg zum Kloster auf dem Goldenen Berg. Kaum hatte er beim Tor seinen Namen genannt, wurde er zu Fa-hai geführt.

„Ich habe dich längst erwartet. Endlich sind dir die Augen aufgegangen! Du stehst unter der Herrschaft zweier Geister aus dem Gebirge O-mej, der Weißen und der Grünen Schlange. Du mußt mir bei allem helfen. Wenn du nicht wieder in Lebensgefahr kommen willst, darfst du nicht mehr zu den Menschen unten zurückkehren. Du bleibst hier unter meinem und Buddhas Schutz. Wenn du in Gebeten verharren wirst wie ein Mönch, bist du deines Lebens sicher. Unter den Menschen jedoch wärest du den Dämonen ausgeliefert."

Ehe Sü Hsien ihm erklären konnte, er sei nur um Rat bitten gekommen, rief Fa-hai die Mönche herbei und ließ Sü Hsien in eine Zelle sperren.

Und so mußte der unglückliche Sü Hsien, der den barmherzigen Mönch nur um Rat hatte bitten wollen, viele Tage verlassen in der Zelle verbringen. Immer wieder überdachte er sein Leben mit Pai Su-chen. Im Geiste sah er immer deutlicher ihre Schönheit, Güte und Zärtlichkeit, und allmählich verblaßte die durchlebte Angst beim Anblick der weißen Schlange.

Inzwischen herrschte in der „Ruhespendenden Halle" Unruhe. Solange Sü Hsien zu Hause gewesen war und sie nur gemieden hatte, konnte Pai Su-chen seinen Seelenzustand begreifen. Sie hatte gehofft, ihre Liebe werde alles wieder zum Guten wenden. Als aber Sü Hsien ohne ein Wort des Abschieds verschwunden war, erkannte Pai Su-chen, daß ihr Zerwürfnis viel tiefgreifender war. Sie wußte, daß Sü Hsien zu Fa-hai gegangen war, um seinen Rat einzuholen. Hsiao Ch'ing drängte, sie solle doch diesen undankbaren Schwächling verlassen und mit ihr ins Gebirge O-mej zurückkehren, wo alles so einfach war.

Pai Su-chen wandte ein, das sei nicht so leicht: „Ich bin durch enge Bande mit der Welt der Menschen verbunden. Meine Liebe zu Sü Hsien ist wahrhaft und tief. Und bald werde ich ihm ein Kind gebären! Meine eigene Unzulänglichkeit war schuld daran, daß ich wieder meine ursprüngliche Gestalt angenommen und ihn zu Tode erschreckt habe. Sü Hsien fürchtet sich vor dem Unbekannten, wie so viele andere Menschen auch, das müssen wir verstehen."

Hsiao Ch'ing willigte also ein, daß Pai Su-chen alles versuchte, um Sü Hsien aus der Gewalt des stolzen Mönchs zu befreien.

Sie machten bekannt, daß Sü Hsien eine Reise angetreten habe und daß die Apotheke vorläufig geschlossen bleibe. Sie bezahlten alle Gehilfen, verschlossen das Haus und machten sich auf den Weg zum Kloster, auf dem Goldenen Berg.

Am Tor ersuchte Pai Su-chen, man möge sie freundlichst zu dem berühmten Fa-hai führen. Die Mönche meldeten sie an, und kurz darauf betraten Pai Su-chen und Hsiao Ch'ing den großen Saal des Klosters. In der Mitte saß der finstere Fa-hai; kaum hatte er die beiden erblickt, schrie er sie an: „Das ist aber ein freches Gewürm! Nach allem, was geschehen ist, wagt ihr noch, mein Kloster durch eure Anwesenheit zu beflecken?" Aber Pai Su-chen achtete nicht darauf und trat demütig vor Fa-hai.

„Geehrter Meister, es ist mir bekannt, daß Ihr sehr wohl wißt, wer wir sind. Ich möchte mich für mein unbedachtes Benehmen damals auf dem Marktplatz entschuldigen. Ich berufe mich auf Eure Barmherzigkeit und bitte um Erbarmen. Zerstört nicht die Liebe, die mich mit Sü Hsien verbindet, und laßt ihn wieder zu den Menschen zurückkehren."

Die demütigen Worte Pai Su-chens versetzten Fa-hai in noch größere Wut. Nichts halfen ihre Beteuerungen, daß sie weder Sü Hsien noch sonst einem lebenden Wesen etwas zuleide getan hatte. Der Mönch verhärtete sich noch mehr und erklärte: „Geister gehören zu Geistern, Dämonen zu Dämonen. Unter Menschen haben sie nichts zu suchen. Mir liegt nichts daran, wie ihr seid. Was sich nicht gehört, werde ich niemals zulassen!"

Er hatte geendet und hob seinen mächtigen Stab, mit dem er die Geister zähmte. Pai Su-chen erkannte, daß sie Fa-hai nicht überreden konnte, und nahm also den Kampf an. Die beiden Frauen zückten ihre Zauberschwerter, und in dem großen Saal entbrannte ein wilder Kampf. Fa-hai war tatsächlich ein mächtiger Mönch und beherrschte die verschiedensten Zaubereien. Schon schien es, Pai Su-chen und Hsiao Ch'ing müßten unterliegen. Da rief Pai Su-chen ihre Gefährten aus dem Reich des Wassers zu Hilfe. Im Nu stiegen die Wellen des Flusses am Fuß des Gebirges hoch. Im mächtigen Strom wälzten sich die Wassermassen an das Tor des Klosters und überfluteten die ganze Umgebung. Die erschrockenen Mönche ergriffen die Flucht. Das Wasser überschwemmte auch den großen Saal, in dem Pai Su-chen und Hsiao Ch'ing kämpften. Von neuem entbrannte das Ringen, denn auch Fa-hai rief die Geister herbei, die ihm untertan waren. Lange blieb der Kampf unentschieden, dann aber stöhnte Pai Su-chen schmerzlich auf. Hsiao Ch'ing sprang besorgt zu ihr hin. Dann winkte sie ihren Helfern, sie sollten ins Reich des Wassers zurückkehren. Pai sei nicht verletzt, nur geschwächt durch die Schwangerschaft und könne darum nicht weiterkämpfen.

Mit einem Schlag senkten sich die Fluten, im Kloster herrschte tiefe Stille. Pai Su-chen und Hsiao Ch'ing gingen traurig davon. Fa-hai ließ sie gehen. Er spürte, daß er seine Künste noch vervollkommen mußte, um Pai Su-chen überwinden zu können. Die Mönche brachten ihm die Nachricht, daß Sü Hsien während des erbitterten Kampfes entflohen war. Fa-hai winkte nur mit der Hand ab. Mag er gehen, wohin er will. Er, Fa-hai, werde seinen Willen doch noch durchsetzen!

Es dämmerte bereits. Pai Su-chen und Hsiao Ch'ing kamen langsam zum Westlichen See. Sie erreichten die berühmte Brücke über den Damm, deren Bogen in der Abenddämmerung verschwamm. Pai Su-chen setzte sich müde auf das Geländer. Da näherte sich vom anderen Ende der Brücke ein Mann. Pai wollte sich erheben und weitergehen, da erkannte sie, daß es Sü Hsien war! Beide fielen einander mit einem Aufschrei in die Arme. Eine Weile waren sie keines Wortes mächtig. Die Freude über das Wiedersehen verschmolz mit dem Schmerz über den Verrat.

Sü Hsien weinte vor Rührung und bat Pai Su-chen um Verzeihung für die ihr zugefügten Qualen.

„Ich weiß, ihr seid keine gewöhnlichen Menschen, aber ich

fürchte euch nicht mehr. Ich habe Pai Su-chens Aufrichtigkeit erkannt und will sie um keinen Preis wieder verlassen! Ihr beiden habt ein viel besseres Herz als der erbarmungslose Fa-hai."

Die versöhnten Eheleute überlegten, wohin sie gehen sollten. Sie hatten kein Verlangen, sofort in ihr Haus mit der „Ruhespendenden Halle" zurückzukehren. Sicher hätte sie Fa-hai dort bald wieder aufgespürt. Sie beschlossen also, zu Sü Hsiens Schwester zu gehen. Glücklich und zufrieden verbrachten sie dort einige Monate. Pai Su-chen schenkte einem gesunden Knaben das Leben, und allen schien, es fehle ihnen nichts zu ihrem vollkommenen Glück.

Da rief eines Tages die Schwester: „Sü Hsien, du hast Besuch. Ein alter Mönch ist da!"

Sü Hsien erblaßte und lief sofort zu Pai Su-chen und Hsiao Ch'ing, um sie zu warnen: „Wehe, wehe, der alte Fa-hai ist schon wieder da! Wie sollen wir ihm entkommen?"

„Mir entkommt ihr nicht!" ertönte hinter seinem Rücken eine kalte, feindselige Stimme.

Fa-hai betrat das Zimmer. Er hatte eine rote Metallschale in der Hand, wie sie die Bettelmönche tragen. Er hielt die Schale vor sich hin und rief mit donnernder Stimme: „Weiße Schlange, zeig deine wahre Gestalt!"

Im gleichen Augenblick verwandelte sich Pai Su-chen mit einem Aufstöhnen in eine weiße Schlange. Fa-hai bedeckte die ganze Schlange mit seiner rot leuchtenden Zauberschale, die bodenlos schien. Schweigend hob er sie auf und ging davon. Er hielt die rote Schale in der ausgestreckten Hand und trug sie ohne stehenzubleiben bis zur Pagode des Gepanzerten Drachen. Dort verbarg er die Schale mitsamt der Schlange und befahl, die Weiße Schlange nie wieder unter die Menschen zu lassen. Er kümmerte sich weder um die Tränen Sü Hsiens noch um die Bitten seiner Schwester und kehrte stolz in sein Kloster auf dem Goldenen Berg zurück.

Hsiao Ch'ing zögerte zuerst, ob sie bei dem Söhnchen Pai Su-chens bleiben sollte, sagte aber dann: „Der Knabe ist bei Sü Hsiens Schwester gut aufgehoben. Ich will in die Berge zurückkehren, und ich verspreche euch, alles zu tun, um belehrt zu werden, wie ich Pai Su-chen aus der Gefangenschaft befreien kann. Wartet auf mich, ich werde ganz bestimmt wiederkommen."

Und so blieb Sü Hsien mit seinem Sohn allein. Jahrelang ging er mit ihm Tag für Tag zur Pagode des Gepanzerten Drachen. Er dachte an seine geliebte, gute Pai Su-chen und wartete auf die Rückkehr Hsiao Ch'ing, die versprochen hatte, sie zu befreien.

Die Löwenfrau

Er ist ein Löwe, Löwe, Löwe", singen die Kämpfer des Stammes. „Er ist ein Löwe, unter den Schlägen seiner Pranken stürzen die Bäume. Er ist ein Löwe, ein Löwe, das Gras entzündet sich unter seinem heißen Atem. Er ist ein Löwe und hat nicht seinesgleichen."

Aber es gab auch Frauen, die Löwinnen waren. Von ihren Taten erzählt man sich Legenden, auch sie besingt man in Liedern.

In einem Dorf lebte einmal ein Mann, der war kühn und stark, aber ein Waisenkind und so arm, daß er nicht einmal Geld für Butter und Öl hatte. Längst war er im heiratsfähigen Alter, aber in seiner Hütte gab es keine Frau, denn wer hätte schon seine Tochter einem so armen Schlucker gegeben?

„Wie will er eine Frau ernähren? Was will er ihren Kindern geben, wenn sie vor Hunger weinen?" fragten sich die Väter, zu denen der junge Mann Brautwerber schickte. Und er, als er sah, daß ihn das ganze Dorf verhöhnte, nahm seinen Korb und ging, der Sonne entgegen.

In der Nähe seines ersten Nachtlagers beobachtete er einen Löwen, der seiner Spur gefolgt war. Er sah, wie der Löwe seine bescheidenen Kleidungsstücke beschnupperte. Er sah, wie der Löwe die Stelle umschritt, wo er schlief, und er glaubte, er werde den Morgen nicht mehr erleben. Aber der Löwe verschwand im Dickicht, und es blieb nur das zertrampelte Gras zurück.

„Vielleicht ist der Löwe satt", sagte er sich. „Vielleicht hat er keine Lust, mich zu fressen. Weder Menschen noch Löwen wollen etwas mit einem armen Schlucker zu tun haben."

Dann beschien die Sonne wieder die Welt, und der Mann, der gesunde Füße und Hände hatte, freute sich wieder des Lebens. Vielleicht gibt es auch für einen Armen irgendwo

einen Kessel mit Fleisch, wer weiß? Vielleicht wartet auch auf einen Armen irgendwo eine Frau und ein Haufen dicker Kinder?

Aber die Welt ist groß, und die Nacht war früher da als das Ende des Wegs. Und dann kam wieder der Löwe und kreiste um die Stelle, wo der Mann schlief. Und als er schon seinen Atem spüren konnte, sprach der Löwe mit heiserer Stimme: „Ich kenne deine Gedanken, sie sind besser als dein Fleisch. Ich bin nicht gekommen, um dich zu fressen; ich will dir meine Tochter zur Frau geben. Nahrung habe ich genug, der ganze Busch ist mein Jagdrevier. Ich brauche keine Herden und keinen Reichtum, auch meine Tochter braucht das alles nicht. Sie will nur einen braven Mann haben, der für sie sorgt und ihre Kinder gut erzieht. Ich sehe in dein Inneres und weiß, du bist der beste Bräutigam für meine Tochter. Schlaf jetzt zufrieden, morgen will ich sie zu dir bringen."

Ein Armer hat keine Wahl. Wer keine Waffen hat, kann sich nicht wehren. Vielleicht kann die Löwentochter nicht kochen, vielleicht wird sie Löwenkinder gebären, die ihren Vater zerfleischen werden. Aber kommt Zeit, kommt Rat! Besser eine Löwin zur Frau als gar keine Frau, besser eine Löwin zur Frau als einsam ausgestoßen sein.

Noch einmal umschritt der Löwe die Stelle und verschwand dann abermals im Dunkeln.

Schlecht schläft der Arme, alle möglichen Gedanken schwirren in seinem Kopf, und dann kommen die Träume, die sind noch schlimmer. Am Morgen liegt eine Schönheit an seiner Seite, sie blickt ihn aus leuchtenden Augen an und lächelt mit blendend weißen Zähnen.

„Ich weiß nicht, Mädchen, wer du bist, was du hier willst. Du bist sehr schön, aber ich muß dich trotzdem wegschicken. Es ist Morgen, und jede Weile wird mein Schwiegervater, der Löwe, mit meiner Frau, der Löwin, kommen."

„Ich bin deine Frau, die Löwin", sagte das Mädchen lachend. „Ich bin die versprochene Braut!"

„Du – eine Löwin, schönes Mädchen? Deine Arme sind stark, aber es sind keine Löwenpranken. Deine Füße sind fest, aber es sind keine Löwentatzen. Dein Atem duftet – wie solltest du eine Löwin sein?"

„Du wirst ja sehen, ob ich eine Löwin bin oder nicht", sagte das Mädchen. „Sei du nur ein guter Mann, ich werde dir eine gute Frau sein."

Warum in der Fremde umherirren, wenn man eine schöne Frau hat? Warum an Not denken, wenn die Sonne aufgeht? Machen wir uns lieber auf und gehen wir heim, beeilen wir uns lieber. Gehen wir mit schnellen Schritten, es ist schön, so auszuschreiten, wenn eine Frau hinter uns hergeht!

„Seht, der Arme führt eine Frau heim!“ sagten die Frauen des Stammes.

„Seht, was für eine Schönheit er heimführt“, sagten die Männer des Stammes.

„Er führt eine Schönheit in seine armselige Hütte heim und besitzt nicht einmal ein Beet, das er bearbeiten könnte“, sagte der Häuptling und teilte ihm ein Stück Brachland zu.

Wer Boden hat, hat Reichtum. Wo eine Frau ist, gibt es rauchende Töpfe. Und die Kinder dieser Frau waren dick und glänzten von Sattheit, sie waren wie alle Kinder, nur stattlicher und klüger, sie wuchsen auch schneller und leisteten bald nützliche Hilfe.

„Das ist eine gute Frau“, sagten die Leute im Dorf.

„Sie hat uns Glück gebracht“, sagten die Leute im Dorf.

„Das Dorf wird reich, und es geht uns gut. Das alles, seitdem sie bei uns wohnt.“

Aber wo es Wohlstand gibt, gibt es auch Neider.

„Wir können alles haben, wenn wir kühnen Herzens sind.“

„Wir können uns alles nehmen, wenn wir nur scharfe Speere haben!“ sagten die Männer des Nachbarstammes bei ihrer Beratung.

Trommelwirbel und Pfeifenspiel begleiteten sie auf dem Marsch. Bei Morgengrauen griffen sie an.

Drei Tage und drei Nächte dauerte der Kampf, vier Tage lang blieb er unentschieden. Als es am nächsten Tag dämmerte, schien die Sattheit der Habgier zu unterliegen. Und da, als sich der Feind zur Nacht an seine Lagerfeuer zurückzog, ging die Löwenfrau hinaus und folgte seiner Spur. Nur ein einsamer Posten wachte, die übrigen schliefen ermüdet. Nur der einsame Wächter war wach und umschritt die Feuerstellen. Auf leisen Löwenpfoten schlüpfte die Löwenfrau geräuschlos durch die Büsche, mit einem Löwensprung warf sie den Wächter zu Boden, und mit Löwenzähnen durchbiß sie ihm den Nacken. Dann schritt sie um die Feuerstellen herum und säte Verderben, rechts und links. Unter ihren Pranken zerbrachen Rippen, unter ihren Zähnen knackten Schädel. Sie umschritt das Lager und ließ eine Spur hinter sich, die naß war vom Blut der Feinde. Wer nicht rechtzeitig aufwachte, wachte nie mehr auf. Und die rechtzeitig aufwachten, flohen in die Dunkelheit, zerschmetterten sich die Köpfe in den Schluchten und heulten vor Angst.

Die Löwin durchstreifte das Lager, doch entkam sie nicht

unverletzt. Ein einziger Mann war wach geblieben, nur einer gedachte der alten Wunden. Der alten Wunden, die er erlitten, der einstigen Kämpfe und des längst vergossenen Blutes. Ein einziger unter ihnen war ein Held, oh, ein Held, und er umklammerte fest seinen schweren Speer. Wahrhaftig, nur ein einziger war ein Held und erblickte ihren Schatten. Er erhob sich auf lahmen Füßen, schwang den Speer und schleuderte ihn nach der Löwin. Und der Speer durchstieß die Finsternis und bohrte sich der Löwin in die Flanke. Ein Donnerschlag erschallte, der Wind zerbrach die Zweige der Sträucher.

Mit letzter Kraft lief die Löwin zurück. Mit letzter Kraft schlüpfte sie durch das Dickicht und kroch bäuchlings, den Speer in der rechten Flanke, auf allen vieren in die Hütte ihres Mannes. Und sie kam nicht mehr heraus, blieb auf der Matte liegen, mit halbem Körper Löwin, mit halbem Körper Frau.

Aber der Feind war verwirrt, denn man kann sich gegen Speere, auch gegen Keulenschläge zur Wehr setzen, aber wer und wie lange kann Löwen Widerstand leisten, die nach menschlichem Blut dürsten? Und die Feinde zogen ab und entsagten dem Reichtum ihrer Nachbarn. Sie zogen ab und ließen ausgebrannte Feuerstätten und weinende Waisenkinder hinter sich.

Alle Frauen aus dem Dorf gingen Wasser holen, alle mahlten Hirse vor den Häusern ihrer Männer, nur die Löwenfrau kratzte mit geschwächter Pfote die schorfige Wunde. Und ihre Söhne umstrichen ratlos das Haus und wußten keine Arznei für sie. Da machte sich am vierten Tag der Mann auf den Weg zum Zauberer.

„Meine Frau ist eine Löwin", sagte er dem Zauberer. „Als Löwin wurde sie von einem Speer in die Flanke getroffen, jetzt kann sie nicht aufstehen und wird sterben. Sie war mir eine brave Frau und hat mir Söhne geschenkt. Mach, daß sie nicht stirbt."

„Wenn deine Frau eine Löwin ist und als Löwin verwundet wurde, entflieht das Leben aus den Löwenadern. Sie hat nicht mehr Kraft genug, um als Löwin weiterzuleben, aber gewiß Kraft genug, um als Frau zu leben", sagte der Zauberer. Und er zündete vier Feuer an und schlug die hölzerne Trommel.

Zwischen vier Feuern halte ich eine Frau,
die brave Frau eines tapferen Mannes.
Zwischen vier Feuern halte ich die Frau,
mit der Trommel entlasse ich die Löwin.

So sang der Zauberer.

Und die Geister des Lebens in der Frau kämpften gegen die Geister des Todes, und die Geister des Todes unterlagen. Die vier Feuer beschützten die Seele der Frau, und die Seele der Löwin entfloh mit dem Dröhnen der Trommel.

„Sie ist eine Löwin, Löwin, Löwin", sangen die Kämpfer des Stammes. „Sie ist eine Löwin, unter den Schlägen ihrer Pranken stürzen Bäume. Sie ist eine Löwin, und das dürre Gras entzündet sich unter ihrem heißen Atem. Sie ist eine Löwin, und es gab und gibt nicht ihresgleichen."

Aber sie war keine Löwin mehr, sie war eine schwache Frau, und der Duft von Speisen entstieg ihren Töpfen. Ihre Söhne wuchsen schnell heran, waren fleißig und fruchtbar. Und nie wieder war Hunger in der Familie.

Seketoa

Eines Abends bat der Prediger Siaosi, der einer alten Häuptlingsfamilie entstammte und sich auf den Inseln allgemeiner Achtung erfreute, den alten Maatu, er solle ihn auf Thunfischfang in die tiefen Gewässer um die Vulkaninsel Tafahi mitnehmen. Maatu war nicht begeistert, denn er hegte ernste Zweifel, ob Siaosi überhaupt mit einer Angel umzugehen verstand, und zum Rudern war er als Prediger entschieden völlig ungeeignet. Als er sich aber mit einem Blick auf den Himmel überzeugt hatte, daß für morgen mit gutem Wetter zu rechnen war, winkte er nur lässig mit der Hand ab und sagte Siaosi, er könne also mitkommen. Hätte ein scharfer Wind gedroht oder es sich um eine Fahrt in entferntere Gewässer gehandelt, wäre das etwas anderes gewesen. Aber warum sollte es unter den gegebenen Umständen dem Prediger nicht gegönnt sein, sich an einer Fahrt aufs Meer zu erfreuen?

Am nächsten Tag, als Maatu mit seinem Neffen das Boot zur Fahrt fertigmachte, überraschte ihn seine Frau mit dem gleichen Wunsch. Das gab zu denken. In alten Zeiten nahmen die Fischer niemals ihre Frauen aufs Meer mit, denn sie hätten damit ein wichtiges Tabu verletzt und die Fahrt ernstlich bedroht. Aber Maatu willigte auch in diesem Fall ein. Warum sollte er einen heidnischen Aberglauben beachten, wenn doch das Kreuz, das der Prediger auf der Brust trug, sie vor allen bösen Geistern schützen würde?

Das Meer glitzerte wie ein großer blauer Spiegel, kein Wölkchen zeigte sich am Himmel. Nur über dem Gipfel der Insel Tafahi stand reglos eine weiße Dampfwolke – aber von dort drohte gar keine Gefahr. Das Boot fuhr schnell, und noch ehe die Sonne über ihren Häuptern stand, waren sie an Ort und Stelle.

Der Fang war gut; die Thunfische bissen an, einer nach dem andern, und nach kurzer Zeit hatten sie genug.

Auf der Rückfahrt sang Maatu mit seinem Neffen die alte Ballade von Seketoa, der sein ganzes Leben lang für sein Volk gekämpft hatte, und als er tödlich verwundet war, sich in einen Fisch verwandelte.

„Seketoa kämpfte kühn,
starb fürs Volk den Heldentod",
sang Maatu.

„Seketoa ward ein Fisch,
half den Fischern in der Not."

Als sie geendet hatten, fragte der Prediger Siaosi: „Den heutigen Fang haben wir also Seketoa zu verdanken?"

Maatu erwiderte nichts, aber man konnte sehen, daß ihm diese Bemerkung nicht recht war.

„Warum zeigt er sich denn nicht", drängte Siaosi weiter, „wir sollten uns doch bei ihm bedanken."

Da sagte Maatu: „Schweig, Prediger, und mach dich nicht über Dinge lustig, von denen du nichts verstehst."

„Du glaubst doch nicht etwa an das Geschwätz?" fragte der Prediger lachend. „Oder hast du vielleicht Seketoa jemals gesehen?"

„Der Oheim meines Oheims hat ihn gesehen", sagte Maatus Frau. „Er erschien ihm in Fischgestalt und rettete ihn vor dem Sturm."

„Der Oheim deines Oheims war ein einfältiger Heide", sagte Siaosi barsch.

„Er war ein Heide, aber einfältig war er nicht. Er verstand es, Seketoa herbeizurufen."

„Das sind alles nur dumme Ammenmärchen, die vor dem wahren Gotteswort keinen Bestand haben", sagte der Prediger.

„Wenn du es sagst, Prediger, ist es wohl wahr", sagte Maatu ergeben. „Ich bin zwar vielleicht auch nur ein einfältiger Heide, aber ich kann Seketoa auch herbeirufen."

„Warum tust du's denn nicht?" fragte der Prediger.

„Ich habe Angst," sagte Maatu, „aber wenn du es wünschst, will ich es versuchen."

Und er beugte sich übers Wasser und sagte leise, als wäre ihm lieber, wenn ihn der mächtige Geist nicht hörte: „Seketoa, wenn du da bist, erscheine. Nicht meinetwegen, sondern wegen des Predigers. Und wenn du erscheinst, tue uns nichts zuleide."

Eine Weile geschah nichts. Der Prediger begann zu lachen. „Siehst du! Wie könnte ein armseliger Heide, dessen Seele im

Fegefeuer schmort, so mir nichts, dir nichts erscheinen?"

Da tauchte vor dem Bug des Bootes der kleine Fisch Matakelekele auf, an dessen linker Seite eine weiße Narbe zu sehen war. Alle erblaßten, nur Siaosi lachte noch immer.

„Ich dachte, Seketoa erschiene in einer würdigeren Gestalt, nicht als ein so kleines, unscheinbares Fischlein."

Das Wasser trübte sich, und als es sich wieder geklärt hatte, schwamm anstelle der Matakelekele ein kleiner Haifisch.

„Siehe, der Haifisch hat Seketoa gefressen," sagte der Prediger lachend, verstummte aber sofort, als er sah, daß der Hai die gleiche weiße Narbe hatte wie vorher Matakelekele. Dann aber ließ er sich wieder hören: „Habt ihr denn noch nie einen verwundeten Haifisch gesehen?"

Da schwamm der Haifisch in weitem Kreis um das Boot herum, und als er wiederum vor dem Bug auftauchte, war er größer als ein erwachsener Mann. Immer weitere Kreise zog der Haifisch um das Boot, bis dann der größte Haifisch aus ihm geworden war, der sich jemals in diesem Meer hatte blicken lassen.

Darauf hob der Prediger das Kreuz und versuchte, den Hai zu verjagen. Der aber öffnete nur das Maul und wandte sich, gleichsam mit stillem Lachen, gegen das Boot. Dem Prediger wurde plötzlich angst und bange, er griff nach der Flinte, die er mitgenommen hatte, und feuerte auf den mächtigen Kopf des Haifisches einen Schuß ab. Der Hai schlug mit der Schwanzflosse gegen das Boot, tauchte unter und nahm das Boot auf seinen Rücken, so daß es beinahe kenterte.

Da wurde aus dem weißen Dampf über der Insel Tafahi eine große schwarze Wolke, und ein heftiger Wind kam auf. Im Nu brausten riesenhohe Wellen heran, das Boot schaukelte von einer Seite auf die andere, so daß sie alle erbeuteten Thunfische und auch des Predigers Flinte ins Meer werfen mußten, um es zu entlasten. Es war nicht mehr möglich, die Heimfahrt über die Insel Niua Toputapu fortzusetzen; sie mußten einen näheren Zufluchtsort in der ruhigen Lagune hinter dem Korallenriff vor der Insel Tafahi aufsuchen. Die Wellen hoben sich immer höher und mächtiger, und es war nicht leicht, die Einfahrt zur Lagune zu finden. Als sie fast angelangt waren, schleuderte die Brandung das Boot zwischen spitze Felsenklippen und wälzte sich augenblicklich wieder zurück, so daß es auf einer Sandbank steckenblieb. Maatu sprang mit seinem Neffen auf das Riff, und kaum hatte er seiner Frau und dem Prediger auf einen Felsblock geholfen, warf eine neue Welle das Boot in die Lagune zurück und trieb es so weit weg, daß sie es nicht

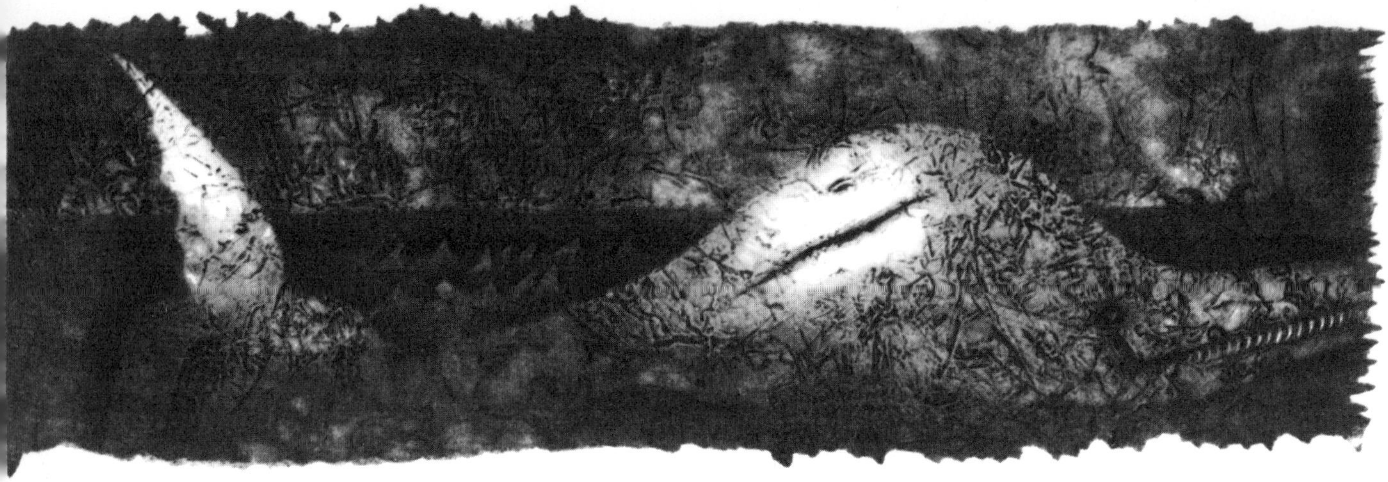

erreichen konnten, ohne in die Gefahr zu kommen, von der stürmischen See an einem Felsen zerschmettert zu werden.

Sie standen also völlig machtlos da, und einer hielt sich an dem andern fest. Und vor ihnen, knapp an der Felsenklippe, kreiste im Wasser ein riesengroßer Hai, größer als jedes Boot, ja, noch größer als ein großes Schiff, und jedesmal wenn er ihnen die Flanke zuwandte, sahen sie die weiße Narbe.

Der Prediger, dem das Kreuz verlorengegangen war, wartete voll Grausen, wann ihn eine Welle von der Klippe direkt zwischen die Kiefer des Riesenhais spülen würde, rief von Angst übermannt: „Was willst du von mir, Seketoa? Du wirst doch nicht verlangen, daß ich meinen Gott verleugne und dich anbete? Bist du ein Heiliger oder ein Teufel? Wie kann ich mich wegen meiner sündigen Worte entschuldigen und den Schuß, den ich abgab, ungeschehen machen?"

Da stürzte der Haifisch vor, und es schien, als wollte er sie alle miteinander verschlingen. Als er aber schon knapp vor ihnen war, blitzten seine Zähne auf wie bei einem überlegenen Lächeln, er schwamm zur Seite und verschwand in den Wellen.

Kurz darauf legte sich der Sturm. Der Himmel wurde wieder klar, und das Boot schwamm auf dem friedlichen Wasserspiegel der Lagune in Reichweite ihrer Hände herbei.

Enthülltes Unrecht

Die beiden Beamten Yeh Ning-fei und Wang Lieh waren gute Freunde und verbrachten viele angenehme Stunden miteinander. Beide waren leuchtende Beispiele für Rechtschaffenheit und Unbestechlichkeit und darum auch der Schrecken sämtlicher bestechlicher Beamten, zu denen sie auf Inspektion kamen.

In letzter Zeit sahen die Freunde einander nur selten, denn ihre Verpflichtungen führten sie in entfernte Orte der Provinz. Dann erhielt Yeh Ning-fei eines Tages die Nachricht, daß Wang Lieh auf seiner letzten Inspektionsreise plötzlich erkrankt und gestorben sei. Seine Familie ließ den Sarg mit der sterblichen Hülle in seinen Heimatort bringen und dort begraben.

Yeh Ning-fei trauerte sehr über den Verlust des Freundes und nahm sich vor, sobald es ihm die Zeit erlaubte, an Wangs Grab zu fahren, um dessen Andenken zu ehren.

Seit dem Tode Wang Liehs waren ungefähr drei Monate vergangen, und Yeh Ning-fei wurde auf Inspektionsreise in das entfernte Städtchen Hua-hsi geschickt, gegen dessen Verwalter sich in letzter Zeit die Beschwerden stark mehrten. Es war das Städtchen, in dem Wang Lieh erkrankt und gestorben war.

Nach anstrengender Reise erreichte Yeh Ning-fei die Stadt und mietete sich im Gasthof ein. Sogleich machte er sich daran, aufmerksam die Schriften und Dokumente zu studieren, die sich in großer Unordnung befanden. Der Statthalter kannte kein Maß im Nehmen von Bestechungsgeldern, mit der Wirtschaft des Bezirks ging es bergab, dafür aber übertraf sein Haus an Reichtum und Prunk alle Vorstellungen.

Eines Abends saß Yeh wieder in seine Akten vertieft, da

öffnete sich plötzlich die Tür, ein kühler Lufthauch drang ins Zimmer, so daß das Flämmchen in der Lampe aufflackerte. Überrascht blickte Yeh Ning-fei auf, aber die Tür schloß sich wieder von selbst, ohne daß jemand eingetreten war. Das war wohl Zugluft, dachte Yeh Ning-fei und vertiefte sich wieder in seine Arbeit. Noch ehe er jedoch die Zeile gefunden hatte, bei der er vor einem Weilchen stehengeblieben war, sah er, daß ihm sein Freund Wang am Schreibtisch gegenübersaß. Er saß still und lächelte. Yeh begrüßte ihn freudig, wunderte sich aber, was er denn da suchte. „Es kam mir im Augenblick gar nicht in den Sinn, daß du ja in diesem Städtchen gestorben bist. Aber wieso bist du nicht zu Hause? Ich hörte doch, deine Familie habe dich überführen lassen und die Begräbniszeremonien abgehalten. Was machst du also noch hier in der fremden Stadt? Du solltest doch wohl auch als Geist eher zu Hause sein."

„Du hast recht", sagte Wang. „Mir ist jedoch etwas Unangenehmes passiert, ich weiß gar nicht, wie ich es dir sagen soll; ich habe mich hier aufgehalten, und inzwischen wurde meine Leiche weggeschafft. Und jetzt hocke ich da und kann nicht nach Hause. Ich bin völlig mittellos und habe nicht die Mautgebühr für alle unterirdischen Grenzwächter. Und du weißt doch selbst, wie weit ich wandern müßte. Als ich von deiner Ankunft hier erfuhr, freute ich mich sehr. Du bist meine einzige Rettung. Es ist mir unangenehm, dich zu belästigen, aber mir bleibt kein anderer Ausweg aus dieser peinlichen Lage, ich muß dich um ein Darlehen bitten."

Yeh versprach bereitwillig, Wang zu helfen – das sei doch unter Freunden selbstverständlich und nicht der Rede wert. Er fragte nur, wieviel Wang benötigte, morgen werde er alles erledigen. Dann legte er die Akten in eine Truhe und fragte den Freund weiter aus: „Ich möchte nicht zudringlich sein, aber kannst du mir sagen, was dir eigentlich zugestoßen ist?"

Wang machte eine abwehrende Gebärde: „Ach, das ist eine lange und verwickelte Geschichte, anfangs kannte ich mich selbst nicht darin aus. Ich möchte dich nicht deiner kostbaren Zeit berauben, ich sehe, du hast eine Menge Arbeit."

Aber Yeh Ning-fei drang weiter in den Freund, er solle ihm doch alles erzählen, was er wisse. Wann hätten sie denn wieder Gelegenheit, miteinander zu plaudern, heute werde er sowieso nicht mehr arbeiten. Und so begann Wang nach einer Weile zu erzählen: „Anfangs war hier alles in großer Verwirrung. Wie du weißt, wurde ich auf Inspektion nach Hua-hsi geschickt. Noch ehe ich aber anfangen konnte, erkrankte ich. Ich bekam hohes Fieber und starb, ohne

eigentlich davon zu wissen. Ich lag in meinem Zimmer im Gasthof, da wurde plötzlich die Tür aufgerissen, und herein stürzten zwei Büttel. Kaum hatte ich zu Ende gedacht, was für Unordnung hier herrschen mußte, wenn die Häscher so mir nichts, dir nichts bei einem Würdenträger eindringen durften, da standen sie schon an meinem Bett. Sie schauten fürchterlich aus – ganz in Schwarz gekleidet, einen breiten Gürtel eng um die Hüften geschnallt, fahle Gesichter und rollende, gerötete Augen. Auf dem Kopf hatten sie sonderbare Mützen mit schwarzen, eisernen Verzierungen. Beide hielten schwere Ketten mit Bleikugeln in den Händen. Sie rissen mich vom Bett hoch, fesselten mir die Hände und schleppten mich gewaltsam fort.

Unterwegs redeten sie kein Wort mit mir, und auf meine Fragen schüttelten sie nur an meinen Fesseln. Ich wußte nicht, wie mir geschah, plötzlich befand ich mich in einem großen Saal, rings um mich ebenso fürchterlich aussehende Büttel, vorn an einem Tisch saß ein Riese von einem Richter. Sein Gesicht war grün mit durchdringenden großen Augen unter buschigen schwarzen Brauen. Den ganzen Leib bedeckte ein dichter roter Bart, durch den er die Hände vorstreckte und auf den Tisch stützte. Er musterte mich mit so strengen Blicken, daß es mich eiskalt überlief.

Die Büttel warfen mich auf die Knie und stellten sich neben mir auf. Der Richter forderte mich auf, meinen Namen zu sagen, dann befahl er einem Beamten, sichtlich einem Schreiber, der vor dem Richterstuhl an einem Pult stand, er solle im Buch der Vergehen und Strafen meinen Fall heraussuchen. Ich begriff, daß ich vor dem Gericht der Unterwelt stand.

Der Schreiber blätterte eine Weile in einem großen Buch und las dann mit lauter Stimme vor: Der Beamte Wang wird beschuldigt, außer vielen anderen Vergehen gegen die Ehre und Sittlichkeit, die er durch verschwenderische Lebensweise und durch Bestechlichkeit beging, vor Jahren den Tod Chu Chengs verschuldet zu haben. Dieser Chu Cheng hat nach seinem Tode bei unserem Gericht Klage geführt, die als berechtigt erachtet wurde.

Ich kann dir nicht schildern, was ich in dem Augenblick empfand. Ich werde eines unsittlichen Lebenswandels und der Bestechlichkeit bezichtigt! Ich hatte niemals einen Chu Cheng gekannt, wie hätte ich schuld an seinem Tod sein können? Angstschweiß brach mir aus allen Poren, vor Entrüstung und Schrecken lief es mir heiß und kalt über den Rücken. Während der ganzen Zeit des Vorlesens ließ mich der fürchterliche Richter nicht aus den Augen, und als der Schreiber verstummte, rief er mit Donnerstimme: Gestehst du?

Ich wollte mich erheben, aber die Büttel warfen mich wieder auf die Knie. Da stöhnte ich: Hohes Gericht, das muß ein Irrtum sein, ich kenne gar keinen Chu Cheng.

Der Richter runzelte die Stirn und befahl dem Schreiber, er möge zur Auffrischung meines Gedächtnisses die Klage des Chu Cheng vorlesen. So erfuhr ich, daß sich ein gewisser Chu Cheng mit der untertänigen Bitte an das Gericht gewandt hatte, der Statthalter Wang des Bezirks, der Chus guten Ruf vernichtet hatte, solle bestraft werden. Chu Cheng sei Wangs Untergebener gewesen und habe sich auf dessen Befehl in unsaubere Geschäfte mit Antiquitäten verwickelt. Als dann eine Inspektion kam, habe Wang alles Chu in die Schuhe geschoben, der nicht einmal gewußt habe, worum es ging. Chu wurde abgesetzt. Die Erniedrigung und Beschmutzung seines guten Leumunds habe ihn derart gequält, daß er kurz darauf vor Gram starb. Er klage also Wang den Statthalter an, ihn in üblen Ruf gebracht und so seinen vorzeitigen Tod verschuldet zu haben.

Während der Schreiber eintönig vorlas, wurde mir klar, daß es sich tatsächlich um einen Irrtum handelte. Ich war doch nie im Leben Statthalter in einem Bezirk gewesen. Und als ich dann nochmals aufgefordert wurde, mich zu der Anklage zu äußern, überzeugte ich den Richter, daß es ja eine Menge Leute namens Wang gibt. Aber du weißt doch, wie es in den Ämtern zugeht. Der Richter ließ mich ins Gefängnis abführen, bis der Fall aufgeklärt würde. Und noch ehe sich herausstellte, daß es tatsächlich um einen andern Wang ging, der erst morgen, genau ein Vierteljahr nach meinem Tode, sterben soll, sind ganze zwei Monate verflossen. Dann wurde ich freigesprochen und kehrte hierher zurück. So aber wurde ich in die peinliche Lage versetzt, wie ich dir bereits erzählte."

Ich lauschte aufmerksam der Erzählung Wangs, fragte nach immer neuen und neuen Einzelheiten über das Gericht der Unterwelt, sie nahmen den ganzen Fall von Anfang bis Ende durch – inzwischen war die Nacht verflossen, und vor den Fenstern wurde es hell. Wang erhob sich zum Weggehen und dankte dem Freund für die Hilfe in der Not. Dann setzte er noch, wie von ungefähr, hinzu: „Es wird dich vielleicht interessieren, daß der ehrlose und betrügerische Wang gerade der Verwalter Wang Lüeh dieses Bezirks ist, den du jetzt inspizieren sollst."

Wang hatte geendet und verschwand ebenso, wie er erschienen war. Yeh Ning-fei schlummerte ein Weilchen. Als er erwachte, brachten ihm die Diener die Nachricht, der Bezirksverwalter Wang sei in dieser Nacht plötzlich gestorben. Yeh ließ sich alle alten Schriften vorlegen und stellte nach deren sorgfältiger Prüfung fest, daß in dem Bezirk vor Jahren tatsächlich ein gewisser Chu Cheng gearbeitet hatte, der wegen betrügerischer Geschäfte seines Amtes enthoben wurde und kurz darauf vor Scham und Leid starb.

Am Abend ging Yeh Ning-fei zum Kloster am Stadtwall und ehrte durch ein Opfer das Andenken seines Freundes Wang.

Nach Beendigung seiner Inspektion im Bezirk Hua-hsi kehrte Yeh in sein Amt zurück. Unterwegs aber besuchte er das Grab seines Freundes in dessen Heimatort.

Abends erschien Wang von neuem, um dem Freund für dessen Hilfe zu danken. Lange unterhielten sie sich freundschaftlich miteinander, und ehe sie Abschied nahmen, verriet ihm Wang, daß jener andere Wang inzwischen vom Gericht der Unterwelt verurteilt worden war. Zur Strafe sollte er in seinem künftigen Leben als Schwein auf die Welt kannen.

Das Riesenhaupt

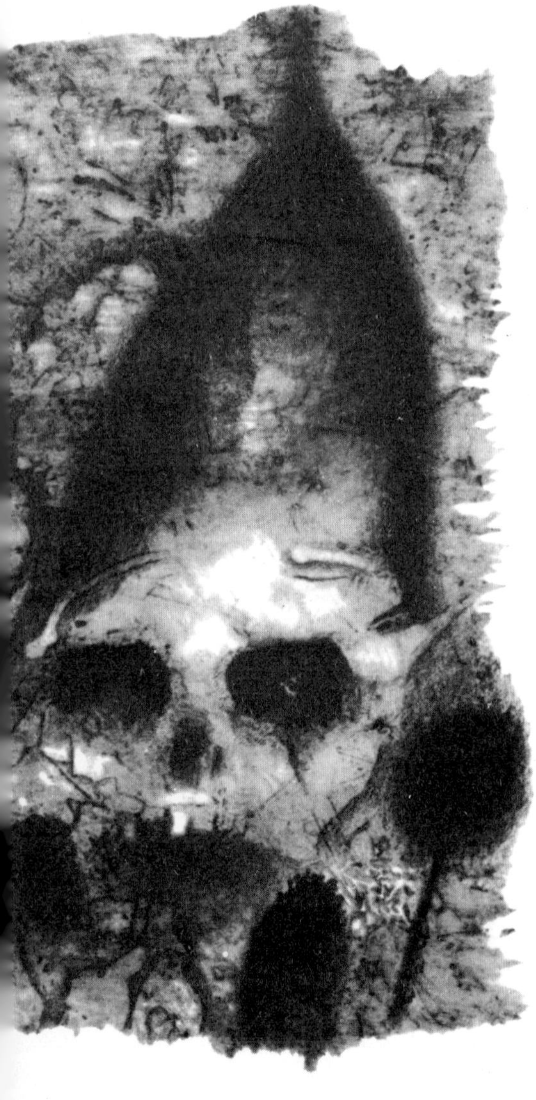

Amiran, der Sohn des Jägers Sulkalmach und der Waldgöttin Dali, durchstreifte mit seinen beiden Brüdern Badr und Ussip das Land, und auf ihren Wanderfahrten bekämpften sie Dämonen, Tyrannen und Bösewichter, denn sie haßten das Böse. Alle drei waren tüchtige Kerle, vorzügliche Tischgenossen, die singen und tanzen konnten, und die Menschen hatten sie gern, nicht nur ihrer selbst, sondern auch ihrer gottgefälligen Taten wegen, und wohin sie auch kamen, immer wurden ihnen Tisch und Bett geboten. Aber in dem Land gab es keine Städte, und die drei Helden mieden die Burgen, denn sie wollten keine Gastfreundschaft bei ihren Feinden annehmen. Die Wohnstätten der Menschen waren weit voneinander entfernt, oftmals ganze Tagereisen. So geschah es häufig, daß Amiran mit seinen Brüdern unter freiem Himmel übernachten mußte, wo sie nur die Filzmäntel vor Unwetter schützten.

Einmal wurden sie von der Dunkelheit auf einer öden Ebene überrascht, aus der nur ein einziger Berg emporragte, der weit sichtbar und wie ein Helm zugespitzt war. Es näherte sich ein Gewitter, und man sah weit und breit kein Licht aus einer menschlichen Behausung. Da sagte Amiran: „Kommt, Brüder, wir wollen zu dem bewaldeten Hang dort drüben reiten. Vielleicht finden wir einen überhängenden Felsen, unter dem wir die stürmische Nacht im Trockenen verbringen können."

Gesagt, getan. Als sie sich dem Hang näherten, begann es zu regnen, und nach einer Weile goß es derart, daß an ein Nachtlager im Freien nicht zu denken war. Aber schon von weitem konnte man am Steilhang des Berges zwei Höhlen sehen, die so geräumig waren, daß sie drei Reiter mitsamt ihren Pferden aufnehmen konnten.

Sie ritten hin, führten die Pferde in eine der Höhlen, machten auf dem Boden Feuer, um ihre Mäntel zu trocknen und Essen zu bereiten. Dann legten sie sich auf den Mänteln nieder, dachten gar nicht daran, daß sie abwechselnd Wache halten sollten, und schliefen den Schlaf der Gerechten.

Als sie sich am nächsten Morgen wieder auf den Weg machen wollten, sagte Amiran, der Sohn der Dali: „Schaut, Brüder, es war kein Felsen, in dem wir übernachteten, sondern der Schädel eines Kriegers mit Helm. Die Höhle, in der wir drei mit unseren Pferden Platz gefunden haben, war eine der leeren Augenhöhlen in dem Schädel."

Und Amirans Brüder Badr und Ussip schauten sich um und sagten: „Du hast dich nicht geirrt, Bruder Amiran."

Und sie entschlossen sich, um den ganzen Berg herum zu reiten, der des Kriegers Schädel war, damit sie dessen Riesengröße bewundern konnten.

Als sie wieder an ihren Ausgangspunkt zurückkamen, sagte Amiran wieder: „Das war sicher einer von den Menschen, die vor uns gelebt haben. Gern hätte ich mit ihm gesprochen, um etwas über seine Heldentaten und darüber zu erfahren, was für ein Unglück ihn ereilt hat, daß er jetzt dasteht, bis zum Hals in der Erde vergraben."

„Das könnte dir vielleicht gelingen, wenn du Gott den Allmächtigen darum bittest", sagten Badr und Ussip darauf.

Und Amiran blickte zum Himmel auf und sprach folgendes Gebet: „Allmächtiger Gott, der du über Tod und Leben entscheidest, gib diesem Mann vor uns das Leben wieder."

Noch ehe er das Gebet beendet hatte, fiel ihm Badr ins Wort: „Aber gib, daß nur sein Kopf wieder lebendig wird."

Amiran wunderte sich, setzte aber nichts mehr hinzu außer dem Wörtchen „Amen."

Da bedeckten sich die mächtigen Knochen mit Fleisch, unter dem Helm wuchsen dichte Locken hervor, wo die leeren Höhlen gewesen waren lagen jetzt geschlossene Augen mit langen Wimpern und drohenden Brauen.

Und die drei Brüder wandten, erschrocken über dieses Wunder, ihre Pferde und ritten ein Stück weiter. Dann drehten sie sich nochmals mit dem Gesicht zu dem Riesen um, der jetzt mit großen leuchtenden Augen auf die eine, dann auf die andere Seite schaute.

Dann öffnete sich der riesige Mund unter dem schwarzen Schnurrbart, die weißen Zähne blitzten, und der Riese fragte: „Wer hat mich zum Leben erweckt?"

„Der allmächtige Gott hat dich auf unsere Bitte hin wieder lebendig gemacht", antwortete Amiran.

„Und wer seid ihr denn?" fragte der Riese weiter.

„Wir sind Menschen", sagte Amiran.

„Wenn ihr Menschen seid, wieso kann ich euch nicht sehen? Wo seid ihr?"

„Hier", rief Amiran, „gerade vor dir."

Der Riese schaute sich nach der Stimme um, aber es war klar, daß er niemanden sah, wie sehr er seine Augen auch anstrengte.

Da gaben die drei Brüder ihren Pferden die Sporen, daß sie sich aufbäumten, und ritten, mit den Mützen winkend, näher an den Kopf heran.

„Ach, da seid ihr, ihr Zwerge, die wie Fliegen auf einem Tisch unter meiner Nase herumkriechen! Ihr müßt wohl aufpassen, daß euch die Menschen nicht zertreten, wenn ihr den Weg überquert", sagte der Riese.

„Wir sind um nichts kleiner als die anderen Menschen; niemand kann uns zertreten", sagte Amiran.

„Willst du damit sagen, du Zwerg, daß die Menschen von heute so aussehen wie ihr?" fragte der Riese verwundert.

„Nur wenige sind so groß und stark wie wir", antwortete Amiran.

„Ihr Ärmsten", sagte der Riese, „das kommt wohl davon, daß ihr nichts zum Essen habt. Womit ernährt ihr euch denn?"

„Wir nähren uns von dem, was wir erjagen oder auf den Feldern züchten", sagte Amiran.

„Da habt ihr sicher schlechte Felder", sagte der Riese, „und die größten Tiere, die es in euren Wäldern gibt, sind wohl Ameisen und kleine Käfer, die auf Blumen leben. Weißt du was, Kleiner? Gib mir von eurem Essen zu kosten, damit ich sehe, ob es nahrhaft ist."

Amiran griff in die Tasche und wollte dem Riesen Brot und Käse reichen, aber Badr hielt ihn zurück. „Gib ihm einen Stein", flüsterte er ihm zu.

Und Amiran hob einen großen Stein von der Erde auf und schob ihn dem Riesen zwischen die Lippen.

Der Riese kaute mit seinen starken Zähnen, der Stein zerfiel in kleine Splitter.

„Kein gutes Essen habt ihr", sagte der Riese. „Kein Wunder, daß ihr so klein seid. Wir haben Hirsebrei und Käse gegessen und nach dem Essen Wein getrunken. Darum waren wir so groß und stark. Hätten wir gegessen wie ihr, wären wir niemals imstande gewesen, das zu leisten, was wir geleistet haben."

„Was habt ihr denn zustande gebracht?"

„Wir haben gegen Dämonen, Tyrannen und Bösewichter gekämpft, denn wir haßten alles Böse“, antwortete der Riese.

„Auch wir kämpfen“, sagte Amiran.

„Wie könnt ihr denn kämpfen?“ fragte der Riese verwundert. „Nicht einmal hundert eurer stärksten Männer könnten auch nur die kleinste Waffe heben. Ihr Kleinen könnt vielleicht beißen und kratzen, aber was kommt dabei heraus? Reich mir die Hand, Kleiner, damit ich sehe, ob du Kraft in den Armen hast.“

Amiran trat vor, um dem Riesen die Hand zu reichen. Aber Badr flüsterte: „Reich ihm einen dicken Ast.“

Amiran nahm einen starken Eichenast und schob ihn dem Riesen zwischen die Lippen. Der hatte den Ast kaum mit der Zunge berührt, und schon zerfiel er in kleine Späne.

„Ihr Ärmsten“, sagte der Riese, „dachte ich's mir doch gleich, daß ihr bei solcher Nahrung nicht viel wert sein könnt. Zu unseren Zeiten, ja, da gab es Menschen, die konnten Eisen mit der Hand zu Hufen biegen, und es war für sie ein Kinderspiel, einen umgestürzten Wagen mit der Schulter aufzurichten.“

Amiran, der Sohn der Dali, und seine Brüder Badr und Ussip sperrten vor Staunen die Münder auf und schwiegen.

Da sprach der Riese: „Macht, daß ich wieder tot bin. Eine Welt, in der es lauter unterernährte Schwächlinge gibt, mag ich nicht sehen. Vielleicht erlernt ihr noch eines Tages, eure Felder richtig zu bestellen, ausgiebig zu essen, dann werdet ihr zu Kräften kommen. Und wenn nach hundert Generationen wieder jemand kommt und mich zum Leben erweckt, dann werde ich mit Freuden auferstehen und zu meinem Werk zurückkehren. Aber jetzt laßt mich lieber ein Gerippe sein, mit leeren Höhlen statt der Augen.“

Als Amiran das hörte, betete er wieder zum Allmächtigen: „Allmächtiger Gott, der du über Tod und Leben entscheidest, laß diesen Riesen wieder werden, was er war, ehe du ihn auf unseren Wunsch zum Leben erwecktest.“

Und Badr und Ussip fügten nichts mehr hinzu als das Wörtchen: „Amen!“

Nachwort

Der Ursprung der mannigfaltigen Götter- und Dämonenwelt ist mit der Sehnsucht des Menschen, die vielfältigen Erscheinungen der Welt zu begreifen, verbunden. Die Wissenschaften versuchten immer wieder, diese Erscheinungen zu erklären. Trotzdem verschwanden die Geister noch lange nicht aus dem menschlichen Bewußtsein. Heute sind von ihren ursprünglichen Funktionen nur noch Reste erhalten – im Aberglauben und in manchen primitiven religiösen Vorstellungen. Überall sonst gelten sie als Phantasiegebilde des Menschen, die in der Literatur allerdings auch weiter höchst lebendig bleiben werden.

Im Volksglauben verkörperten die Geister vor allem nicht gemeisterte Naturkräfte. Doch auch heute noch treten in differenzierten Gesellschaften Erscheinungen auf, deren Verständnis den Menschen die gleichen Schwierigkeiten bereiten wie einst die Naturgewalten. Es ist also verständlich, daß sich das Volk dem altbewährten Mittel zuwendet und neue gesellschaftliche Beziehungen durch das Wirken übernatürlicher Kräfte zu erklären sucht. So werden dann die bösen Geister zu übernatürlichen Bütteln der Obrigkeit oder auch zu Dämonen, die dem Menschen helfen und ihn vor der Obrigkeit bzw. den Unbilden der Natur beschützen. Und die Geschichten, die früher Angst einjagten, werden ins Gegenteil verkehrt, sie dienen der Belehrung, wie man Angst und Gefahren überwindet – sei es durch Kraft oder durch List.

Die Erzähler aus dem Volke bemächtigten sich der Gespenster-Thematik mit allen Mitteln, die der Reichtum der traditionellen Formen ihnen bot. Wir finden Gespenstermotive in Märchen, Anekdoten, lyrischen Erzählungen, in Novellen, ja sogar in Romanen. Oft sind in einer Geschichte Elemente von verschiedener Art so vermengt, daß man sie nur schwer auseinanderhalten kann. Wir wollen hier nicht die einzelnen Geschichten analysieren, doch wir halten es für nützlich, uns mit einigen näher zu befassen.

Nehmen wir zum Beispiel die Geschichte „Die Pagode am Donnerberg“. In ihrem Entstehungsland gibt es diese Geschichte in zwei Versionen. In der einen tritt die Weiße Schlange als dem Menschen feindliche Kraft auf, die vom mächtigen Zauberer Fa-hai vernichtet wird, damit sie keinen Schaden anrichtet. In der anderen, überaus populären Variante – die auch unserer Version zugrundeliegt – symbolisiert die Weiße Schlange die Sehnsucht des einfachen Menschen nach einem freien und reichen Gefühlsleben, und der Mönch Fa-hai wird zum fanatischen Gegner der Freiheit, zum gefühllosen Menschenfeind.

Die Geschichte „Seketoa“ ist eigentlich die Gegenüberstellung zweier Ideologien, des Christentums, das, wie immer wir es auch sehen, dem Volk Polynesiens aufgezwungen wurde, und des alten Glaubens, der sichtlich die Sympathie des einheimischen Erzählers genießt.

In manchen Geschichten begegnen wir auch tragischen Elementen, aber hier bedienen sich die Erzähler der dichterischen Verklärung, sie hüllen die sinnlos traurig erscheinenden Begebenheiten in das tröstliche Gewand einer verträumten Lyrik wie zum Beispiel in den Geschichten „Das Pferd aus dem Meer“ und „Der Silberwald“. In „Das Waisenkind“ und „Unterhaltung beim Kohlenmeiler“ ist die Schärfe des volkstümlichen Witzes durch Vermittlung der Gespenster gegen schulmeisterhaftes Besserwissertum gerichtet. Unterschiedlich sind die Gespenstergeschichten auch entsprechend der nationalen Eigenart der Geschichten und Motive. Betrachten wir beispielweise die Geschichten, in denen es zu Verwandlungen kommt. Während sich in unserem Kulturkreis zumeist Menschen in Tiere verwandeln, ist es im Fernen Osten (aber auch in Afrika) umgekehrt: Tiere verwandeln sich in Menschen. In der chinesischen Volksdichtung gibt es eine ganze Welt von Füchsen als genaues Abbild der Welt des Menschen, in die sie unbemerkt eindringen, um zu schaden oder zu helfen, je nach der Situation, die ihnen der Erzähler zugedacht hat. Diese und ähnliche Motive sind der Ausdruck der individuellen Weltanschauung sowie der Stellung des Menschen in seiner Umgebung. Im Gegensatz zur europäischen Auffassung, nach der selbstverständlich ist, daß der Mensch die Natur beherrscht, fühlt er sich in anderen Erdteilen als gleichgestellter Partner alles Lebenden.

Diese unterschiedliche Haltung ändert jedoch nichts daran, daß sich bei aller Vielfalt der Gestalten und des kulturellen Milieus der Gespenster- und Spukgeschichten in ihren Grundzügen die gleichen Erfahrungen der Völker in der ganzen Welt widerspiegeln. So findet man für die meisten Gespenster in den verschiedenen nationalen Kulturkreisen ein entsprechendes Gegenstück, etwa das japanische Schneegespenst Yukionna in der Gestalt der europäischen Melusine, der Kappa in unserem Wassermann und natürlich die Hexen, die Wald-und Berggeister.

Es soll mit unserer Auswahl nicht versucht werden, Analogien aufzuzeigen. Uns ging es darum, dem Leser wenig bekannte Geschichten oder zumindest weniger bekannte Varianten vorzulegen, um damit Gelegenheit zu geben, eine andere, unterschiedliche Phantasiewelt kennenzulernen.

Die Verfasser.

Quellenangaben:

Keigo Seki, Nihon mukashibanashi shusei, Tokio 1957
Uji shui monogatari, Nihonkotenzenshu, Tokio 1927
Chao Ch'ing-ke, Pai she chuan, Shanghai 1957
Pai she chuan chi, red. Po Hsi-hua, Shanghai 1957
Pai she chuan (yüe chü) geschrieben von Ch'eng Jung und Chan I, Peking 1954
Pu p'a kuei ti ku shid, Peking 1961
Kuei hua, red. Su Chin und Huang I-te, Shanghai 1941
Tseng Ch'i-ju, Hsiao tou p'eng, Peking
P'u Sung-ling, Liao-chai chih i,
A Ying, Lei-feng t'a ch'uan-ch'i shu lu, Shanghai 1960
Zeitschrift: Chung-kuo min-chien ku shih, später Chung-kuo min chien wen-i, bis zum Jahr 1963
Melayu nach Lewis, M. Malay, London 1968
Vascha-Psavela, Rceuli, Tbilisi 1957
Fornader Collection of Hawaiian Antiquities and Folklore, Honolulu 1919–20
Collott M. B., Tongan Myths and Legends, Honolulu 1926
Hartmann, Elisabeth, Die Trollvorstellungen in den Sagen und Märchen der Skandin. Völker, Stuttgart-Berlin 1936
Holtved, Erik, The Polar Eskimos, Language and Folklore, Kobenhaven 1951
Hull, Eleanor, Folklore of the British Isles, London 1928
Indijskije skazki, Moskau 1955
Khys, John, Celtic Folklore, Oxford 1901
1001 Nacht, Prag 1955
Russische Legenden, Moskau 1956
Serbische Legenden, Moskau 1956
Wisdom, Charles, The Chorti Indians, Chicago 1940

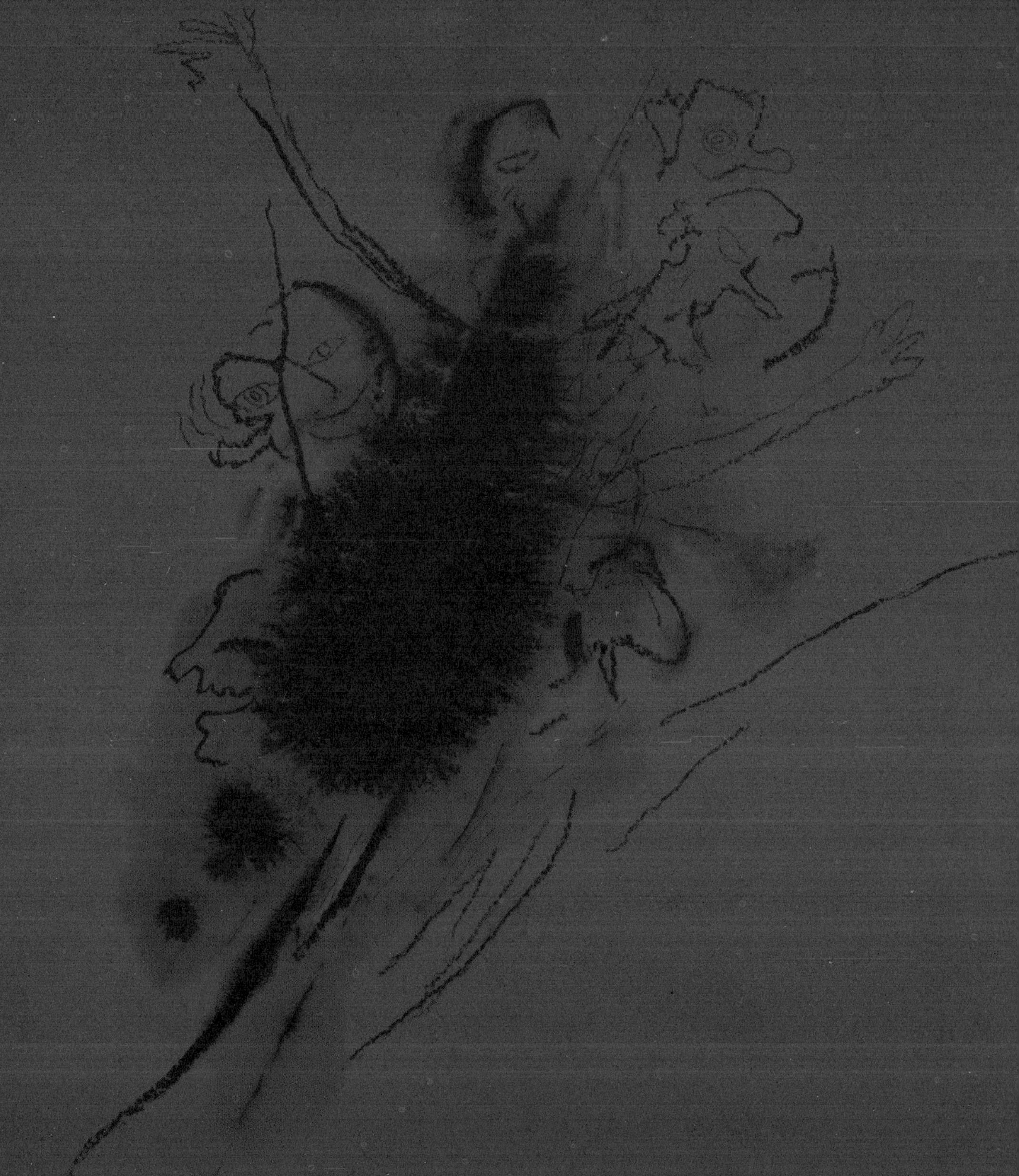